나비의 방

나비의 방

2018년 11월 21일 1판 1쇄 찍음
2018년 12월 17일 1판 2쇄 펴냄

지은이 이강산
펴낸이 윤한룡
편집 한지혜
관리 박수정
디자인 윤한내
펴낸곳 (주)실천문학
등록 10-1221호(1995.10.26)
주소 서울특별시 중랑구 상봉로 110,1102호
전화 322-2161~5
팩스 322-2166
홈페이지 www.silcheon.com

ISBN 978-89-392-3030-9 03810

본 사업은 대전문화재단, 대전광역시 DAEJEON METROPOLITAN CITY 로부터 사업비 일부를 지원받았습니다.

나비의 방
이강산 장편소설

차례

빙어

1

섬

사흘째 하늘은 암회색이었다. 하늘 한구석이 뚫리면 당장이라도 함박눈이 쏟아져 내릴 듯했다. 십일월 이십일일, 소설(小雪) 하루 전이었다. 컴퓨터를 켜고 강원도 정선군의 주간 날씨 예보를 보았다. 예년보다 첫눈이 빨랐지만 더 이상 강설 예보는 없었다. 다행이었다. 차를 끌고 구절양장 같은 산간 도로를 오르내리자면 눈이 조금만 쌓여도 체인을 감아야 할 것이다. 체인은 준비하겠지만 정작 그런 일이 벌어지면 낭패다. 사북을 거쳐 정선을 왕복하려면 일정이 빠듯하다.

나는 카메라 배낭을 현관 앞에 던져 놓고 벽시계를 보았다. 일곱 시. 이른 시간이 아니었다.

"정선 좀 다녀올게. 지금 떠나려고."

아내는 잠결이었다. 잠을 깨우는 게 미안했지만 어쩔 수 없었다. 편도 오백 리가 넘는 길이었다. 서둘러야 했다.

"하룻밤만 묵고 올 거야."

아내는 대답하지 않았다. 어젯밤 늦게 동쪽 호수에서 빙어 장수 안 사장을 만나고 돌아왔을 때도 그랬다. 정선 좀 다녀올게. 이틀이면 돼. 아내는 묵묵부답이었다. 그러다 잠자리에서 한 마디 툭, 던졌다. 정선이 벌써 몇 번째예요.

길은 막히지 않았다. 예상했던 것보다 날씨도 좋았다. 중부고속도로를 타고 북쪽으로 올라갈수록 구름의 빛깔이 옅어지고 있었다. 휴게소에서 빵과 음료수를 챙겨 다시 길을 떠날 땐 나도 모르게 콧노래가 나왔다. 가속 페달을 밟은 발로 발장단도 쳤다. 과속은 아니었지만 차가 쿨렁쿨렁, 헛기침을 하듯 흔들렸다. 핸들만 잡으면 그랬다. 들뜬 마음이 좀처럼 가라앉지 않았다. 왕복 천리. 가볍게 다녀오자. 그런 생각의 밧줄이 나를 잡아끄는 듯 차는 거침없이 달렸다. 어젯밤 안 사장과 헤어지면서 받은 신 양의 전화 탓인지도 몰랐다.

시간 나면 정선 한 번 다녀가세요. 눈 내려서 길 막히기 전에.

일죽 IC를 빠져나와 38번 국도를 탔다. 제천, 영월을 넘어가면 사북이다. 사북을 한 바퀴 둘러보고 곧장 정선으로 들어가야 한다. 조금 일찍 도착해 아우라지를 볼 수 있다면 좋겠지만 아우라지는 여정 밖이다. 여인숙에 방을 정하고 어둡기 전에 호수에 닿아야 한다. 길은 익숙하다. 잠깐 쉬어 가도 넉넉히 사북에서 점심을 먹을 수 있겠다. 나는 휴게소에 차를 대고 룸미러를 들여다보았다. 룸미러 속의 사내가 나를 보고 살짝 웃었다.

태백산맥 고봉준령에 호수라니…….

늘씬한 조팝꽃이 순백색 정장을 차려 입은 봄이었다. 정선을 다녀왔다. 세 번째 흑백 사진전을 기획했고 십여 년째 촬영 중이었다. 사북을 둘러보고 먼 길 다녀가는 터에 정선에서 하룻밤 더 묵기로 했다. 정선역 앞 강원여인숙에 짐을 풀고 주변 골목을 걸었다. 그러다 흠칫 놀랐다. 호수○인숙. 잘못 본 줄 알고 나는 종종걸음을 쳤다. 호수여인숙. 형광등 불빛이 죽은 글씨 하나를 살려 읽으니 틀림없었다. 나는 배낭을 열고 카메라를 꺼냈다.

「섬, 육지의」. 세 번째 흑백 사진전으로 촬영 중인 여인숙 다큐 타이틀이다. 카메라를 부숴 가면서 철거 현장만 드나들더니 이번엔 여인숙이에요? 이젠 제발 집에 걸어 둘 만한 사진 좀 찍으세요. 아내의 만류도 있는 터에 좀 무리인 줄 알지만 그대로 밀어붙이기로 했다. 사진계의 관습이 늘 마음에 걸렸다. 사진 전문 갤러리에서 세 차례 이상 개인전을 열어야 사진가 명찰을 붙일 수 있다니. 그것도 다큐멘터리 같은 중노동에 버금가는 작품만으로. 그래서 다큐 연작 형태로 설정한 촬영이었다. 그러나 여인숙 촬영에 대해 아내는 질겁했고, 그 질겁한 표정만큼 나는 당황했다. 촬영 경비도 경비지만 촬영 공간과 대상을 고려하면 다소 무모한 작업인 줄을 아내와 나, 둘 다 번연히 알았기 때문이다.

그럼에도 촬영 의지는 나름 확고했다. 가급적 빠른 시일 내에 아마추어 사진가 꼬리표를 떼어야 했다. 섬, 육지의. 타이틀을 그렇게 설정한 것은 다른 뜻이 아니다. 망망대해에 떠 있는 외딴 섬. 자본의 바다, 인간의 바다에 표류하듯 떠 있는 여인숙. 그 둘의 이미지가 닮았다는 생각이 들었다. 칠흑 같은 바다의 어둠 속에서 까마득히 빛나는 등댓불과 뒷골목에서 꺼질 듯 흔들리는 여인숙 간판. 그 둘도 마찬가지다. 육지든 바다든 낡고 작은 통통배를 타고 등댓불을 따라 항해해 본 사람은 안다. 여인숙과 외딴 섬이란 존재하는 공간만 다를 뿐 그 존재의 형태와 궤적은 동심원이라는 것을.

지난 십 년간 나는 그 섬에 수없이 정박했다. 서해 횡도와 영산도와 아차도를 밟던 걸음을 옮겨 육지의 섬을 오르내렸다. 원앙여인숙, 부자여인숙, 강경여인숙, 이쁜이집……. 필름 값이 부족해 아끼는 렌즈까지 팔아 치우며 섬 안팎의 풍경을 필름에 담았다. 전시 분량의 절반이 넘게 섬 촬영을 마쳤다. 그러나 전시를 위해 반드시 넘어야할 산이 있었다. 섬의 주민, 전문직 여성이다. 여러 차례 촬영을 시도했으나 번번이 실패했다. 봄에 조팝꽃 꽃다발을 들고 나섰던 사북에서도 그랬다. 아쉬운 대로 태백 인근의 섬 풍경 두엇만 품고 정선에 들린 터였다. 정선역 앞의 강원여인숙에 배낭을 내려놓고 실내 풍경을 몇 컷 촬영했다. 만 원짜리 지폐 한 장만으로도 하룻밤 닻을 내릴 수 있다니. 만 원짜리의 행복과 슬픔이 뒤섞인 비빔밥을 먹고 길을 나섰다. 그러다 어둠 속에서 눈이 번쩍 뜨였다.

호수여인숙. 아니, 해발 1,000미터를 넘나드는 태백산 산줄기에 호수라니.

그날 신 양을 처음 만났다.

사장님, 좀 경험 많은 사람으로 부탁해요.

나는 촬영 계획을 감춘 채 섬 주인에게 중년쯤의 여자를 부탁했다. 세상을 살 만큼 살았다면 사진 작업의 취지를 이해하겠지 싶었다. 내 딴엔 몇 번의 실패로 얻은 묘안이었다. 어차피 옷은 입은 채 섬 풍경만 찍으면 될 터. 게다가 삶의 연륜이 고스란히 묻어나는 인물 사진을 얻으려면 그래도 이 바닥에서 잔뼈가 굵은 사람이 필요했으므로.

이 아저씨가 미쳤나, 재수 없게.

촬영은 그것으로 끝이었다. 카메라를 꺼내기도 전에 신 양은 방을 나갔다.

태백산의 섬을 두 번째 찾은 것은 신 양 때문이 아니었다. 아주 오래전, 이십 대의 낭만이 소진될 즈음, 구절리의 섬에 하룻밤 정박했던 기억이 아슴아슴 떠올랐기 때문이다. 1,400여 미터의 준령 속에 새둥지처럼 자리 잡은 정선선 종착역 구절리. 만약 역 앞의 섬이 남아 있다면 그야말로 외딴 섬일 것이었다. 십여 년 전이었다. 나보다 먼저 다큐 사진을 시작한 고종사촌 용주 형과 하룻밤 섬을 다녀간 적이 있었다. 그때 세 개의 섬은 이미 물에 잠기고 딱 한 곳만 남아 있었다. 그 섬이 과연 남아 있을지…….

전국이 태풍으로 푹 젖었을 때였다. 배낭에 방수포를 씌우고 부랴부랴 섬을 찾아 떠났다. 그러나 구절리엔 섬이 없었다. 광산촌이 사라지고 카지노가 들어서면서 자본의 바다에 침몰했는지 섬이 떠 있던 자리엔 울긋불긋한 펜션만 가득했다. 펜션 임대료가

터무니없이 비싸 구절리를 내려와 정선에서 차를 세웠다. 봄에 묵었던 강원여인숙에 방을 정하고 더위를 식힐 겸 역 앞 골목을 걸었다. 밤바다 저 멀리서 등댓불이 깜박이는 게 보였다. 아, 호수 여인숙. 나는 낡고 작은 통통배를 끌고 섬을 향해 달렸다.

사장님, 가능하면 나이 든 사람으로 부탁드려요.

신 양이 다시 내 앞에 나타날 줄은 전혀 예상하지 못한 일이었다. 신 양도 마찬가지였다. 단박에 나를 알아본 신 양이 나를 쏘아보았다. 재수 없는 놈과 맞닥뜨릴 줄은 꿈에도 몰랐네. 그 눈빛이었다.

혹, 가능하시면 언제든 이 명함의 전화번호로 연락을…… 사례는 충분히 할게요.

신 양은 선 채로 명함만 받아 쥐고 돌아섰다. 타고 온 통통배 밑바닥에서 바닷물이 솟구칠 것만 같아 나는 서둘러 섬을 빠져나왔다.

"잘 지내셨어요?"

"신발 들여놓고 문 닫아요."

찐득찐득한 여름이 태풍에 잘려 나간 탓인지 신 양은 그대로였다. 가을 옷 무게가 느껴질 만큼만 몸이 불었을 뿐. 중년의 언덕을 저만치 두고 가쁜 숨을 몰아쉬는 듯한 사십 대. 맨살을 감춘 짙은 화장이 어쩐지 신 양의 신산한 삶을 은폐시켜 놓은 듯해서 짧은 순간 가슴이 아렸다.

"발가락을 다쳤어요. 문틈에 발가락이 끼어서 발톱이 부러졌어요."

양 무릎을 접어 가슴에 끌어안은 신 양이 손가락으로 발등을 가리켰다. 오른발 엄지발가락에 흰 붕대가 칭칭 동여매져 있었다.

"상처가 심한가 봐요."

"엄마한테 문을 고쳐달라고 몇 번이나 말했는데 눈도 꿈쩍을 안 해요, 씨발."

포주, 그러니까 섬의 주인을 신 양은 엄마라고 부르는 모양이었다. 그 엄마 때문에, 느닷없이 튀어나온 씨발 때문에 나는 좀 불안해져서 슬그머니 주머니 속의 돈을 헤아려 보았다. 급하게 집을 나와서 넉넉하게 준비하지 못했다. 신용카드 거래가 불가능한 문명의 사각지대. 두 사람의 웃돈으론 좀 모자랐다. 그 엄마라는 사람이 방 안 풍경을 엿보기라도 하면 거저 눈감아 줄 리가 없었다.

"병원 치료는 하셨어요?"

"치료는 누가 공짜로 해주나. 그냥 며칠 빨간 약이나 바르고 호호 불면 낫겠지."

"소독이라도 꼭 해야 돼요."

"하여튼 발가락 땜에 며칠째 공치고 있어요. 관광객들이 한창 북적거리는 철인데. 그렇다고 밥을 굶을 수는 없고."

"……."

"그래서 전화 한번 해봤어요."

촬영을 마치는 데 십 분도 필요하지 않았다. 웅크리고 앉은 옆모습만 전시하는 조건으로 촬영은 쉽게 끝났다. 방이 좁아 광각 렌

즈를 갈아 끼웠어도 방 전경은 담을 수가 없었다. 침대 모서리에 삼각대를 세워 둔 그대로 노출만 바꾸어 셔터를 누르고 말았다.

15촉짜리 꼬마전구 불빛이 닿는 신 양의 한쪽 어깨와 반대편 어둠의 대비를 극대화시킬 수만 있다면…….

어찌 됐든 촬영은 끝났다. 촬영하는 동안 신 양이 기껏 담배 한 개비를 피웠을 뿐인데 방 안은 생나무를 태운 아궁이처럼 연기가 가득 찼다. 엄마가 후다닥 들이닥칠지도 몰랐다. 나는 카메라를 배낭에 쑤셔 넣었다.

"씨발, 날이 너무 일찍 추워져서 온수가 안 나와."

배낭끈을 묶고 벽지의 목단꽃을 잠시 바라보는 중이었다. 신 양이 핸드백에서 물티슈를 꺼냈다.

"벗어요."

나는 움찔했다. 무슨 말인가를 해야 하는데 입이 열리지 않았다.

"한두 번도 아니고, 공짜로 먹고살 순 없잖아요. 이 바닥에도 의리라는 게 있는데."

나는 물티슈의 용도를 알 것 같았다. 불쑥 꺼내든 까닭도 짐작했다. 그동안 두 번씩이나 돈만 지불했다. 선불 거래였기 때문이다. 시간 뺏겼으니 환불은 못해요. 그 말꼬리를 붙잡고 이리저리 뒤틀면 환불도 가능하겠지만 나는 그만두었다.

"맘 변하기 전에 벗어요, 얼른."

나는 미적미적 바지를 내렸다.

"어휴, 발톱도 부러지고, 올 겨울은 추워서 고생 좀 할 것 같네,

씨발.”

신 양은 내 것을 잡고 닦기 시작했다. 나는 엉거주춤하게 앉은 채 그 광경을 내려다보았다. 흡사 자신의 신체 일부를 닦기라도 하듯 신 양은 정성껏, 빈틈없이 닦았다. 극진(極盡). 언젠가 문상을 갔을 때 깊은 목례로 나를 배웅하던 상주의 모습에서 보았던 그 모습, 그 행동이었다. 조금만 행동이 불손하면 오랜 세월 기다리던 소망은 깨지고 천형에 갇힌다는 금기. 그것을 수행하는 것처럼 조심스럽고 예의바른 행동. 신 양의 손놀림은 그랬다.

“뭐 해요?”

물티슈를 새로 바꾸어 마무리를 마친 신 양이 먼저 누웠다. 나는 맞은편 벽만 바라보았다. 신 양의 머리 너머로 검붉은 목단꽃이 흔들리고 있었다.

“왜 그래? 안 할 거야?”

“그냥, 얘기나 좀 해요. 남은 시간 만큼만이라도.”

나는 바짓가랑이에 다리를 꿰었다.

“뭐야, 발가락이 아픈데도 벗었는데.”

신 양은 투덜댔지만 싫은 표정은 아니었다. 날도 추운데 잘 됐네, 하는 얼굴이었다. 나도 마찬가지였다. 문을 열고 들어왔을 때보다 방 안이 춥게 느껴졌다. 이 추운 날, 애초부터 옷 벗을 생각이 없었다. 봄부터 그랬다. 태백산 숲속에 호수여인숙이라니. 그 반어적 공간에 대한 궁금증뿐이었다. 어쨌거나 신 양에게 미안한 생각이 들었다. 그래서였을 것이다. 얘기나 좀 하자는 말을 꺼내

놓고 하나마나한 말 두어 마디 끝에 입을 다문 것은.

"대전에서 왔다고 했죠?"

침묵이 지루했는지 신 양이 물었다.

"동쪽 변두리에서 살아요."

"내 고향도 그 근천데."

"어디?"

"옥천."

옥천군 동이면, 하면서 신 양이 흰 붕대로 싸맨 발가락을 꼼지락거렸다. 출입문 벽에 걸린 꼬마전구를 닮은 발가락. 저 발가락은 신 양에게 무엇일까. 오늘 나를 태백산의 호수에 잠기게 만든 저 발가락은 어떤 존재일까. 쓸데없이 짐짓 숙연해지던 순간이었다. 나는 고개를 털며 하마터면 잊을 뻔했던 무슨 말인가 떠오른 사람처럼 입을 열었다.

"한 가지, 물어봐도 돼요?"

"뭘?"

"어쩌다 시작했는지, 왜 하필……."

"내가 세상에서 제일 재수 없다고 생각하는 인간이 두 부류가 있어, 씨발."

"예?"

"여기 문 열고 들어와서 돈 아까워하는 놈하고 지가 옷 벗어 놓고 나보고 왜 이렇게 사는 가 묻는 놈!"

섬 밖은 캄캄했다. 강원여인숙 외등이 꺼져 있었다. 방이 다 찬 모양이었다. 에-버-그-린-모-텔. 강원여인숙 양철 지붕 너머 어둠 속에서 붉은 글씨의 팔다리가 토막토막 잘리고 있었다.

목단꽃. 이 밤에 목단꽃이 피는구나.

나는 초저녁에 닻을 내린 201호실 문을 열었다. 오늘 먼 길을 걸었네. 충분히 잠을 잔 뒤 내일 구절리에 오르세. 출입구 벽에 걸린 거울 속 사내에게 말했다. 지금쯤 아내는 잠들었겠지? 퀭한 눈으로 거울 속 사내가 내게 물었다. 아직 잠들 시간은 멀었어. 나는 조심조심 말했다. 사내가 고개를 끄덕이며 돌아섰다. 나는 옷을 입은 채 방바닥에 쓰러졌다.

호수를 한 번도 못 보았다고 했죠? 고향 오는 길에 전화하세요. 멋진 곳을 내가 알아요.

어둠 속이었다. 누군가 나를 향해 무슨 말인가를 마구 쏟아 부었다. 거울 속 사내 같기도 했고 신 양 같기도 했다. 아니, 아내의 얼굴을 닮은 빙어 장수 안 사장 같기도 했다.

빙어 낚싯배를 태워주기로 했으면 약속을 지켜야지. 씨발, 사진 찍기로 해 놓고 바람을 맞혀?

내가 빙어 장수 안 사장에게 했을 게 틀림없는 그 말을 신 양이 마구 지껄였다. 꿈결인 듯 실제인 듯 어둠 속을 날아다니던 낱말 가운데 하나가 추락해 내 아랫배에 꽂혔다. 빙어 한 마리가 아랫배에서 튀어 올라 붉은 눈물을 뚝뚝 떨어뜨렸다.

눈물 닦으세요.

아내가 핸드백에서 한 잎, 두 잎 목단꽃을 뽑아 날렸다.

2

천사

십이월 첫째 주, 토요일.

일 년을 기다린 첫눈이 흔적도 없이 사라졌다. 어라, 눈이다, 첫눈. 딱 그만큼의 감탄사를 뱉을 동안만 첫눈은 내 눈앞을 스쳐 갔다.

완연한 초겨울 날씨였다. 'Cafe 연'의 벽시계는 두 시 오 분을 가리키고 있었다. 호수 쪽 창가로 수를 앉게 한 뒤 나는 마주 앉았다.

"민우 씨, 저녁은 함께 못 먹을 것 같아요."

"예?"

"내일 강의 준비 때문에 일찍 내려가려고요."

나에게 건넨 수의 첫 안부는 떠난다는 말이었다. 늘 그래 왔으므로 남은 시간을 확인하면 그만이었지만 늘 그래 왔던 것처럼 가슴 한쪽이 아렸다. 오늘도 마시기 쉬운 차를 주문해야 했다.

"열차표도 예매해 두었어요."

열차표 예매를 마쳤다고? 나는 당황했다.

"몇 시 차죠?"

"다섯 시 사십 분."

"호수에서 역으로 나가는 시간을 빼면, 두 시간 남짓 남았네요."

"미안해요. 올 때마다 밥 한 끼도 같이 못하고."

나는 수의 열차표를 예매한 것을 말하려다 그만두었다. 여덟 시 반 열차니까 적당히 틈을 봐서 취소하면 되었다. 지난봄, 사진전 갤러리에서 보고 처음 만난 수였다. 일 년이 다 지나서야 얼굴을 보는 것이었다. 기차 안, 올라가는 중. 오늘 오전 난데없이 날아든 문자가 놀랍고, 반년만의 해후가 반갑고, 그래서 열차표를 예매했다.

"섬 촬영은 잘되고 있어요?"

"쉽지 않네요. 집 밖으로 나서는 일도 어렵고. 그런데……."

뜻밖에 받은 수의 문자를 꺼내려는 순간, 민 선생이 다가왔다.

"민 선생님. 인사 나누시지요."

"아, 네."

"이 분은 경주에서 오신 윤수 씨. 함께 사진 공부하고 있어요."

"안녕하세요? 처음 뵙습니다."

"이쪽은 민 선생님. 오보에 솔리스트신데요, 호수가 좋아서 잠시 음악과 별거 중이랍니다."

"먼 길 오셨군요. 반갑습니다."

"호수 풍경이 참 아름다워요."

수는 소파에서 일어나 허리를 굽혔다. 연갈색 개량한복을 입은 수의 태도는 언제 보아도 겸손했다. 불교 철학을 공부한 사람답게 배려와 낮춤이 몸에 밴 아름다운 중년이었다. 좋은 시간 되세요. 민 선생이 남긴 그 말을 곱씹을 때, 창밖으로 새 떼처럼 낙엽이 날아올랐다. 호수의 겨울이 깊어진다는 뜻이었다. 언덕 아래 억새풀 숲에서 날아오른 새 떼가 또 한 차례 창밖을 가로질러 호수 쪽으로 날아갔다.

"몸이 많이 안 좋은가 봐요."

"위염이 재발해서 진료 받고 약 조제해 왔어요. 다리도 좀 아프고."

"좀 좋아지는 중인가요, 아니면……."

"다리 근육통은 많이 풀렸어요. 위염은 아직 시간이 더 걸린다 하고."

수가 대전을 떠나 고향 경주로 내려간 지 사 년째였다. 대전에서 십오륙 년을 살았으니, 사진전 갤러리에서 처음 만난 뒤 그새 이십여 년의 세월이 흘렀다. 나를 비롯해 한때 시 창작 아카데미에서 함께 시를 썼던 회원 한 사람이 내과 의사였다. 오랜만에 회원들과 안부도 나눌 겸 병원 진료도 받을 겸 다녀가는 중이었다.

"티베트 출국이 이월이라 했는데, 괜찮겠어요? 순례하려면 몸 관리를 하셔야 될 텐데."

"저도 걱정이에요. 지금 몸 상태로 한 달이나 견딜 수 있을지 모르겠어요."

수는 일에 쫓겨 만성 피로와 신경성 위염을 달고 살았다. 시를 쓰면서 경주와 울산, 부산 지역 시민을 대상으로 문학아카데미를 운영하고 불교 철학 강좌를 정기적으로 개설하고 있었다. 그뿐만이 아니다. 지역 신문에 사진 에세이를 연재하면서 촬영 작업을 병행 중이었다. 시와 사진과 강의와 신문 연재로 하루를 스물다섯 시간으로 쪼개어 써도 모자랄 형편이었다. 그 새새틈틈 사막과 바다 여행을 다녀오면서 삶이 한층 자유롭고 깊어졌겠지만 그와 반비례해서 몸이 망가지는 것은 예견된 일이었다.

"주말이라서 집 밖에 나서기 어려웠을 텐데, 공연히 나 때문에 바빴겠어요."

"잠깐 산책 좀 다녀오겠다고 했어요. 어젯밤 늦게 섬에서 돌아왔거든요. 또 외출하는 게 미안해서."

산책은 거짓이었고 미안한 마음은 진실이었다. 또 집을 나가는 거예요? 단 한 시간만이라도 집에 앉아서 쉬세요, 제발. 듣지 않는 게 듣기보다 어려운 아내의 말을 수는 짐작하고 있었을 것이다. 장돌뱅이로 떠돌다 세상을 떠난 아버지처럼 집 밖으로 나서야 몸과 마음이 가벼워진다는 말을 수에게 여러 차례 했었다. 수가 그 말을 오롯이 기억한다면 아내의 말은 상상이 쉬웠을 터였다.

"실은…… 오늘 낮에 한 선생을 만났어요."

나는 수의 말을 잘못 들었다. 오늘 낮에 어떤 선생을 만났어요, 이렇게 들었다. 눈앞에서 손사래를 치는 아내 때문이었다.

"오늘도 한 선생의 버스를 타셨어요?"

"아니, 오늘은 비번이라서 역에서 병원까지 택시로 바래다주었어요."

"……."

아주 잠깐이었다. 수와 나, 누구의 입에서도 말이 없었다. 짧았지만 지루하고 어색하게 느껴지는 침묵이었다. 홍차 두 잔을 주문하면서 수가 먼저 입을 열었다.

"여러 차례 망설이다가 한 달 전쯤 이제 그만 전화하시라고 문자를 보냈어요. 그런데 한 선생이 죽기 직전이 된 거예요. 아무것도 할 수 없다며. 몇 번을 미루던 끝에 내가 전화했고, 오늘 만났어요. 이러다 사람 하나가 잘못될 수도 있겠구나 싶어서."

"언제 시간 내서 내가 한 선생을 만나 보면 어떨까요?"

"아니에요. 쉽진 않겠지만 내가 풀어야 할 일이에요."

수가 한 선생으로 부르는 사람, 그는 시내버스 운전기사다. 역 앞을 거쳐 시내의 동서를 가로질러 운행하는 813번 시내버스.

수가 대전 창작실을 떠나기 전, 겨울이었다. 늘 그래 왔듯 자동차를 두고 열차편으로 경주에서 올라와 창작실을 가기 위해 시내버스를 탔다. 버스가 급정거하는 바람에 수가 넘어졌고 발목을 삐끗했다. 버스 기사가 사과했고, 병원으로 데리고 가서 치료해 주었으며, 회사에서 치료 기간의 교통비를 보상해 주었다. 수도 한 선생도 그것으로 급정거 사고는 끝난 줄 알았다. 경주에서 올라온 어느 날 두 사람이 다시 만났다. 813번 시내버스 안에서. 그렇게 시작된 인연이었다. 한 선생은 치료비 보상 서류에 있던 수의 전화번호로 문자를 찍고 통화를 했다. 대전에 오면 창작실까지 차를 태워 주겠다며. 극구 뜻을 굽히지 않는 한 선생의 요청으로 두세 번쯤 수가 경주에서 올라오는 날 시간을 맞추어 시내버스를 타기도 했다. 우연이었지만 시내버스 노선이 수의 창작실 인근을 지났기에 가능한 일이었다. 그 뒤 수시로 통화와 문자를 주고받으며 지내 왔다. 그새 네 번째 겨울이 지나가는 중이었다.

불과 두 살 연상인데 십 년은 더 늙어 보이는 남자. 사업에 실패한 뒤 집과 아내를 한꺼번에 잃어버린 사람. 택시 운전 사고로 구치소에서 육 개월을 살다 나와서 시내버스 핸들을 잡은 사람. 재산이라곤 복막 투석하는 아들이 전부인 사람.

수는 한 선생을 그렇게 묘사했다. 지나가는 인연이겠지만 소홀히 할 수 없다는 생각으로 불편하지 않게 만났다. 그러나 생각과 실제는 달랐다. 수가 대전을 떠난 뒤에도 한 선생의 전화는 끝없이 이어졌다. 한 선생은 경주와 대전을 오가는 수의 동선을 다 꿰뚫고 있는 사람처럼 수 곁에서 서성댔다. 처음엔 없는 시간을 빼앗기는 것 같아 완곡하게 거리를 두길 희망하던 수는 그게 여의치 않자 당황하기 시작했고, 차츰 불안해졌으며, 시나브로 층층이 쌓이는 두려움 때문에 내 앞에 한 선생을 조심스럽게 등장시켰다.

내 남편 말고 한 선생처럼 지극정성인 사람, 진실로 걱정해 주는 사람은 못 만났어요. ……. 나는 한 선생을 만난 게 업처럼 여겨져요. 아무것도 없는 사람, 내가 만난 사람들 중에서 가장 초라한 이 사람이 왜 내게 왔을까. 이 사람은 나를 가르치기 위해 나타난 부처님인지도 모르는데, 그런데 나는 자꾸 한 선생을 떨치려고만 하고 있으니.

그렇게 깊어진 한 선생과의 관계였다. 그 관계 속으로 내가 들어설 틈은 없었다. 십여 년 전, 해남 미황사 여행을 함께 다녀온 인연이 전부인 나와 수의 관계. 수를 향한 어떤 정성도 없고, 수에게 부처님은커녕 초라한 사람도 못 되는 나. 지나간 숱한 세월의 편린처럼 남도 여행을 잊은 듯 묻어둔 채 지내고 있는 수. 그 여자를 소울 메이트로 여기며 드문드문 안부를 나눌 때마다 행복해지는 관계. 행여 그 관계에 균열이라도 생길까 노심초사하면서 나는 가급적 직설을 피해 수를 설득했다. 내가 잘 아는 사람이 전혀 모르는 사람과 맺은 인연의 끈을 내 뜻대로 쥐락펴락할 수 없다는 생각에서였다.

"길어야 이삼 년입니다. 그 이상은 아닐 거예요. 너무 깊이 마음에 담아 두진 마세요."

오늘처럼 나는 위로 반, 설득 반으로 수에게 말했다. 수의 입으로 한 선생과 시내버스가 드나들 때마다. 수 역시 나와 같은 마흔아홉. 몸이 망가질 만큼 치열하게 활동하는 수의 삶을 생각하면 그도 세상을 알 만큼 아는 여자였다. 그러나 수는 완강했다. 생의 수레바퀴를 나보다 저만치 앞서서 굴린 것처럼 처음부터 내 말에 설득당할 사람이 아니었다.

"관계가 단절되면…… 인생의 막장까지 다녀온 한 선생이 비로소 하늘을 보았는데, 그 하늘이 다시 닫힌다는 생각을 해 보세요. 그가 입을 상처, 그것은 그의 상처가 아니라 내 상처가 될 게 분명해요."

얼추 한 시간 남짓 한 선생이 수와 나 사이를 왕복했을 것이다. 시내버스의 걸음으로 느릿느릿. 홍차와 맹물을 돌려 마시며 입을 여닫을 때마다 가슴 어딘가에서 탁음이 새 나왔다. 버석버석 마른 수세미가 부서지는 소리 같기도 하고 며칠 묵은 빵이 부서지는 소리 같기도 했다. 지난 십여 년간 섬을 떠돌며 나는 침묵했다. 섬에서 돌아오면 그 침묵의 여운을 되새기듯 혼자 호숫가를 걸었다. 침묵했던 그 시간 동안 내가 입을 열었던 것보다 더 자주, 더 크게 입을 열고 닫은 탓인지 몰랐다. 가슴에서, 입에서 주체할 수 없이 탁음이 새 나온 것은. 호수 쪽에서 날아오른 새 떼가 유리창을 두드리며 연의 뒤편으로 사라지고 있었다.

욕망도 줄이고, 인연도 잘라 내고, 자유롭고 싶어서 고향으로 내려갔잖아요. 그런데 일에 치여 몸도 맘도 그렇게 아파서 대체 어쩌자는 것인지.

목구멍으로 치밀어 오르는 말을 모조리 구겨 넣으며 그 틈을 비집어 꺼낸 말을 내 스스로 감당할 수 없었다. 격식을 갖춘, 의례적인 안부조차 끈을 놓친 가스 풍선처럼 허공으로 날아다녔다. 한 선생 때문이었다. 한 선생의 시내버스가 둘 사이를 오가며 좀처럼 떠나지 않았다.

"내 안에 낯선 사람 하나를 둔다는 게 쉬운 일이 아니잖아요. 몸도 마음도 무거워지고 부자유스럽게 되면……."

"그의 곁에 앉을 때마다 반문했어요. 나는 왜 여기 있는가. 왜 당신과 함께 있는가. 그럴 때면 잠깐씩 그도 나도 마음이 평화로워지는 느낌이 들곤 해요."

오래전 해남 미황사에서 흡사 유성처럼 나를 스쳐간 뒤, 내게서 서너 발짝 떨어져 지낸 수는 알았을까. 내가 비로소 하늘을 바라보기 시작한 것을. 가족들 모르게 구걸하다시피 필름 값을 마련해 철거 다큐 사진전을 열었던 나의 하늘을 수도 보았을까. 단 한 점도 팔리지 않은 사진 앞에서 세상을 다 가진 듯 포효하던 나의 하늘을.

"……그러면 좋은 것 아닌가요. 역과 창작실을 태워 주는 것 말고 아무 욕심이 없다는 그의 말대로, 그냥 그대로 맡겨 두는 거죠. 하루에 세 번씩 오는 전화도 다른 사람의 전화를 받듯이 그냥 넘어가면 되는 거고. 내가 그를 가꾸어야지, 한 영혼을 행복하게 해줘야지, 하면서 말이에요."

수의 말을 듣는 동안 나는 불안했다. 최근 들어 한 번도 경험하지 못한 감정의 파장이 느껴졌다. 수의 말에 대꾸를 하려고 입을 열 때마다 두통이 일었다. 말을 좀 줄이고 진중해질 필요가 있었다. 나는 카메라를 들고 일어섰다. 사진 촬영을 구실로 호숫가에서 입술이 얼어붙기라도 해야 될 것 같았다.

"다음에 내는 산문집, 프로필 사진 필요하다고 했죠?"

"네."

"오늘 몇 컷 찍을까요?"

"그래주면 고맙지요. 전에 찍은 사진이 너무 젊어 보여 고민이었어요."

호수를 배경으로 촬영을 마치고 실내로 돌아왔을 때는 둘 다 몸이 얼어 있었다. 초겨울이었지만 호수의 바람은 한겨울처럼 맵찼다. 손을 녹인 뒤 수가 내 명함 뒷면에 바뀐 메일 주소를 적었다.

"사진은 필름 현상 끝나는 대로 스캔해서 파일로 전송해 드릴게요."

"고마워요. 항상 신세만 지고."

"신세는 무슨? 바쁘겠지만 함께 시 공부하던 벗님들 만나러 가끔 들리세요."

"일에 쫓기다 대전에 오면 좀 여유가 있어요."

호숫가 저 아래 바위틈에서 걸어 나온 초로의 남자가 카메라 배낭을 짊어진 채 억새풀 속으로 파묻히고 있었다.

"언제부턴가 대전은 인생의 쉼표 같다는 생각이 들어요. 옛 사람들을 만나서 좋고, 일에서 벗어나 잠시 쉬어갈 수도 있고."

억새풀 숲으로 들어갔던 남자가 느린 화면처럼 다시 호숫가로 걸어 나왔다. 카메라 배낭이 무거운지 배낭을 몇 번씩 추슬렀다. 생의 쉼표 하나를 찍기 위해 천 리를 왕복하는 여자. 수의 배낭엔 무엇이 들어 있을까. 네 시 이십오 분. 곧 일몰이었다. 늦기 전에 호수를 떠나야 했다. 물 한 모금을 마시면서 일어서려는데 탁자 위의 휴대폰이 떨렸다. 막냇누이였다.

"오빠, 어디야?"

"호수."

"동쪽 호수?"

"응. 촬영 때문에 나왔어."

"오빠, 나……."

"목소리가 왜 그래?"

"나, 너무 불안해, 오빠."

"무슨 일 있니? 천사와 다투었어?"

"아니, 그 반대."

"그런데, 왜?"

"오빠, 나 결혼하는 거 맞지? 분명히 결혼하는 거지?"

"무슨 말이야, 그게?"

"나, 너무 행복해서 오히려 그게 불안해. 오빠, 천사하고 통화 좀 해봐. 나랑 결혼하는 거 확실한가 물어봐 줘."

"그런 전화를 어떻게 해. 나쁜 생각하지 말고 몸이나 잘 돌봐."

"도무지 내 결혼이 믿어지지 않아서 그래, 오빠."

사월에 결혼 날짜를 잡은 막냇누이의 시댁이 제주도였다. 비행기를 타고 제주도까지 날아가서 치러야 할 결혼식 준비로 몸이 힘들다는 문자를 몇 번 읽었다. 사지 멀쩡한 남자가 지체 3급 장애인을 반려자로 선택한 것에 대해 시댁 쪽에서 말들이 많다는 얘기도 들었다. 막내의 힘으로 감당하기엔 처음부터 쉽지 않은 결혼이었다. 짐작컨대 천사가 아니었으면 벌써 쓰러졌을 막내였다.

"막냇누이가 봄에 결혼해요."

나는 자리에서 일어나며 수에게 통화 내용을 말해 주었다.

"축하해요. 몇 살?"

"마흔."

"마흔?"

"몸이 좀 아파요. 혼자 견디다 천사 같은 남잘 만났어요."

나는 배낭을 열어 사진 한 장을 꺼냈다. 막내가 남자와 동백꽃 숲에서 찍은 사진이었다.

"제주도 남잔데요, 여기, 이 남자가 그 천사."

"천사와 함께……. 사진에 쓴 글, 인상적이네요."

인상적이라는 말 때문에 나는 수에게서 건네받은 사진을 다시 들여다보았다. 막내와 천사의 머리 위로, 아니 한 선생과 수의 머리 위로 동백꽃이 날렸다.

"한집에 살아요?"

"결혼 날짜 잡고 분가했어요. 천사가 시내 서쪽에 작은 집 한 채 마련했는데, 혼자 한 번 살아보겠다고 해서."

어느 틈에 다가섰는지 초로의 남자가 유리창 밖을 지나고 있었다. 한동안 입을 다문 채 남자를 따라잡던 수가 자리에서 일어섰다. 열차 시간에 맞추려면 서둘러야 할 것 같았다.

3

자유

여느 때보다 평균 기온이 뚝 떨어진 추위가 지속되고 있었음에도 해가 바뀌도록 기다리던 눈은 오지 않았다. 첫눈처럼 두어 차례 폴폴 날리다 만 눈송이가 십이월 한 달간 내린 눈의 전부였다. 전국적으로 겨울 가뭄이 극심해서 새해 농사는……. 신정 연휴 기상 특보에도 똑같은 보도가 몇 번씩 반복되었다. 호수의 동쪽이든 서쪽이든 물 빠진 자국이 호숫가에 흉측하게 드러났다. 호숫가를 따라 등고선처럼 뻗쳐 있는 그것은 흡사 호수의 나이테 같아서 그대로 호수가 말라 죽고 밑바닥을 드러내면 절명한 호수의 향년 나이를 손쉽게 알 수 있을 것만 같았다.

애초에 올 겨울 촬영 대상은 폭설에 파묻힌 호수였다. 섬 촬영과는 상관없이 잡아둔 계획이었다. 제발, 집에 걸어둘 만한 사진 좀 찍으세요. 아내의 요구 때문에 시작한 풍경 사진 작업은 결코 아니었다. 눈이 녹기 전, 호수와 폭설의 경계를 콘트라스트가 강한 흑백으로 담아 보자. 그 야심찬 계획에서 세 번씩이나 꽃이 피고 둑이 터지고 단풍이 들고 고드름이 맺혔다. 그러나 한 컷도 셔터를 누르지 못한 채 겨울의 절반이 또 지나가 버렸다.

눈은커녕 물도 없이 칼바람만 파도치는 호수라니.

한 달 남짓 아무 할 일도 없이 카페에 들리는 게 민망했다. 한 일이 있다면 연 앞의 호숫가 바위를 서성댄 것뿐이었다.

이렇게 집을 자주 비우셔도 괜찮으세요? 대학 입시철이 지나 학원 강의가 많이 줄었어요. 그게 아니라……. 아, 예. 집사람은 일 때문에 늘 바빠요. 아들은 학교에서 늦게 오고. 그래도 보통 가정에선 쉽지 않을 텐데요. 제가 아버지와 발가락만 닮은 줄 알았는데 아버지의 튼튼한 역마도 물려받은 것 같아요.

민 선생이 내게 처음 던진, 난처한 질문이었다. 가볍게 웃어넘기고 싶어 언 땅에 묻힌 아버지를 꺼냈음에도 민 선생의 시선이 왠지 싸늘하게 느껴졌다. 연의 출입문을 열 때마다 마음이 불편했다. 세밑에 아들을 데리고 연에 들린 것도 겨울 여행의 목적이 아니었다. 민 선생의 시선을 돌려보자는 속셈이었다.

참 아름다운 중년이에요.

새해 인사차 연에 들렀을 때였다. 호숫가에서 찍은 것이라며 수의 사진을 꺼냈을 때, 민 선생은 지나가는 말처럼 딱 한 마디만 했다. 더 이상의 대화도 눈발도 없이 새해 첫 주가 지나가 버렸다. 호숫가 바위틈을 걷다가 돌아오면 공연히 잠을 설치는 날만 늘어갔다.

일월 구일, 금요일.

"이민우. 나, 기표야."

제주도 친구의 전화를 받은 것도 새벽잠을 놓친 날이었다. 오후 강의가 없어서 낮잠을 잘까 하던 중에 전화를 받았다.

"고속버스터미널이야. 해장국집에서 혼자 마시고 있어."

친구와 어디로 갈까, 집을 나서면서 고민하다가 연으로 결정했다. 연은 어제도 다녀왔기에 잠깐 망설이긴 했다. 연에 들린다면 제주도 친구는 올 겨울 두 번째 손님이 되는 셈이다. 어젠 오후 내내 첫 번째 손님과 연에 앉아 있었다. 사진 속의 그녀와 함께 차를 마셨고 호숫가 바위틈을 걸었다. 제주도 친구를 동반하고 그 호숫가를 걸었으면 싶었다. 나와 함께 최초로 호숫가를 다녀간 수의 여정 그대로. 가능하다면 빙어도 먹어 보고.

"대전엔 웬일이야?"

"아들이 청주에 있는 대학교 면접시험을 치렀어. 청주 공항에서 애만 보내고 내려온 거야."

"여기서 자고 갈 거야?"

"글쎄. 동창을 만나기로 했는데 만나 봐야 알 것 같아."

"참, 막냇누이가 사월에 결혼하는데 시댁이 제주도야."

"그래? 제주도 어디?"

"애월읍."

소주 두 병째를 거의 비울 때쯤 동창이 나타났다. 뜻밖에도 여자였다. 마치 어린애를 끌어안듯 동창은 친구를 덥석 안았다. 동창이 옆자리에 앉고서야 친구가 동창의 성별을 얘기하지 않았다는 것을 알았다.

"인사 나누지. 이쪽은 초등학교 동창, 권지연. 이쪽은 같이 시 쓰는 친구, 이민우. 흑백 사진도 찍고 그래."

"안녕하세요? 요즘 같은 세상에 아날로그라니 놀랍습니다."

"아, 예. 그냥 취미로."

"이 친구 시가 참 좋았는데 사진 쪽으로 기울었어."

"아, 그러시구나. 사진은 어떤 사진?"

"다큐 사진 작업을 주로 합니다. 철거 같은 거. 재미없는 사진이고 집에 걸어두지도 못합니다."

하마터면 여인숙, 아니, 섬을 꺼낼 뻔 했다. 초면에 그럴 필요가 없었다. 육지의 섬에 대해서 제주도 사람의 반응이 어떨지 궁금하긴 했지만. 아내가 집 떠난다는 생각을 밥 먹듯이 하겠어요. 만에 하나, 이런 식으로 이야기가 길을 잘못 들면 서로 곤혹스러워질게 분명했다.

"다른 건 안 찍나 봐요. 풍경이나 사람 같은 거."

"아, 이 친구, 특기가 사람 사진이야. 우리 늙은 다음에 문인의 초상 사진전 한다면서 시인들 초상도 찍고 그래."

"아, 네."

"나 문학상 탔던 시집 있지? 그 프로필 사진, 이 친구 작품이야."

"정말? 저도 언제 한 번 찍어 주세요."

소주잔을 나에게 건네면서 동창이 목소리를 높였다. 표준어를 또박또박 구사하는 표정에 빈틈이 없었다. 많은 사람을 상대하는 전문직 여성으로 보였다. 친구가 담배 한 대를 다 빨아들인 뒤 식은 뼈다귀해장국을 헤집는데 휴대폰이 울렸다. 다른 동창이 도착한 모양이었다. 친구가 휴대폰을 들고 해장국집 밖으로 뛰었다.

"4·3으로 제주도가 쪼개질 수는 없잖아."

소주잔이 서너 바퀴쯤 돌았을 때였다. 나를 제외한 셋 중에 누가 먼저 그 말을 꺼냈는지 몰랐다. 셋은 번갈아 가면서 같은 말을 되풀이했다. 최근에도 그 문제로 대화를 나눈 눈치였다.

아직도 색깔론을 꺼내드는 정치권이 문제야. 피해자를 두 번 죽이고, 유족을 우롱하는 짓이지. 그런 색깔론 때문에 피해자 단체가 쪼개지는 거 아니야? 오죽하면 4·3 얘기도 꺼내지 말라고 하겠어…… 국가기념일로 지정되었는데도 70주년 행사 주최 문제로 다른 목소리를 내면 어쩌자는 거야. 그래도 70주년 기념사업위원회가 조직되었으니 그나마 다행이지. 2년 남았으니 힘을 모아 보자고.

셋은 분기탱천한 얼굴이었다. 제주 4·3희생자 추념식 70주년 행사 문제로 이견이 있는 모양이었다. 나는 좀처럼 셋 사이를 비집고 들어갈 수가 없었다. 4·3사건을 다룬 장편소설의 작가 이름이 오르내릴 때, 서울 인사동 모텔에서 두어 차례 함께 유숙을 했던 경험이 있기에 잠깐 끼어들었을 뿐이다. 한때 피로 물들었던 섬, 그 섬의 피가 흐르는 탓인가. 쉰이 다 되도록 객지를 떠돌았음에도 고향에 대한 애착이 이토록 깊고 질기다니. 그 말을 입속에서 오물거리며 나는 시계만 들여다보았다. 세 시 오 분. 늦기 전에 연을 다녀와야 할 것 같았다.

"제 생각은 정권 교체가 근본적인 해결책이 아닐까 싶습니다."

대화를 끊기 위해 한 마디 던진 게 너무 크게 나갔는가 싶었다. 일행이 토끼눈을 뜨고 나를 쏘아보았다. 민망한 생각이 드는 순간이었다.

"옳소!"

"박수!"

일행이 환호성을 쳤다. 건배! 정권 교체를 위하여! 주변 사람들이 일제히 우리를 돌아보았다. 나는 무슨 잘못을 저지른 사람처럼 일행의 복판으로 머리를 들이밀고 낮게 말했다.

"조용하고 풍경도 괜찮은 호숫가를 아는데, 가서 차 한잔하시죠."

언덕 너머 멀리 호수가 보였다. 겨울 내내 사람 하나 들이지 않은 채 저 혼자 고즈넉한 풍경이었다. 지상의 거대한 고독. 내가 연의 호수에 붙여 둔 상징이다. 그 상징을 깨뜨리듯 연 주차장에 차를 들이댔다. 동창들이 급하게 겉옷을 챙겼다.

"차에 웬 짐이 이렇게 많아요?"

늦게 온 동창이 차에서 내리며 조심스럽게 물었다. 뒷좌석에 실린 배낭을 두고 하는 말이었다.

"카메라 장비하고 갈아입을 옷이랑 비상식량, 등등입니다."

"살림을 다 갖춰 놓아서 집 떠나도 끄떡없겠어요."

"제가 워낙 떠돌아다녀서 짐이 꽤 됩니다."

"언제든 집에서 탈출할 준비를 해 두셨나 봐요? 이 차는 비상구 같은 존재고."

"탈출이 아니라 자유를 찾는 거죠, 이 친구야."

늦게 온 동창의 말을 먼저 온 동창이 받아쳤다. 기표는 저만치 호숫가 쪽으로 내려서고 있었다.

"자유?"

"그래, 자유."

먼저 온 동창이 자유를 찾아서, 소리치며 쪼르르 달려가 기표의 팔짱을 꼈다. 말하자면 그래요. 이 차는 집으로부터 나를 탈출시켜 주는 비상구랍니다. 일행 중 한 사람만 나를 보았어도 그렇게 목젖에 힘을 주었을 것이다. 비록 낡았지만 이 차는 저의 비상구이자 저만의 집이고 자유랍니다. 아주 오래전, 출사를 떠날 때마다 고종사촌 용주 형이 나를 세뇌시켰던 그 말이 돌연 떠올랐다. 자유의 집. 쓴웃음이 나왔다. 셋 모두가 나보다 서너 발짝 앞서서 호수에 다가서는 중이었다.

텅 빈 호수는 여전히 칼바람으로 꽉 차 있었다. 호수 밑바닥으로 쭈욱 빨려 들어간 듯 수면이 얕아진 호숫가에 또 한 줄의 모래톱이 새겨져 있었다.

"물이 좀 말랐지만 호수가 참 예뻐요."

늦게 온 동창이었다. 호수의 수평선에 눈높이를 맞추려는지 무릎을 구부려 앉았다.

"기표야. 집 앞에 이만한 호수 하나만 두고 살면 원이 없겠다."

"그래라. 이 호수, 오늘부터 네 거다."

호수의 물을 퍼 담아 건네는 시늉을 하면서 친구가 껄껄껄 웃었다. 살 속으로 냉기가 파고들 만큼 호숫가에서 서성댔을 것이다. 호수를 배경으로 제주도 동창들끼리 기념 촬영을 한 뒤 연으로 들어섰다. 민 선생 혼자 앉아 있었다.

"오셨어요?"

"아, 예. 오늘은 귀한 손님들 모셔왔습니다."

"반갑습니다. 어서들 오세요."

"안녕하세요? 제주도 촌놈들입니다."

민 선생은 살짝 웃으면서 석유난로에 불을 붙였다.

"와, 석유난로가 다 있네."

폐가에서 혼자 지낼 때 사용하던 거예요. 나에게 들려주었던 그 말을 감춘 채 민 선생은 동창을 보며 조용히 웃었다.

"참, 민 선생님. 며칠 뒤에 빙어 낚싯배 타기로 했어요."

"안 사장이 드디어 촬영을 허락하셨군요."

"예. 꼬박 두 겨울을 기다린 셈이네요. 새벽에 그물 걷으러 가는 날, 함께 호수로 떠나기로 했어요."

연으로 들어서는 호숫가 마을에서 민 선생과 함께 두어 차례 빙어를 먹은 적이 있었다. 그 빙어 장수를 촬영하려고 지난 해 겨울부터 별러 왔다. 빙어 장수는 낚싯배가 작아 위험하다고 거부했지만 나는 집요하게 그를 설득했다. 빙어 낚시에 방해만 안 되면 죽어도 좋다고. 마흔다섯, 안철민. 호숫가 인근에서 안 사장이라 불리는 그는 오래전 아내를 잃고 혼자 산다. 겨울 한철 빙어로 입에 풀칠을 한 뒤 여름내 논밭 품팔이를 하면서 거의 굶다시피 지낸다. 삼복더위에 물배만 채워서 빙어처럼 물방귀만 뀌고 살아요. 그 말을 쏟아 놓고 껄껄대던 그의 인상이 강렬해서 첫눈에 촬영 계획을 잡았다.

"이 실장님, 조심해서 다녀오시고요, 오늘 손님은 더 없을 겁니다. 푹 쉬세요."

오후 네 시. 민 선생의 말대로 이제 호수를 찾는 사람은 없을 터였다. 그동안 연을 드나들며 관찰한 대로라면 평일 오후엔 남녀 서너 쌍이 다녀가는 정도였다. 호숫가 연은 생각보다 찾기 어려운 먼 길이었다. 시내를 벗어나 동쪽 호수를 끼고 굽이굽이 이어진 지방도를 타면서 손수건만한 'Cafe 연' 간판 여덟 개를 놓치지 않고 좇아야 한다. 그 마지막 간판이 붙어 있는 방축골 오르막을 넘어선 뒤, 언덕 아래 세 갈래 길에서 우측을 가리키는 화살표를 따라 길 끝에 이르면 만나게 되는 쌍둥이 뾰족지붕. 그 오른쪽이 연이었다. 한두 번 다녀간 사람 말고는 해 짧은 겨울 오후에 이곳까지 물어물어 찾아올 손님은 아주 드물었다. 왼쪽 펜션에 머물렀던 사람들이야 석양이 깔린 호수를 보러오는 경우가 이따금 있긴 했지만 대개의 경우 사람의 발길이 끊긴 연의 저물녘은 호수처럼 고즈넉하기만 했다. 그곳에 동갑나기 넷이 둘러앉아 유리창 밖의 호수를 향해 눈빛을 던지며 물수제비를 뜨는 중이었다.

"민우야. 미라 이 친구는 독일어 전공했어. 여기저기 강의도 좀 뛰고."

"아, 예."

"이 친구, 권지연은 네 가지를 전공했는데 마지막이 미술사야. 미술 평론을 주로 하는데, 시대를 잘 못 타고 난 팔방미인이지."

"시간 죽이는 게 아까워서 쉴 틈 없이 살고 있어요."

"네, 열정이 느껴집니다."

"고향 친구 아니면 오늘 나오지도 않았을 거예요. 와 보니 잘했다 싶네요. 겨울 호수를 다 보다니."

"호수 멋지죠? 여기까지 오셨으니 기념사진 한 컷 찍어드릴게요."

"아, 그래 주시면 영광이죠."

"민우 이 친구, 시가 풍성했는데 사진 때문에 가난해졌어. 그래도 사진은 일류야, 일류."

"아닙니다. 기표 앞에서 시 얘기는 좀 창피하고, 저는 시도 사진도 삼류입니다."

"삼류도 좋고 일류도 좋아요. 다 사람살인데요, 뭐."

독일어와 미술사와 시와 사진과 삼류와 석유 냄새가 뒤섞인 겨울 오후가 호수 수면 위에서 한참을 자맥질했다. 호수 밑바닥으로 침잠해 있던 4·3이 금방이라도 수면 위로 솟구칠 것만 같았다.

"참, 다들 빙어 아시죠?"

"아, 산 채로 먹는 물고기요?"

"네. 먹으러 가실래요?"

"그거 잘못 먹으면 기생충 옮는다 하던데."

"이 호수는 1급수여서 그런 염려는 없어요. 여기 빙어는 진짜 일릅니다."

"어유, 산목숨을 어떻게 뱃속에 생매장해요."

한편 소란하고 한편 지루한 시간의 어중간, 기생충과 생매장이 사라진 아주 짧은 순간, 납덩이처럼 무거운 침묵이 이어졌다. 그 끝이었다.

"나 오늘 동학사 들어갈 건데, 미라 넌 시간 어때?"

기표가 겉옷을 챙겨 일어섰다. 침묵이 지루했던 모양이었다.

"괜찮아. 신랑이 연구실에서 야근이거든. 지방대에서 무슨 논문 쓸 게 그렇게 많은지 몰라."

"지연이, 넌?"

"난 자유야. 그 사람하고 다 정리했어."

"애들은?"

"무슨 애들 타령이야. 나이 쉰에 겨우 얻은 자윤데."

"잘 됐다. 하룻밤만 신세 질게."

"기표 너도 모처럼 섬에서 탈출했으니까 며칠 자유롭게 날아다니다 가라."

"날개는 내가 달아줄게. 호호."

아내의 전화가 아니었다면 나도 기표와 동창들을 따라 동학사에 갔을지도 몰랐다. 흐린 겨울 하루의 해가 떨어지고 일몰도 없는 호수가 검푸르게 얼어붙을 즈음, 휴대폰이 울렸다. 아내였다.

"오늘 별일 없죠?"

내 차로 함께 퇴근하기 위해 차량 여부를 확인하는 전화였다. 깜박 잊고 있었다. 당장 연을 떠나 목숨 걸고 달려야 겨우 퇴근 시간에 맞출 만했다. 사정을 말한 뒤 호수를 떠나 큰길 네거리에 차를 세웠다. 모처럼 뭍으로 나온 친구를 두고 나 혼자 귀가하는 게 꺼림칙하긴 했다. 친구와 동창들에 뒤섞여 4·3이든 결별이든 자유든 어쭙잖은 시든 술잔처럼 하룻밤 돌려 마셔도 좋은 것을.

"미안해요. 사정이 있어서 모셔다 드리질 못하게 되었습니다."

"참, 민우야. 4·3 기념시화전 원고 한 편 보내주라."

"그래, 고마워."

"가능하면 4·3 때 제주도에 건너오고."

"일정 보고 가능하면 전화할게."

"가능하면 오늘 밤 동학사에도 오세요."

"예. 두 분, 행복 누리세요."

호수를 빠져나오기가 무섭게 제주도 친구와 헤어진 것은 아내 때문만이 아니었다. 다른 이유였다. 이미 날이 어두워지고 있었지만 남은 시간만이라도 조용히 지내고 싶었다. 혼자, 단 십 분만이라도 침묵하고 싶었다. 철거촌 골목에서 카메라를 깨뜨린 것처럼 오후 내내 마음이 불안하고 조바심이 일었다. 오늘 새벽에 잠을 깨어 수의 사진을 들여다볼 때부터 마음이 뒤숭숭했다. 아내 몰래 방을 빠져나와 그녀를 보면서 나는 다음 주쯤 인화될 또 한 장의 사진을 떠올렸다. 민 선생이었다. 연 앞의 호숫가 바위 곁에서 처음 찍은 민 선생의 붉은 눈빛이었다. 뷰파인더로 그 눈빛을 들여다보듯 나는 아내를 태우러 가는 중간중간 룸미러 속의 내 눈빛을 힐끔거렸다.

그 날, 바위에 앉아 사진을 찍는 동안, 민 선생은 무슨 생각을 하면서 눈물을 흘렸을까.

4

상실

돌연변이 같은 겨울 날씨였다. 일월의 절반이 지나도록 하늘은 눈 한 줌 뿌려주지 않았다. 지독한 눈 가뭄이었다. 기다리지 않는 비만 사흘째 이어지는 중이었다. 아사 직전이던 호수의 살이 겨울비에 좀 두터워지긴 했지만 호수 입구 마을의 골목부터 호숫가까지 길이란 길은 빈틈없이 질척거렸다. 기껏해야 낚싯줄 같은 빗줄기였음에도 날은 초저녁부터 급격히 어두워졌다. 나는 카메라를 꺼내보지도 못한 채 사흘째 연에 앉아 있었다. 펜션으로 사용되는 빈방 하나를 민 선생이 손님이 없는 틈을 타서 열어 준 것은 그나마 다행한 일이었다. 비록 냉기가 도는 방이었지만 사진에세이를 쓴답시고 방에 앉아 있지 않았더라면 나는 깃털까지 다 젖어 버린 청둥오리마냥 겨울 호숫가를 뒤뚱거렸을 것이다. 그러나 나는 몇 개의 마침표도 제대로 찍지 못했다.

고맙다. 나를 닮은 너를 보고서야 비로소 나를 본다.

연초였다. 물안개가 걷힌 수면이 거울처럼 맑았다. 호숫가 나무의 반영을 촬영하고 글을 달았다. 이 문장 하나를 사진과 나란히 벽에 붙여둔 뒤로는 단 한 줄도 쓰지 못했다. 방한복을 뒤집어쓴 채 펜션 유리창에 번지는 겨울비만 줄곧 바라보았다. 잠깐씩 쓸쓸해지다가 민 선생이 끓여준 홍차를 마시면서 쓸쓸했던 만큼씩 행복한 생각에 잠기곤 했다. 기다리던 눈 폭탄은 잊은 채.

그러다 깜박 졸았고, 무엇엔가 놀라 잠을 깼다. 사위가 어둑해진 오후였다. 방문 밖에서 가늘면서도 강렬한 악기 소리가 들렸다. 오카리나였다. 조금 빠르고 격정적인 곡이었다. 나는 노트북을 덮고 자리에서 일어섰다. 간유리로 된 출입문에 기대서서 카페 홀을 들여다보았다. 놀랍게도 민 선생이 직접 연주를 하고 있었다. 민 선생은 홀의 불을 끈 채 땅거미가 깔리기 시작한 호수와 마주 서 있었다. 빛이 약하긴 했지만 역광으로 살아나는 민 선생의 실루엣을 훔쳐보면서 나는 꼼짝도 하지 못했다. 연주가 끝나고 민 선생이 탁자 위에 오카리나를 올려놓은 뒤 다시 호수와 마주설 때까지 나는 숨을 죽인 채 그 자리에 서 있었다.

"민 선생님, 죄송하게도 제가 문틈으로 엿들었습니다."

방문을 열고 나간 것은 창밖에 여명 같은 어둠이 깔린 뒤였다.

"음반인 줄 알았는데 직접 연주하시더군요."

"일본 아티스트 미카코 혼야의 상실이에요."

"상실."

"소지로라는 사람과 활동 중인데, 소지로는 좀 기교적인데 반해 미카코 혼야는 깊이가 있어요. 울림이 크지요."

"오보에는……."

“그만 둔지 오래되었어요. 사정이 좀 있어서.”

“아, 예.”

“요즘 오카리나에 푹 빠져 있어요. 마을 밴드를 만들어 연주회도 하고 가끔씩 손님들께 들려드리기도 해요.”

민 선생은 오카리나를 들고 일어섰다. 상실을 다시 연주한 뒤 나를 마주 보고 앉았다. 몸속 어딘가에서 피가 역류한 것처럼 민 선생의 눈에 실핏줄이 번져 있었다.

“이 실장님.”

“예.”

“저희, 처음 인사 나눈 지 꽤 되었죠?”

“겨울 호수 촬영을 시작했을 때였으니까, 세 번째 겨울 같아요.”

“삼 년…….”

“…….”

“이 실장님께 들려드릴 이야기가 있어요.”

민 선생은 조심조심 입을 열었다. 입술로 낱말 서너 개를 깨물었다 삼킨 뒤 깊고 낮은 오카리나의 음색으로 이야기를 이어갔다. 붉은 노을이 깔린 호수 같은 눈빛. 나는 그 눈빛을 향해 고맙다는 눈인사를 하고 묵묵히 듣고만 있었다.

이 호숫가 말인데요. 왜 이렇게 풍경이 아름다운 줄 아세요? 저는 주검을 먹고 자라서 그렇다고 믿어요. 호숫가에 사람들이 다녀가고, 그 중 호수를 다시 찾은 사람들 가운데 몇몇이 물속으로 들어가고, 그 주검을 품은 풍경이 점점 더 아름다워지고…… 실제로 이 카페에서 지내는 동안 많은 사람이 죽었어요. 연을 스쳐 가는 손님들은 까맣게 모르는 일이죠. 작년 여름엔 삼십 대 남자가 죽었어요. 구두를 가지런히 벗어둔 채. 낚시 귀신이라고 불리던 할아버지와 국화꽃을 품에 안은 청년이 차례로 물속에서 떠오른 적도 있고…… 제가 처음 이곳에 온 게 구 년 전이었어요. 실은 저도 죽으려고 이곳에 들린 거였지요. 곁에 사람이 없었어요. 단 한 사람도. 거액의 상속세를 남겨둔 채 파산한 아버지가 세상을 떠난 뒤 남편과 딸이 사라진 집에 혼자 남았어요. 사람의 말을 한 마디도 못한 채 반 년쯤 지내다 이 호수에 왔어요. 저 아래 둥근 바위가 보이죠? 제가 달바위라고 이름표를 달아준 바윈데, 그곳에 앉아서 밤낮으로 울었어요. 오보에는 물에 떠내려 보낸 채. 그런데 사흘 쯤 지나 맞은편 바위 쪽에서 웬 울음소리가 들리는 거예요. 서울의 음대 교수로 퇴직한 여자였어요. 우울증에 시달리다 그만 떠나고 싶어서 호숫가에 왔는데, 함께 울던 끝에 달바위를 내려왔어요. 저는 폐가를 얻어 살았고, 그분은 시내에서 음악 학원을…… 폐가의 텃밭을 일구며 연에서 일하다 집을 갖고 싶어 땅을 샀는데 그게 지금 사는 방아실 집터예요. 마을에서 한참 떨어진 묵정밭이었어요. 밭 근처 논에서 개구리 우는 소리가 시끌시끌한 곳인데 그 소리에 반해서 짐을 풀었어요. 제가 유난히 개구리 우는 소리를 좋아하거든요. 쉴 틈도 없이 터를 다듬고 집을 지었어요. 삭발까지 하면서. 혼자 감당하기엔 너무 힘들었거든요. 집터가 마무리될 무렵 산비탈에 고사리 캐는 남자들이 가끔 다녀갔는데 그 중 한 남자와 혼인신고만 하고 살았어요. 작년 가을에 헤어질 때까지 이 년 남짓. 인테리어 사업하는 남잔데 제가 세 번째 여자였어요. 저처럼 개구리울음을 즐겼던 남자였지요. 그런데 그 사람, 알코올 중독이었어요. 감추고 살았던 거죠. 두 여자와 헤어지는 동안 어떤 말 못할 아픔을 겪었나 싶어서 이해하고 견뎠어요. 함께 집 짓고 방아실 골짜기가 환하도록 밤마다 등불을 밝혀두면서. 그랬는데…… 그 사람, 술에 취하면…… 제가 책을 읽으면 책을 태웠고, 차를 마시면 찻잔을, 연주를 하면 악기를 부쉈어요. 흙으로 만든 것은 다 부숴버렸고 나무로 만든 것은 모조리 불태웠어요. 무슨 강박 관념이 있는 것처럼 결국 제 방을 깨끗이 비웠어요. 이 실장님. 제 화장이 짙은 편이죠? 이마에 스물 세 개의 바늘자국이 있어요. 그 사람이 남겨준 훈장이죠. 보세요. 제 왼쪽 눈이 늘 충혈된 것처럼 붉죠? 그 사람한테 맞은 뒤부터 자주 눈물이 흘러요. 의사는 눈동자의 절반이 죽었다 하더군요. 작년 봄, 복부를 맞아 내장 파열로 입원한 뒤 헤어졌어요. 그 사람 떠나고 호숫가를 걸으며 많이 울었어요. 구 년 전처럼. 그런데…… 저, 아직…… 그 사람…… 잊지 못하고 있어요.

민 선생이 다시 오카리나를 들고 일어섰다. 상실. 나는 또 전곡을 연주하는 줄 알고 민 선생의 뒷모습을 지켜보았다. 민 선생은 창밖 달바위 쪽을 향한 채 한참을 서 있다 그냥 자리에 앉았다.

홍차가 싸늘했다. 나는 찻잔을 흔들다 내려놓고 자리에서 일어섰다.

"민 선생님, 화답 시입니다."

"예?"

"오카리나 연주를 두 번씩이나 감상했잖아요."

"화답은 무슨, 괜찮아요. 그냥 앉으세요."

"시 한 편 썼어요. 민 선생님 보기 민망해서 며칠 끙끙거렸어요. 여기 호수 풍경을 슬쩍 훔쳐서 쓴 건데, 서툴겠지만 낭송해 볼게요."

"고맙습니다."

창밖은 어두웠다. 호숫가에서 쉬고 있던 청둥오리 떼는 보이지 않았다. 나는 정선을 다녀온 뒤 두 달 만에 완성한 시를 꺼내 읽었다.

호수여인숙

늦가을 201호실에 첫 발 담가둔 내 몸에서 꽃이 피려는지 무릎이 결린다.

낡은 책가방 같은 호수의 방,
이 호수는 지름길이 없어 누구라도 숫돌처럼 살점 잘라 내고서야 간신히 닿는다.

늦가을 내 발 닦아준 신 양은 오른쪽 엄지발가락이 잘려 가까스로 호수에 떠 있다.

내 손목 끌고 온 늙은 청둥오리는 밤길이 두려운지 저만치 문 밖에 앉아 쉰다.

청둥오리도 신 양같이 호수 밖 어딘가 떠나려는 방향으로 물갈퀴를 숨겨 두었을 테지만

꽃만 보아도 무릎이 결리는 마흔아홉,
지금은 청둥오리처럼 잠시 쉬어 가는 모습이 아름다운 때.

이 호수를 무사히 건너려면 나는 호수 벽지의 목단꽃만큼은 꽃을 피워야 한다.

시 낭송을 마치고 한동안 둘 다 말이 없었다. 식은 찻잔을 만지작거리자 민 선생이 홍차를 다시 끓여 왔다. 나는 양손으로 찻잔을 가볍게 거머쥐었다. 따사롭고 평화로운 느낌이 발끝까지 번졌다.

"이 실장님. 섬 사진도 기대되지만 시가 참 좋은 것 같아요."

"겨우 시집 한 권 내놓고 십여 년째 휴업 중이라 부끄럽네요."

"목단꽃 무늬가 있는 호수의 벽지, 한 번 보고 싶어요. 누군가 꽃잎 속에 씹던 껌을 숨겨 두었을 것 같고."

"봄부터 핀 꽃이 시들 줄을 몰라요."

"신 양이라는 분, 며칠 전 바위에 앉아 있던 그 여자분, 맞죠?"

민 선생이 홍차 리필을 하면서 물었다. 나는 받쳐 든 찻잔에서 손을 떼었다.

"보셨군요."

"꽤 오래 머물다 가시기에 누군가 하고 훔쳐보았어요."

"호수만 둘러보다 떠났어요. 정선에 사는데, 그냥 바람 쐬러 왔다며."

"나이가 좀 들어 보이더군요."

"닭띠."

"어머, 닭띠면 저와 동갑이네요."

"민 선생님도 마흔넷?"

"네."

"그런데 민 선생님, 믿어지세요?"

"무슨?"

"마흔넷이 되도록 한 번도 호수를 본 적이 없다는 게."

"한 번도?"

"예. 옥천이 고향인데, 그 주변엔 금강도 있고."

"……."

"일 때문에 빠져나오기 힘들었는데 고향 어머니가 위독해서 다녀가는 길에 호수를 보고 갔어요."

"절실했나 봐요, 호수가. 여기까지 찾아오다니."

"대체 마흔넷에 호수를 처음 본다는 게 가능한 일인가요?"

"바쁘게 살다보면 그럴 수도 있을 것 같아요."

"그런데 그보다 저를 더 당황스럽게 만든 일이 있어요."

"네?"

"달바위에 올라앉더니 다짜고짜 우는 거예요."

"울었어요?"

"예. 울음이 얼마나 깊던지 울음을 그치고 바위에서 내려올 때까지 듣고만 있었어요."

"잘 하신 것 같아요."

"또 있어요. 수수께끼 같은 일이."

"무슨?"

"어렵게, 어렵게 물어보았는데, 외로워서 시작한 일이래요."

"직업?"

"예. 바다를 좋아해 동해안 시골 초등학교 앞에서 남편과 문방구를 운영했는데, 남편이 트럭에 치여 떠난 뒤부터 외로워서."

"……."

언젠가 꼭 바다가 보이는 집에서 살고 싶다는 그 여자, 빙어 같은 사람이에요. 영영 바다로 떠나지 못하고 호수에 갇혀 살게 된 빙어. 나는 신 양을 빙어에 빗대어 말하려다 그만 두었다. 민 선생이 말없이 홍차를 따랐다. 나 혼자 벌써 세 잔째 비우는 중이었다. 어느 틈에 숨어들었는지 방 모퉁이마다 땅거미가 가부좌를 틀고 있었다. 연을 떠날 시간이, 집에 도착할 시간이 한참을 지나고도 남았을 것이었다.

겨울 호수의 어둠은 호수처럼 깊어요.

민 선생의 말을 잊은 것은 아니었다. 가슴 한 편이 저리면서도 한편 평화롭고 아늑한 분위기에 휩싸여 좀처럼 자리에서 일어설 생각을 못했을 뿐. 마치 생애 처음으로 호수를 찾아온 신 양처럼. 태백산 섬으로 떠나는 마지막 통통배를 탈 생각도 없이 바위에 앉아 울었던 것처럼.

5

달바위

눈이 내렸다. 겨우내 기다렸던 눈이 마침내 내린 것이다. 자고 일어나보니 창밖이 하얗게 덮여 있었다. 어젯밤 대설주의보를 발령한 일기예보가 어긋나긴 했지만 발자국이 찍힐 만큼의 눈이 쌓였다.

이월을 넘겨서야 찔끔거리는 눈발이라니.

나는 갤러리 암실 문을 열면서 투덜거렸다. 눈이 얕아 호수 사진을 포기한 것은 어쨌거나 잘한 일이었다. 오늘 안으로 선우의 사진 인화를 마치자. 호수 촬영을 구실로 미루던 작업이었다. 사흘 전, 주말이었다. 민 선생이 마을 밴드 레슨 때문에 연을 비우던 날, 선우는 호수만 바라보다 돌아갔다. 호수를 배경으로 찍은 사진 한 컷만을 남긴 채.

따뜻하고 포근할 줄 알았는데…… 아무 느낌도 없이 그냥 허전하기만 해요.

내 탓이야. 예나 지금이나 내가 좀…….

아니에요. 내 몸이 차서 그래요. 살다보니, 살아남기 위해 하루

하루 견디다 보니 몸도 마음도 얼음처럼 차가워져서.

…….

이제 십팔 년 후에나 봐요. 십팔 년쯤 지나 오늘처럼 다시 만날 수 있다면 다행이겠죠?

선우를 배웅하며 열차를 기다릴 때였다. 호숫가 모텔을 나서며 했던 말을 선우가 반복했다. 열차가 정시보다 사 분 늦는다는 안내 방송이 나왔다.

십팔 년? 왜 하필 십팔 년?

마치 처음 보는 사람인 듯 나는 뜨악한 눈으로 선우를 마주보며 물었다.

잊었나 봐요. 처음…… 여행 다녀온 게 십팔 년 전이었어요. 그 세월쯤 지나 다시 볼 수도 있겠다 싶어서.

속눈썹이 파고든 것처럼 눈이 따가웠다. 십팔 년 전이라면, 서른한 살이었다. 선우는 스물다섯. 선우가 취업 학원에 드나들 때였다. 휴학 끝에 가까스로 졸업한 선우나 변두리 학원 강사인 나, 둘 다 집 한 채 없던 시절이었다. 나는 나이와 시간에 쫓겼고 선우는 취업 때문에 전전긍긍했다. 어렵게 날을 잡아 서해안 모항과 곰소의 갯벌을 사흘간 밟았다. 처음 떠난 여행이 마지막이 되었다. 심각하게 결혼을 고민하던 끝에 우리는 서로 단념했다. 선우는 다음 해 취업하면서 곧장 결혼했고, 학원을 서너 차례 옮긴 나는 이 년쯤 지나서 약혼했다. 나는 그때, 극심한 우울증으로 원형탈모증까지 앓던 시기였다. 그런데 십팔 년 후, 과연 그때, 선우의 말대로 다시 볼 수 있을까. 서로를 가슴에 묻어둔 채 십팔 년을 견뎌왔는데 그만큼의 세월이 다시 흐른 뒤 재회가 가능할까. 가능하다면, 한 생의 청춘에서 황혼에 이르기까지 두세 번 가슴에 안아 보는 일이 과연 무슨 의미가 있을까.

사진전 소식은 들었지만 못 갔어요. 일이 바빠서.

호수를 떠나기 전, 십팔 년 만에 옷을 벗으면서 선우는 나지막이 말했다. 검붉은 조명 아래 웅크리고 앉은 선우의 모습이 언뜻 녹슨 흑백 사진처럼 보였다. 애 아빠가 카지노에서 전세금까지 날리고 사라졌다는 말을 늦게 들었어. 아직 셋째가 어린데…….. 옷을 입고 모텔을 빠져나올 때까지 나는 식도를 역류하던 그 말을 짓밟아 구겨 넣었다.

힘들겠지만 포기하지 마. 아이들도, 자신도.

저만치 열차가 들어오는 걸 보면서 쫓기는 마음으로 선우에게 말했다. 그 말을 선우가 가볍게 받았다.

큰애 살림 솜씨가 나보다 나아요. 이제 열네 살인데. 엄마보다 강한 여자가 될 거야. 그런 말을 할 땐 온몸에 소름이 쫙 번진다니까요.

열차가 떠나고 나는 고개를 흔들었다. 내가 왜 그런 말을 해. 우리 넷, 날마다 오체 투지하듯 견뎌요. 선우에게서 이런 대답이라도 기대했던가. 초등학교 때부터 계모의 회초리를 맞으며 밥상을 차린 선우였다. 큰딸이 선우의 피를 고스란히 물려받았다면 그것을 기뻐해야 할까, 슬퍼해야 할까. 약속을 몇 번씩 미룬 끝에 일 년을 기다려 함께 먹은 밥 한 끼였다. 생각하면 첫눈 같은 밥이었다. 그런데 그 첫눈을 맞은 게 과연 잘한 일일까. 둘 다 알 수 없는 일이었다.

내 생의 모든 것을 다 지우고 지난 십팔 년만 돌이켜 보아도 벅찬 세월이었다. 견딜 수 없이 선우의 안부가 궁금한 날이 많았다. 잊은 척 살았던 십팔 년이었다. 나보다 일찍 결혼했으니 행복하게 살아가리라. 그렇게 외면해온 세월이었다. 어쩌다 수화기 속에서 부딪히는 숨결만으로도 아프고 설렜던 관계. 그 관계 너머로 건너갈 수 없는, 선우와 나 사이를 가로지른 십팔 년이라는 바다. 어디로든 떠날 수 있도록 사방이 트였지만 아무 곳으로도 떠날 수 없는 섬. 오랜 세월 제자리를 지키고 서 있는 외딴 섬처럼 선우와 나는 십팔 년이라는 바다 한 복판에 떠 있었다. 단 한 발짝도 거리를 좁히지 못한 채. 마치 사람의 눈에 보이지 않는 심해 속으로나 손을 맞잡은 섬처럼, 그렇게.

마흔아홉 살. 이젠 제게 무슨 일이 일어날까 봐 두려워요.

첫눈이 내리던 날, 연을 벗어나 호숫가를 빠져나오는 동안 내가 침묵할 때, 수가 침묵 속으로 뚜벅뚜벅 걸어오며 말했다.

열정이 식어서가 아니라 중심을 잃을 만한 일이라면 그게 무어든 감당할 수가 없는 나이 같아요, 마흔아홉은.

해가 바뀌고 며칠 뒤, 새벽이었다. 경주로 전화하면서 휴대폰을 거머쥔 채 나는 내 나이를 손꼽아 보았다. 쉰 살. 나는 아직 흔들려도 되는 것일까. 집을 날리고 잠적한 남편을 포기하고 삼남매를 혼자 키우는 선우의 중심은 아직 굳건한 것일까. 이마에 스물세 개의 바늘자국을 감추고 사는 민 선생은 파열된 장을 움켜쥔 그 손으로 자신의 중심을 붙잡고 있을까. 모를 일이었다. 어쩌면 선우와 나뿐만 아니라 모두들 자신의 중심을 놓치지 않기 위해 십팔 년의 바다 속에서 누군가의 손을 잡은 채 살아가는 지도 알 수 없었다.

필름 확대기에 선우의 필름을 걸고 잠깐 쉴 때였다. 주머니에서 휴대폰이 덜덜 떨렸다. 오늘 오후에 만나기로 한 빙어 장수 안 사장인가? 전화를 받지 않았다. 내일 새벽 호수에 배를 띄운다는 말을 할 것이다. 아니면 그 반대의 내용이거나. 필요하면 다시 전화할 터였다. 현상액에 인화지를 넣고 선우의 상이 뜨기를 기다리는데 휴대폰이 또 떨렸다. 막냇누이였다.

"오빠, 가족들 비행기 표 예매했어?"

"아직."

"결혼식이 두 달 앞인데?"

"청주공항 국내선은 한 달 전쯤에도 좌석표가 있다고 해서."

"아니야, 오빠. 제주도는 사월이 성수기라서 서둘러야 해."

"알았어. 통화 끝나는 대로 예매할게."

"오빠, 나 힘들지 않게 부탁해."

"그래, 미안해."

"비행기 표 예매하기 전에 천사랑 먼저 통화해. 공항에서 예식장까지 소요 시간부터 확인하고."

나 힘들지 않게 부탁한다는 말 때문이었다. 통화가 짧게 끝난 것은. 막냇누이의 대화는 대체로 그랬다. 막내가 힘들어하는 상황이 예견되면 대화를 중단하곤 했다. 가족들 모두가 그랬다. 오래전부터 익숙한 대화 방식이었다. 막냇누이가 다리를 다치고 몸의 절반이 망가진 다음부터 가족들 누구라도 지켜야할 암묵적인 약속이었다. 어겨서는 안 되는 금기였다.

몸 반쪽이 썩었는데, 내 몸을 이렇게 만들어 놓고 결혼이라는 말이 나와? 차라리 나보고 죽으라고 해!

막내는 식구들을 향해 그 말을 비수처럼 꽂곤 했다. 그 피 묻은 비수를 닦으며 나는 보았다. 식구들이 자신의 생애에 꽂아 놓은, 비수보다 더 날카로운 흉기에 찔려 피눈물을 흘리는 막내를.

내 기억이 정확하다면 중학교 겨울 방학 때, 그즈음이었다. 다섯 살짜리 막내가 빙판에 넘어져 무릎을 다친 것은. 오일장 장터를 떠도는 아버지나 환절기 옷을 제대로 입어보지 못한 가족들 모두 막내의 상처에 대해 아는 게 없었다. 열아홉, 스물에 일찌감치 출가한 두 누님과는 상관없이 나는 어떻게든 궁핍으로부터 탈출하기 위해 밤새 책을 읽었다. 그 새 무릎이 썩은 막내는 지체장애 3급으로 성장했다.

막내는 고등학교를 휴학하고 십여 년 만에 검정고시를 치러 사회복지학과를 졸업했다. 사회복지시설에서 제주도 사람을 만난 게 마흔 문턱이었다. 그 사람, 정말 천사 같은 남자다. 좀 힘들더라도 잘 견뎌야 돼. 결혼 날짜를 잡은 뒤 나를 비롯해 식구들은 막내를 향해 그렇게 입을 모았다. 언 땅이 녹고 꽃이 피면 막내도 마침내 가정을 갖는다. 그 가정을 떠올리며 식구들은 바싹 긴장했다. 우리 결혼하기로 했어요. 막내가 데려온 제주도 남자를 처음 소개받았을 때의 그 당혹감을 식구들은 내내 떨치지 못했다.

오빠, 어디야? 잠시 기억의 늪에 빠져 있던 탓이었을 것이다. 오빠, 지금 어디 있어? 언제부턴가 막내의 목소리가 시한폭탄처럼 가슴 속에서 째깍거렸다. 그 중 폭발력이 강한 것 하나가 터져버린 듯 망막에 통증이 느껴졌다.

그렇게 암실에 틀어박혀 오빠 혼자 살 궁리만 하면 어쩌자는 거야!

눈을 떴을 때 선우는 현상액 속에 그대로 담겨 있었다. 표정을 몰라볼 만큼 까맣게 탄 선우를 버리고 다시 순백의 선우를 집어 들었다.

독극물 같은 현상액과 정착액을 무사히 빠져나온 선우가 맑은 물속에서 가볍게 웃었다. 끝이 살짝 휘어져 오른, 흑백 콘트라스트가 강한 입술이 얼핏 빙어 같다는 생각이 들었다. 나는 저 투명한 빙어의 몸 속, 웃음의 이면이 궁금해졌다. 그날, 선우는 왜 말없이 웃고만 있었을까. 선우의 미소를, 빙어의 꼬리를 손가락으로 살그머니 두드렸다. 이 몸통엔 무엇이 숨겨져 있을까. 그렇게 한참을 바라보았다. 선우의 뒤쪽으로 바위가 보였다. 달바위였다. 민 선생이 죽으려고 올라앉아 호수에 떠내려가는 달을 보며 울었다는 바위. 그믐달을 엎어놓은 듯해 민 선생이 달바위라는 이름을 붙인 바위다. 바위 위로 선우가 올라가려고 할 때, 내가 화들짝 놀라 가로막았던 바로 그 바위다.

민 선생은 처음 바위에 앉아서 무슨 생각을 했을까. 거액의 재산세 유산만을 남기고 파산한 아버지를 떠올렸을까. 하루아침에 자신을 떠난 첫 남자를 생각했을까. 아니면 남자의 손에 끌려간 외동딸을? 그날 나의 만류를 뿌리치고 선우가 달바위에 올라갔다면 삼남매와 남편과 십팔 년 전의 남자 가운데 맨 먼저 떠올릴 사람은 누구였을까.

선택 받은 삶은 실패했어요. 이젠 제가 선택하는 삶을 살아갈 겁니다.

민 선생처럼 선우도 선택 받은 삶이었다고 말했다. 그래서 남편을 포기한 것이라면, 제주도 친구 기표의 동창처럼 이제 선우도 자유를 얻었을까. 나는 휴대폰을 켜고 막내가 선택했다는 천사의 번호를 눌렀다.

6

축제

“다섯 마리, 다섯 마리가 잡혔어요.”

낚싯대를 든 채 민 선생이 펄펄 뛰었다.

“솜씨 좋습니다. 대단해요.”

성호 형이 낚싯바늘에서 빙어를 떼어 내 나에게 넘겼다. 지렁이를 살피라는 뜻이었다. 그 중 덩치가 큰 빙어의 입에 지렁이 살점이 묻어 있는 게 보였지만 나는 그대로 물통에 담았다. 손가락이 곱아 쌀알만 한 지렁이를 꺼낼 엄두가 나질 않았다. 식용지렁이라 했으니 별 탈 없겠지 싶었다.

“민 선생. 스무 마리 정도만 더 잡으면 물통에 꽉 차겠어요.”

“네. 좋아요.”

스무 마리……. 한 시간은 더 잡아야 할 것 같았다. 얼음 위에서 동동거린 게 벌써 두 시간째였다. 한 시간이라면 손가락부터 얼기 시작한 내 몸 전체가 동파하고도 남을 시간이었다.

“강 원장님. 빙어 낚시, 너무 재밌어요.”

“겨울철 축제론 최고죠. 사람들이 벌 떼처럼 몰려드는 이유가

다 있는 겁니다."

"많이 잡히면 물통 하나 더 사요."

"굿 아이디어!"

물통을 하나 더 사자니. 이 많은 빙어를 누가 다 먹는다고. 물통 속엔 이미 백여 마리의 빙어가 아우성치고 있는데. 이제 그만하고 가요, 형. 나는 그 말을 꿀꺽 삼켰다. 목구멍에 서릿발이 내린 것처럼 따가웠다. 형과 민 선생은 각자 얼음 구멍에 눈을 꽂은 채 쭈그려 앉아 있었다. 나는 지렁이 통을 내려놓고 축제장을 한 바퀴 둘러보았다. 얼음판 위에서 웅성거리는 모습들이 형의 말대로 벌 떼 같았다. 그렇다면 이 얼음판 밑에서도 빙어들이 벌 떼처럼 날아다니고 있는 것은 아닐까. 대체 이 사람들은 무슨 꿀을 찾아서 몰려든 벌 떼일까. 이 많은 사람들이 올라섰는데도 끄떡없는 강물은 얼마나 거대한 꽃밭인가.

"한 마리 또 잡았어요."

"그 구멍이 명당인가 봅니다. 빙어가 뭘 아는 모양 같아요."

"예?"

"농담입니다, 농담. 하하하."

"강 원장님 솜씨도 괜찮아 보이는데……."

"제 것은 시뻘겋게 녹슨 줄을 빙어들이 눈치 챈 모양입니다. 하하하."

이월 둘째 주, 일요일이었다. 빙어 축제장은 그야말로 입추의 여지가 없었다. 축제 소식을 전해준 것은 성호 형이 아니었다. 신

양이었다. 지난달 고향집과 호수를 다녀간 신 양이 전화로 알려왔다. 옥천 집 앞에 빙어 축제 현수막이 붙어있어요. 빙어 축제가 벌어지는 강 건너에 신 양의 어머니가 살았다. 강변 남쪽 마을의 성호 형은 축제 현수막을 보지 못했다. 신 양의 전화를 받고 부랴부랴 성호 형에게 축제 날짜를 물어본 끝에 오늘 이렇게 빙판 위에서 떨고 있는 것이다.

언제 빙어 먹으러 가요.

연을 찾은 초겨울, 민 선생이 불쑥 빙어를 꺼냈다. 겨울이면 종종 빙어를 먹는다며. 잊고 지냈던 그 빙어를 오늘 만나는 중이었다. 추위와 벌 떼는 상상도 못한 채.

축제도 보고 빙어도 잡을 수 있어요.

일석이조군요.

축제장 근처에 아는 형이 사는데 동행해도 괜찮겠죠?

같이 글 쓰시는 분인가 봐요.

동문 선밴데요, 몇 년 전 직장에서 명예퇴직한 뒤 숲 해설가로 활동하는 분이어요. 시골집을 고쳐서 혼자 사는데 방 한 칸은 황토방이라 찜질도 할 수 있답니다.

황토방 찜질에 민 선생이 무슨 답을 했는지는 기억이 흐릿하다. 방한복을 챙겨 입고 내 차에 올라 어린애처럼 즐거워하는 민 선생의 모습만 또렷했다. 축제장 입구에서 형을 만나 낚시 도구를 살 때까지 나는 민 선생의 얼굴을 훔쳐보았다. 초면임에도 민 선생은 오래전부터 형을 알았던 사람처럼 표정이 밝았다.

민 선생에게도 저런 모습이 있었다니.

쇠꼬챙이를 빌려 형과 내가 번갈아 얼음 구멍을 파는 동안에도 민 선생은 얼음 위에서 혼자 미끄럼을 타며 깔깔거렸다. 날은 추웠고, 볼이 얼어 손으로 부비면서도 얼굴을 찌푸리지 않았다. 벌떼 같은 사람들이 쇠꼬챙이로 일제히 얼음을 내리친 것처럼 어디선가 쩡쩡, 얼음 깨지는 듯한 소리가 번졌지만 조금도 불안한 기색을 보이지 않았다. 성호 형이 낚싯줄에 지렁이를 끼울 때 딱 한 번, 징그러워라, 했을 뿐.

"자, 이 정도면 하룻밤 먹거리론 충분할 겁니다."

뚜껑 천장까지 빙어가 튀어오를 만큼 꽉 찬 물통을 들고 성호 형이 일어선 것은 오후 다섯 시였다. 세 시간 남짓 얼음 위에 서 있던 셈이었다. 중간에 몸을 녹이자며 소주 한 병을 비우지 않았다면 셋 가운데 누군가는 동사했을지도 몰랐다. 태어나서 낚싯줄에 지렁이를 처음 꿰어본 내겐 빙어 낚시는 축제가 아니라 빙어가 되어 보는 체험 같았다.

"아궁이에 불을 지필 테니까 아우님은 술상 차려주라."

성호 형의 시골집은 마을의 끝, 언덕 중턱에 원두막처럼 서 있었다. 두 칸으로 나뉜 빈 집을 개조해 황토방으로 썼고, 헛간을 고쳐 성호 형이 거주했다. 형의 방은 절전형 전기보일러를 썼지만 황토방은 구들을 새로 앉히고 아궁에 불을 지펴 손님의 사랑채처럼 사용했다. 장작불을 지피면 그대로 황토 찜질방이 되었다.

"하, 이젠 선수 다 되셨습니다."

"네, 강 원장님 말씀대로 종이컵에 초장을 담고 빙어의 숨을 죽인 뒤 먹으니 한결 쉽네요."

"그런데 진짜 선수는 달라요. 빙어 백배 즐기는 법이 따로 있답니다."

"예?"

"초장 찍힌 빙어 꼬리에 뺨을 얻어터지며 빙어 머리부터 씹어 먹는 겁니다. 가학과 피학이 중첩된 기발한 방법이지요."

성호 형이 버둥거리는 빙어의 머리를 입에 담은 채 오물거렸다. 초장이 뚝뚝 떨어지는 빙어의 꼬리가 형의 뺨을 때렸다. 뺨에 붉은 회초리 자국이 찍혔다.

"그런데…… 혼자 지내다보면 외롭진 않으세요?"

빙어를 삼킨 붉은 입술로 민 선생이 형에게 물었다.

"그 맛으로 산답니다. 어떠한 재료로도 요리할 수 없는 외로움의 맛. 그 맛을 즐기며 사는 거죠."

"……."

"여기 다녀가는 사람들이 다 궁금해 합니다. 혼자 겨울을 어떻게 견디느냐고."

"네. 더구나 눈이 쌓이면……."

"걱정하실 필요 없답니다. 제가 일류 요리사거든요."

맛을 음미하듯 형이 소주병에 입을 맞춘 뒤 뚜껑을 열었다. 세 개째였다.

"죽고 싶을 만큼 외롭게 살았으면, 하고 홀로 요리를 시작한 지 십 년이 되었는데 아직도 살아 있으니, 내 요리 솜씨는 아직 멀었죠."

"저도 한때 요리사를 꿈 꾼 적이 있어요."

"그랬군요. 우리 둘 다 불행한 셈이군요. 꿈을 이루지 못했으니. 하하하."

나는 얼른 민 선생의 눈빛을 훔쳐보았다. 실핏줄이 터진 것처럼 눈자위가 붉었다. 형의 눈은 멀쩡했다. 그럴 수밖에. 형은 단 한 번도 죽음에 이른 적이 없었으므로. 지방공무원인 형수와 대학생 형제. 그들로부터 벗어날 수 있는 자유를 어느 정도 보장받았기에 광역시 중심에 있는 집으로부터 일탈했을 뿐, 사람의 말을 한 마디도 하지 못하는 외로움을 견디지 못해 스스로 목숨을 포기하진 않았으므로. 죽고 싶은 게 아니라 죽을 수밖에 없는 외로움을 결코 맛본 적이 없었으므로.

"강 원장님."

"예."

"저…… 여기서 하룻밤만 머물다 가면 안 될까요."

"예? 당연히 그러실 줄 알았지요, 저는."

나는 당황했다. 당연하다는 형의 말 때문이 아니라 민 선생의 하룻밤 때문이었다. 추위만큼 어둠이 깊어졌고, 시나브로 취기가 오르긴 했지만 시내버스 막차를 놓칠 정도는 아니었다. 한두 잔 더 마신 뒤 언덕 아래 마을 회관 앞 종점까지 걸어갈 시간도 충분했다. 그런데 1박이라니. 빙어 축제에 다녀오자던 셋 모두 그 말을 입 밖에 낸 사람은 아무도 없었다.

"어려운 부탁인 줄 알지만 죄송해요."

"무슨 천만의 말씀을. 여기 다녀가는 사람들 모두 황토방에서 자고 갔답니다. 다들 사전 예약 없이, 느닷없이, 남녀불문하고. 하하하."

민 선생은 실수에 대한 용서를 구하듯 더듬더듬 말을 이어갔다. 성호 형은 준비된 원고를 읽듯 일사천리로 말을 쏟았다.

"강 원장님, 고맙습니다."

"고맙긴요. 방이 한창 달아오르고 있을 겁니다. 건너가서 쉬세요."

"형, 나는 그냥 여기서……."

"무슨 말씀을? 여기까지 왔는데 찜질은 해야지."

"하룻밤 묵을 준비도 안 되었고."

"하하하. 아우님, 준비는 무슨 준비. 황토방은 그냥 방이야, 방. 구들장이 뜨끈뜨끈 하니까 옷 입은 채로 드러누워 땀 흘리면 되는 거라고."

"서로 불편할 것도 같고……."

"이 사람아, 불편이 보약이라는 거 몰라? 요즘 사람들, 편한 것 뒤꽁무니만 쫓아다니다 병든 닭 신세 되는 거야. 민 선생, 안 그래요?"

"아, 네……."

"하여튼 찜질 마치고 아우님은 내 방으로 건너오든지 말든지 알아서 하시고 민 선생은 그대로 뜨겁게 주무시면 되겠습니다. 하하."

"네, 고맙습니다."

민 선생이 먼저 황토방 마루 위로 올라섰다. 형은 불을 살펴본다며 다시 부엌으로 들어갔다. 나는 갑자기 할 일을 잊은 듯 혼자 마당에 우두커니 서 있었다. 빙어 축제장에서 떨고 있을 때처럼 손가락과 코끝이 얼얼했다. 부르르 떨리는 몸을 추스르며 하늘을 올려다보았다. 머리 위에 별들이 새까맣게 떠 있었다. 별의 벌떼…… 라는 생각을 하는데 금방이라도 나를 향해 달려들 것처럼 윙윙거렸다. 벌 떼를 피해 눈을 돌리자 마을은 황색 암등마저 꺼놓은 암실 같았다. 셋이 마을로 들어설 때, 무슨 한이 사무쳤는지 쉰 목소리로 울부짖던 개들도 벌 떼를 피해 어둠 속으로 달아난 듯 잠잠했다.

"아우님, 가마솥에 끓는 물 있어."

부엌문을 닫으며 형이 소리쳤다. 불길에 그슬리다 튀어나왔는지 목소리가 거무튀튀했다.

"욕탕이 따로 없으니 필요하면 마당에서 그냥 끼얹으면 돼."

"네. 들어가서 쉬세요, 형."

"그려. 나도 일찍 자야 돼. 내일은 강화도에서 손님들이 오기로 했어. 멋진 여자가 둘이나 온다네, 하하."

"예."

"아우님, 물 뿌릴 때 조심해. 별이 씩씩거리며 달려들지도 몰라. 이 동네 별은 나처럼 외로워서 남녀노소 안 가리니까. 하하하."

나는 또 하늘을 올려다보았다. 외로움 탓인지, 추위 탓인지 별 떼들이 잠시 번득이는가 싶다가 잦아들었다. 외로움의 맛을 내는 요리사. 나는 문득 별 떼의 무리 중에 성호 형 같은 요리사가 있을지도 모른다는 생각을 했다. 더 깊은, 더 강렬한 맛을 찾아 떠돌기 때문에 별 떼들이 밤마다 저렇듯 번득이는 것은 아닐까. 저 까마득한 우주에서처럼 오늘 밤 이 지구의 어디선가 외로움의 맛을 내기 위해 밤잠을 설치는 사람들은 또 얼마나 많을까.

"아우님. 가마솥 물 끼얹으려면 찬 물 섞어야 되네. 춥다고 덥석 끓는 물 뒤집어쓰면 통째로 튀겨지거나 반대로 얼어붙거나 둘 중 하나야."

쿵. 형이 방문을 닫고 들어서는데 담장 너머 아랫마을 어디선가 둔탁한 소리가 들렸다. 환청이겠지, 여기며 황토방 마루 위로 올라서는데 이번에는 개 짖는 소리가 들렸다. 나는 황토방 여닫이문 손잡이를 잡으려다 돌아섰다. 이 밤에, 누가 막차를 타고 떠나려는가. 황급히 괴나리봇짐을 싸서 어깨에 둘러맨 채 방문을 박차고 나서는 중인가. 그렇다면 아궁이의 불씨는 잡아두었을까. 모를 일이었다. 십여 년간 실패를 거듭했던 형이 어떤 식재료를 선택하여 요리사의 꿈을 이룰지, 별들의 밥상엔 날마다 무슨 반찬이 오르는지, 우리 셋의 밤과 저 무수한 별들의 낮이 뒤바뀌어도 알 수 없을 것만 같았다. 그러나 지금쯤 황토방에 누워 있을 민 선생은 내가 영영 모르고 지낼 것만 같은 그 소리와 맛의 정체를 어쩌면 이미 오래전에 간파했는지도 몰랐다.

"이 실장님."

"예."

"전에 개구리울음 얘기 들려드린 적 있었죠?"

"예. 개구리 우는 소리를 좋아해서 방아실에 집을 지었다고 하셨죠."

한 사람 누울 공간을 두고 나란히 황토방에 누운 지 얼추 삼십여 분이 지났을 것이다. 나는 이불 위에서, 민 선생은 이불 속에서 입을 다문 채 누워 있었다. 출입구 위에 매달린, 호수여인숙에서 보았던 15촉짜리 붉은 꼬마전구 불빛만 바라보며. 침묵 끝에 민 선생이 입을 열었다.

"그 개구리울음, 겨울에도 들린답니다."

"겨울에요?"

"네. 제 몸에서."

"예?"

"저를 떠난 첫 남자는 그 개구리울음에 진저리를 쳤고, 두 번째 남자는 밤낮으로 즐겼답니다."

방바닥이 뜨거워지고 있었다. 열기가 이불 위까지 올라왔다. 겨울에, 몸에서 우는 개구리라니……. 이마와 등에서 땀이 흘렀다.

"이 실장님."

"예."

"저를 안아주실 수 있는지요?"

민 선생이 나를 향해 돌아누우며 말했다. 나는 아무 대답도 없이 민 선생을 향해 돌아누웠다. 마치 이 상황을 예상하고 있었다는 듯이. 민 선생이 이불 밖으로 나왔다. 뜻밖에도 알몸이었다.

"사람의 품에 안겨 본 지 꽤 되었어요. 사람의 체온을 느낀 것도."

엉거주춤 몸을 움츠리는 내게 민 선생이 팔베개를 해 왔다. 방바닥의 열기 탓인지 코끝이 시린 외풍 탓인지 민 선생의 목소리가 가늘게 떨렸다.

"이마에 항아리 조각이 박힌 뒤부터 그랬던 것 같아요. 사람이 무서워지면서 마음이 얼음처럼 얼어붙고……."

사람의 체온. 그 말을 신 양도 달바위에 올라 앉아 여러 차례 강조했다. 따뜻한 사람의 체온이 그리워요. 그 말끝에 신 양은 울었다.

내가 사는 섬에선 만 원이면 가능해요. 아버지 같은 늙은이가 제 가슴에 만 원짜리 지폐를 꽂아 두고 쉬다가 돌아가곤 해요. 사람의 살이 이토록 따뜻한 줄 몰랐다며. 저에게 두 번 세 번 고맙다는 말을 하면서. 북어포처럼 말라붙은 육체를 끌어안은 채, 저는 그때마다 제가 살아 있다는 사실을 환기하면서 잠깐씩 행복해지곤 해요.

신 양은 태백산의 호수에 잠긴 채 살아가는 이유를 그렇게 설명했다. 민 선생처럼 진지하게, 낚싯줄처럼 가늘고 질긴 어조로.

"언젠가 기회가 닿을지 모르지만, 이 실장님께도 개구리울음을 들려 드리고 싶어요."

"몸에서 들린다는 개구리울음을?"

"네. 이 실장님, 멀티오르가슴 아시죠?"

"아, 예"

"성교를 하는 어느 순간, 제 그곳에서 개구리울음 소리가 들리면 멀티오르가슴 이상으로 몸이 반응해요. 그러면서 그곳에서 분수 같은 물줄기가 솟구치고."

"……."

"그런데 아직은……."

민 선생이 내 손을 잡아 가슴에 올려놓았다. 겨울바람에 출렁이는 호수의 물결 같은 숨결의 파랑이 손바닥에 느껴졌다. 나는 눈을 감은 채 머리끝부터 발끝까지 번지는 숨결의 파랑에 잠겼다.

"이 실장님."

"예."

"날이 밝으면…… 저를 멀리하는 게 좋을 것도 같아요. 이 실장님은 저를……."

황토방이 쩔쩔 끓었다. 아궁이에 지핀 장작불의 화기가 절정에 이른 모양이었다. 민 선생의 팔베개에 누워 웅크리고 있는 몸 구석구석 땀이 번졌다. 늘 시간에 쫓기며 살아왔던 내 몸의 땀구멍들이 자물쇠를 굳게 잠가둔 문을 활짝 열어젖히고 몸속의 수분을 분수처럼 뿜어내는 모양이었다. 민 선생의 품에서 몸이 움찔, 움직일 때마다 방아실 어둠 속 멀리서 미미하게 들리는 개구리울음 같은 마찰음이 일었다.

"이 실장님."

"예."

"제 몸속엔 정체불명의 야수가 살고 있는데 이 실장님 몸속엔 뼈가 들여다보이는 빙어가 살고 있다는 생각, 빙어 축제장에서 그 생각을 잠깐 했어요."

야수와 빙어를 오버랩 시키며 그 둘의 정체를 떠올릴 때였다. 황토방 문밖에서 인기척이 들렸다.

"아우님."

성호 형이었다. 민 선생의 입술에 손가락을 대면서 귀를 세웠다.

"아우님. 자는가?"

"예? 아니오, 형님. 아직 안 잡니다."

"땀 좀 흘렸을 터인데, 나와서 물 뒤집어쓰려는가?"

"아, 예."

"얼음장 속에서 끓는 물 한 번 끼얹어 보자구. 세상에서 최고의 냉온탕 찜질이여."

"강 원장님."

"아, 민 선생도 안 자고 있었네요."

내 목에서 팔을 빼내며 민 선생이 벌떡 일어섰다. 민 선생에게, 아니 형에게 무슨 말을 꺼내야할지 고민도 하기 전, 민 선생은 이미 문고리를 잡고 나갈 태세였다.

"저도 냉온탕 찜질하고 싶은데, 옷 벗고 나가면 되는지요?"

"물론 옷은 벗어야 되지만, 잘못하면 동사할 수도 있는데요?"

"남자가 두 사람이나 있는데 설마 얼어 죽기야 하겠어요. 죽는다 해도 좋고요. 두 남자 사이에서 죽는다면 행복한 여자겠죠."

잠시 상념에 잠긴 듯 문고리를 두어 번 잡아챈 뒤 민 선생이 문밖으로 나섰다. 엉겁결에 벌어진 일이어서 나는 앉은 채 민 선생의 뒷모습만 우두커니 바라보았다. 낡은 한옥의 정자살문 좁은 공간을 비집고 나서는 나체의 실루엣이 어둠의 역광으로 선명하게 눈에 들어왔다. 한순간 반쯤 접혔다 펼쳐지는, 곡선이 뚜렷한 몸의 윤곽. 그것은 한때의 절망을 견디기 위해 삭발까지 하면서 버려진 땅을 일구고 집을 짓던 그 단단한 육체가 아니었다. 아주 짧은 순간, 황토방 열기보다 더 강렬한 체온으로 내 몸을 부둥켜안던 그 육체도 아니었다. 사람의 말을 한 마디도 할 수 없는 절대고독을 견디지 못해 목숨을 포기했던, 더없이 나약한 여자의 몸이었다. 외로움의 암벽에 부딪혀 힘없이 쓰러졌던 여자의 육체가 이토록 아름다울 수 있다니.

"아우님, 어여 나오시게. 민 선생 얼어붙겠어."

"아, 예."

"별들이 벌써부터 씩씩거리는 게 심상찮어. 아무래도 민 선생을 눈치 챈 모양 같아. 하하하."

7

빙어

성호 형이 쇠꼬챙이로 끝없이 내 아랫배를 내리찍었다. 척추 뼈까지 통증이 느껴졌다. 마침내 내 아랫배에 구멍이 뚫리고 물이 솟기가 무섭게 누군가 낚싯줄을 집어넣었다. 신 양 같기도 하고, 선우 같기도 하고, 민 선생 같기도 하고, 세 사람의 눈, 코, 입을 나눠가진 아내 같기도 한 여자가 내 아랫배에서 펄쩍 뛰어오르며 환호성을 쳤다.

다섯 마리, 다섯 마리가 잡혔어요.

그 소리에 잠을 깼다. 악몽이었다. 빙어 축제장을 다녀온 뒤, 황토방에서 밤을 새운 날부터 보름 남짓한 사이, 벌써 서너 번째 아랫배에서 빙어가 튀어 올랐다. 몸과 마음이 천근만근이었다. 휴대폰을 열고 시계를 보았다. 여섯 시 오 분. 창밖에 희퍼렇게 어둠이 깔려 있었다. 호숫가에서 친구들을 만나기로 약속한 날이었다.

"뭐야, 눈 풍경이 대박이다 어떻다 하더니, 쫄쫄쫄 눈물만 흐르잖아."

친구가 배추밭 잔설에 오줌발을 뿌리면서 떠들었다. 나는 못 들은 척 주변을 둘러보았다.

이월 마지막 주, 토요일. 겨울이 야윈 팔다리를 흔들며 저만치 호수를 떠나는 중이었다. 손가락 한 마디쯤 눈이 내린 것은 뜻밖이었다. 눈 때문에 막혔던 길이 사흘 만에 뚫렸다. 호숫가 큰 길에 쌓인 눈은 얼추 녹았다. 그늘진 숲이나 밭고랑에 잔설이 남아있을 뿐.

"야, 이민우. 어디에 숨겨 둔 거여?"

"오카리나 소리 대신 빙어만 잔뜩 쑤셔 넣고 가겠다."

연의 호숫가에서 바람맞은 친구들은 이구동성이었다. 빙어 장수 안 사장의 천막 앞에 쭈그리고 앉아 친구들은 나와 민 선생에 대해 융단 폭격을 했다. 겨울 끝이어서 추위가 더 깊게 느껴지는 날이었다. 이 추위에, 길가에 앉아 덜덜 떠는 것은 1급수 호수 산 지직송 빙어 때문이 아니었다. 오카리나 연주 감상 목적도 아니었다. 처음부터 관심의 대상은 민 선생과 나였다. 출판사 사장이나 병원 임상 병리 실장이나 고등학교 국어선생이나 판화가나 입을 맞춘 것처럼 떼로 달려들었다. 자신들이 잘 아는 남자와 전혀 모르는 여자의 관계. 타깃이 분명했다.

"호수 풍경을 찍었고, 펜션을 빌려 사진 에세이를 썼어. 그게 전부야."

다들 아마추어 사진가의 말은 그야말로 아마추어 수준이라는 식으로 일갈했다. 콩으로 메주를 쑨다 해도 믿지 않을 태세였다.

"그 분이 어디에 있는지 나도 궁금해 죽을 지경이다."

눈 내리면 다섯 사람이 호숫가에 모이기로 했다. 어렵게 날짜가 잡혔다. 연이 닫혔다고 취소할 수 없어서 예정대로 모였던 터였다. 안 사장이 마침 물 좋은 빙어를 낚았다는 전화를 해서 빙어나 먹자는 생각이었다. 바람이 좀 맵긴 했지만 맑은 날이었다.

"참, 제주도 기표 알지? 시 쓰는 친구."

날씨 탓인지 소주 두 병이 순식간에 비었다. 나는 화제를 돌렸다.

"지난달에 이 호숫가 다녀갔다."

"제주도에서 여기까지?"

"청주 볼 일 보고 지나가다가. 동창들하고 차 마신 뒤 동학사로 들어갔어."

"그 동창들 여자지? 하여간 멋진 친구야."

그 말끝에 누군가 술잔을 쭈욱, 빨았다. 종이컵에 담은 빙어가 컵 밖으로 튀어나와 안면을 후려쳤다며 한 친구가 씨발, 씨발했다. 빙어와 소주와 씨발이 어지럽게 뒤섞여 한참을 흥청거렸을 것이다. 하나 둘씩 번갈아 천막 뒤를 다녀왔다. 그 뒷모습을 보자니 다들 중년의 언덕을 향해 허덕허덕 걸어가는 중이었다. 등이 굽었거나 다리가 말랐거나 구두가 낡았거나. 어떻게 살아왔는지, 여기까지 어떻게 걸어왔는지 언뜻 궁금해졌다. 한 사람은 아내와 갈라섰고 셋은 칼로 물 베기를 반복하고 있었다. 나처럼 아내가 배낭을 챙겨 집을 나갔던 엇비슷한 일을 한두 번씩 겪기도 했다. 입가에 붉은 초장을 묻힌 채 빙어와 한판 싸움을 붙는 다섯의 최대공약수는 명료했다. 깜냥대로 열심히 사는, 아내 덕분에 튼튼이 술을 마시는 가장. 중심을 잃은 듯 비틀거리면서 그 중심을 유지하기 위해 노심초사하는 앳된 중년. 다들 그랬다.

철아, 니 와이프 프랑스에서 귀국했어? 반 년 더 머물기로 했어. 무슨 문화 체험을 일 년씩이나 해? 어학연수를 겸해서 그래. 용국이 넌 착한 거냐, 어리석은 거냐. 내가 왜? 아무리 깡촌이라도 그렇지. 앉을 자리도 없다고 시부모가 사는 집을 며느리가 명절에도 안 들여다 봐? 어떻게 그런 사람하고 아직도 밥상을 마주하니? 내 밥상이 하나뿐이어서 그런 걸 어쩌냐. 똥차 바꾸지 말고 밥상부터 바꿔라, 임마. 훈이 너는 지금도 작업실에서 혼자 지내? 응. 다음 전시도 준비할 겸. 집은? 애 엄마는 무사하고? 응, 괜찮아. 가끔 아들이 와서 알려줘. 별일 없다고. 훈이 니 집사람도 참 대단한 여자다. 요즘 같은 세상에 나무쪼가리나 파고 있는 남자를 데리고 살다니. 데리고 사는 게 아니라 거느리고 살아 주신단다, 하하. 재윤이 너는 견딜 만하고? 응, 그럭저럭. 밥은 먹고 사니? 물론. 밥 안 먹었으면 여기도 못 왔지. 하여간 그 여자도 보통 사람은 아니다. 그런 소리 마라. 다 그 사람이 선택한 거야. 나를 택한 거나 떠난 거나. 그렇다고 집까지 들고 가니? 아파트도 그 여자 거였어. 야, 그러면 너는 아파트가 아니라서 남겨 둔 거냐!

다들 술잔처럼 한두 마디씩 주고, 받고, 넘기고, 버렸다. 그 어떤 불안감을 감추기라도 하듯 목청을 높여 왁왁 쏟아낸 가정사가 술병처럼 바닥에 나뒹굴었다. 듣고 보면 정작 아내들은 별 관심도 갖지 않을, 위기도 약하고 절정도 부족한 부부 관계가 방향도 없이 붕붕 날아다녔다. 그러거나 말거나 안 사장은 벌써 두 대접째 빙어를 바가지에 쏟아붓고 종이컵을 새로 꺼냈다.

나는 아무 생각이 없었다. 자리가 불편하고 지루하게 느껴진 것은 아니었지만 친구들의 대화가 별다른 흥미를 끌지 못했다. 민 선생과 수와 선우가 자신의 입에 담지 않는 가정 문제를 굳이 궁금해 할 필요가 없었던 것처럼, 그래서 한 마디도 질문하지 않았던 것처럼 친구들에게 아무것도 묻지 않았다. 딱히 할 말이 없었다. 달아나는 빙어의 길목을 사냥꾼처럼 지키면서 나는 줄곧 죽은 비유만 떠올렸다. 문학 작품에서 홀대 받는, 개성 없는 비유들. 마흔아홉, 쉰의 삶이란, 부부 관계란 말하자면 그런 것 아닌가. 참신함을 더 기대하기 어려운, 인생의 마른버짐이 번지는 시기.

빙어 한 마리를 손가락으로 낚아 머리부터 꼬리까지 질근질근 씹으면서 그 생각에만 골똘했다. 시나브로 중년의 문턱에 이르도록 듣고 보고 겪은 것을 두고 볼 때 그렇지 않은가. 누구라도 그즈음의 세월을 살아가는 부부라면 이미 정형의 틀을 갖춘 삶의 아우라에 갇혀 있게 마련이다. 아이들은 스스로 생존할 만큼 컸고, 확고하다고 믿었던 사회적 지위에서 조금씩 균열이 발견되고, 어렵게 마련한 집 한 채가 좁고 낡게 느껴지며, 낭만적인 부부 여행보다는 고립된 휴식의 유혹에 곧잘 빠져드는 삶. 오늘까지 나를 지탱해온 생의 신념에 의구심이 드는 어느 순간, 내 과거의 일체가 진부하게 여겨져 때때로 내 현재로부터 일탈을 꿈꾸는 삶. 그러나 결국 출발점으로 되돌아오는 탄성이 남아있는 것을 고마워하며 스스로 안도의 한숨을 몰아쉬는 삶. 말하자면 그런 것이다. 우리 또래의 삶이란.

나는 무리 가운데 큰 형님으로 보이는 빙어 한 마리를 잡아 펄펄 뛰는 혈기를 죽이려고 초장에 쑤셔 넣었다. 겨우내 호수에서 자유를 만끽했을 빙어들. 무한한 삶의 공간에서 종이컵만 하게 축소된 절명의 나락으로 떨어진 빙어는 필사적으로 파닥거렸다. 그게 마치 자신의 정체성을 견지하는 최후의 수단이라도 되는 것처럼.

"야, 이민우. 니 집사람 또 배낭 싸게 하지 말고 대충 살아라."

누군가 초장 속으로 철퍼덕, 아내를 내던졌다. 아내가 빙어와 뒤섞여 꿈틀거렸다.

"너 하고 싶은 일에만 집착하지 말고 적당히 발을 빼. 늪에 빠진 것처럼 살지 말고."

또 누군가 들이민 술잔을 받아 놓고 나는 종이컵에서 아내의 손목을 잡아 올렸다. 아내의 머리에서 초장이 뚝뚝 떨어졌다.

"할 일이 쌓여서 늪에 빠진 줄도 모르고 산다."

"그런 식으로 살면 안 된다는 말씀이야. 자기 할 일만 첩첩 쌓아 놓고 아내에게 무관심한 것, 그게 문제라는 말씀이라고."

"그건 무관심이 아니야. 각자의 일을 존중해서 간섭하지 않는 것이지. 자신의 일에 자유롭게 몰두할 수 있도록 배려해 주는 것이라고."

"배려? 민우 너, 니 아내가 왜 배낭 쌌는지 잊었냐? 대화 부족,

하루 종일 너와 말 한 마디를 못해서 그랬잖아."

"야, 여기까지 와서 하필 그런 말을 하냐?"

"또 배낭 싸기 전에 소통하면서 지내라는 말씀이다, 이 친구야. 피눈물 흘리며 후회하지 말고."

빙어의 눈물. 짧은 순간, 나는 빙어의 눈물을 상상했다. 빙어도 눈물을 흘릴까. 눈물을 흘린다면 붉은 눈물이 아닐까. 종이컵 속에서 빙어의 눈물이 출렁거렸다.

"우린 괜찮아. 서로 사는 게 정신없어서……."

나는 빙어를 종이컵에 내려놓았다. 그러고 보니 내 말이 민 선생의 어투를 빼다 박았구나……. 나올 듯 말 듯한 웃음이 빙어처럼 입에서 꿈틀거렸다. 그러나 그랬다. 친구들 사타구니에 툭, 내던진 내 말은 과장도 축소도 없었다. 실제로 아내와 나는 최근 서너 마디 이상의 대화를 나눈 적이 없었으니까. 아내는 아내대로 나는 나대로 엄연히 할 일이 있었으므로 생존을 위한 최소한의 말 외엔 일체 하지 않았다. 미안해, 열심히 사는 중이야. 굳이 말을 찾자면 그게 전부일 것이다. 당신이 요가에만 몰두하듯 나도 그렇게 살아. 그 말을 아내에게 건넸다면 한 배낭쯤 대화가 더 오갔을지는 모르겠다. 아니면 그 반대였거나. 그런데 내가 정신없이 산다는 그것, 목숨 걸고 떠도는 섬, 그것이 과연 민 선생의 오카리나처럼 절실한 것일까. 신 양의 물티슈처럼 극진할 수 있을까. 혹은 한 선생이 수를 통해 비로소 바라보기 시작했다는 하늘 같은 존재가 될 수는 있을까. 내게 반문을 하는데 안 사장이 코앞에서 술병을 흔들었다.

"형님, 저번에 낚싯배 타던 날 말이어유."

"응."

"그때 형님이 했던 말, 이제 좀 알 것 같어유."

일월 중순이었다. 빙어 낚싯배를 타고 촬영을 다녀온 날, 안개가 깊어 촬영을 포기한 새벽이었다. 그물만 건져 온 뒤 언 몸을 녹일 겸 해장술을 마셨다. 살그머니 취기에 오른 나는 안 사장에게 빙어 이야기를 들려 주었다. 빙어로 연명하는 사람에게 빙어 한 마리 잡아본 적 없는 내가 장황하게 사족을 붙였던 기억이 어렴풋했다.

"형님 말을 새겨보니까 사람 사는 게 다 똑같구먼유. 다들 바다처럼 넓은 데루 나가구 싶은 욕심이 있지만 시냇물이나 연못에 그냥 눌러앉아 사는 것, 그게 사람 사는 일 같구먼유."

"그려. 바다든 연못이든 자기 형편대로 열심히 사는 게 중요하다는 얘기였지."

"형님 말은 빙어가 그렇다는 뜻이지유? 빙어야 사람처럼 직업에 귀천두 없구 빈부의 차이두 없지만, 어쨌든 그렇다는 얘기지유?"

"말하자면 그렇지."

"원래 고향은 큰 바닷가였는데, 거길 가구 싶은 맘이야 굴뚝같지만 어찌어찌 살다보니 이 호수에 틀어박혀 살게 된 것이라구. 나 같은 놈을 먹여 살리면서 말이유. 하하하."

"그런 얘기지."

"그러면 형님이나 형님 친구들두 빙어란 얘기, 맞지유? 하하하."

한바탕 껄껄대던 안 사장이 술병 꼬리를 흔들 때였다.

"대체 무슨 소리들이래요?"

술병 꼬리를 낚아채고 판화가가 얼굴을 불쑥 들이밀었다.

"빙어가 뭐 어떻다구?"

"빙어가 사람이라구요. 아니, 사람보다 더 기특한 분이라굽쇼. 으이구, 이 귀여운 빙어 새끼들. 니들이 내 밥이다, 내 목숨이다."

안 사장이 펄펄 뛰는 빙어를 집어 판화가의 눈앞에 휘휘 저은 뒤 입에 쑤셔 넣었다. 나는 종이컵에서 빙어 한 마리를 집어 올렸다. 팔다리가 축 늘어진 빙어의 눈이 나를 향해 번득였다.

"다른 게 아니라, 사람이 빙어를 닮았다는 얘기 좀 했어."

"사람이 빙어를 닮아?"

"좀 어렵긴 한데, 빙어를 설명하는 말에 육봉(陸封)이란 게 있어."

"육봉?"

"바다로 가는 성질이 있는 물고기가 환경의 변화로 인해 호수나 연못에 갇혀 사는 걸 육봉이라 하는데……."

판화가가 안 사장과 나를 번갈아 보면서 술잔을 들이켰다. 이게 무슨 자다가 봉창 두드리는 소리냐는 표정이었다.

"빙어는 주로 연안이나 하구에 살고 있지만 적응력이 강하고 수질 변화에 잘 견뎌서 육봉이 된다고 해. 그러니까 이 빙어들은 자신의 고향이나 본성을 잊은 채 객지에서 낯선 환경을 견디며 살고 있는 셈이지. 사람도 대개 빙어와 같아서……."

"아, 말은 그만 씹구 빙어나 씹읍시다, 형님들."

안 사장이 다시 술병을 흔들었다. 말이 지루했던 모양이었다. 판화가에게 술잔을 들이밀고 넘치게 따르던 안 사장의 몸이 중심을 잃고 한바탕 휘청거렸다. 취기 때문이 아니라 팔꿈치 깁스를 한 왼팔이 불편한 탓 같았다.

"안 사장, 그런데 오늘 왜 그렇게 얼굴이 붉어? 팔꿈치 깁스는 또 뭐고?"

술잔을 안 사장에게 건네면서 물었다.

"현수막 또 떼갔어유, 씨벌 놈들이."

그랬구나. 그래서 안 사장이 빙어를 땅바닥에 패대기쳤구나. 벌써 세 번째다. 1급수 호수 산지직송 빙어. 불법 부착물이라는 이유로 현수막을 철거한 것이.

"씨벌, 개새끼들이 여기까지 와서 단속을 하구 지랄여."

"단속반하고 몸싸움하다 팔 다친 겨?"

"팔은 어떤 미친놈을 패대기치다 부러졌구요, 형님."

지켜야 될 법이 있었다. 안 사장이 잘 모르는, 뒤늦게 알았지만 지킬 수 없는 법. 현수막은 종류와 크기를 막론하고 반드시 구청에 신고해야 하며, 광고비를 내고, 정해진 날짜에 정해진 장소에만 걸어야 한다. 이게 법이었다. 눈이 쌓이는 시늉만 해도 길이 막히는 이 호숫가에도 그 법은 유효했다.

"장사도 못하게 하는 겨?"

"다음엔 빙어도 압수한다나, 뭐라나. 씨벌 놈들. 죽으라구 겨울 호수만 바라보구 사는디, 나 같이 식당두 없구 빽두 없는 놈, 그럼 굶어죽으라는 겨!"

나는 할 말이 없었다. 아내와도 이런 상황이 종종 벌어졌다. 내가 먼저 질문을 던져 놓고 그 대답에 대해 아무 대꾸도 이어가지 못하는 상황. 내가 무명 시인이라고 사진 찍는 걸 외도라고 생각해? 그 말이 그 뜻이에요? 기껏 시집 한 권 내놓고 사진으로 몸이 망가지니까 그렇죠. 시든 사진이든 한 가지라도 깊어지라는 뜻이라고요. 질문은 모호했고 대답은 명료했기 때문이다. 사족을 붙이거나 반박할 틈이 없었다. 그래서 가급적 침묵하려고 애썼지만 그게 쉽질 않았다. 나는 붉은 눈물을 뚝, 뚝 흘리는 빙어 한 마리를 사정없이 씹었다.

네 살 연하의 안 사장. 누가 보아도 젊어서는 순박한 농촌 청년의 전형적 인물이었을 사람. 빙어 값에 웃돈을 얹어주는 것도 아닌데 드럼통 난로에 장작과 고구마를 쟁이는 어수룩한 남자.

"씨벌, 그놈의 법은 빙판에 자빠지지두 않냐. 빙신 새끼들. 나 같은 촌놈이나 족치는 새끼들이 뭐, 정치가 어떻구 경제가 어떻다구?"

이 어수룩한 남자가 통나무에 도끼날을 꽂듯 퍽퍽 후려치는 말들. 비유도 상징도 없이 1급수 호수 밖 혼탁한 세상의 정곡을 향해 쏟아붓는 저 통렬한 직설들도 사람의 말일까. 하루 종일 한 마디도 못해서, 그래서 달바위에 앉아 울었던 민 선생이 그토록 듣고 싶어 했던 사람의 말, 그런 것일까.

안 사장이 씨벌, 씨벌을 쑤셔 넣은 드럼통에서 군고구마를 꺼내 친구들에게 돌렸다. 군고구마 껍질을 벗기면서 친구들은 감탄사를 연발했다. 뜨겁다. 탔다. 벗겨라. 달다. 죽인다. 한 번 더.

사람의 말. 그게 무언지 알듯 싶었다. 추위와 취기에 벌겋게 익은 친구들과 벌겋게 달아오른 안 사장과 벌겋게 익은 고구마 속살과 시뻘겋게 타오르는 드럼통 난로보다 더 검붉은 직설과 감탄사들을 보고 듣자니 사람의 말이 가까이 손에 잡힐 듯했다.

스멀스멀 취기가 오르는지 머릿속이 몽롱한 느낌이 들었다. 어쩌면…… 사람의 말에서도 냄새가 날지 모르겠다. 만약 사람의 말에서 냄새가 난다면, 무르익은 군고구마 속살 냄새일 게 틀림없다. 머리를 털며 그 냄새를 좇으려는 데 누군가 군고구마 씹는 소리로 지껄였다.

"사장님. 집에서 부인한테도 이렇게 자상하게 하슈?"

제법 취기가 오른 판화가였다. 안 사장이 못 들은 것처럼 통나무에 도끼날을 박았다. 나는 판화가의 입을 술잔으로 가로막았다.

"그만 일어서자. 어두워졌어."

"아, 잠깐만요. 사장님 부인은 행복하겠다, 그런 말씀입다, 행복."

"내 마누라, 물에 빠져 죽었슈. 내가 죽였슈!"

단말마 같은 안 사장의 말에 다들 눈이 휘둥그레졌다. 행복을 어금니로 깨물던 판화가도 군고구마 껍질을 벗기던 고등학교 선생도 술잔을 주고받던 임상 병리 실장과 출판사 사장도 일제히 동작을 멈춘 채 입을 다물었다. 지금까지 씹고 마시던 빙어와 소주와 군고구마가 한꺼번에 식도를 역류한다는 표정들이었다.

"자, 가자. 남은 얘기는 가면서하고."

안 사장의 물에 빠져 죽은 아내 덕분이었다. 밤샘을 할 것 같았던 술판이 깨진 것은. 내 아내와의 불통과 민 선생의 오카리나 연주도 그렇게 사라졌다. 어쨌거나 다행한 일이었다. 여전히 겨울이었고, 호숫가였으므로, 어둠은 빨랐고, 추위도 깊었다. 누군가 자신도 모르게 발가락이 얼었거나 오줌을 지렸는지도 몰랐다.

정원 초과라서 위험하지만 요금도 넉넉히 주셨으니 조심조심 모시겠습니다.

대리 운전을 불러 다섯이 포개 앉아 시내로 나오는 동안 나는 침묵했다. 안 사장의 아내에 대해 아무도 묻지 않았지만 누군가 물으면 할 말이 없었다. 빙어 낚시 때문에 집을 비운 날, 아내가 호수로 들어갔어유. 아무리 벙어리라두 그렇지, 한 마디두 안 하구……. 카메라를 들고 낚싯배를 타던 날, 해장 끝에 안 사장이 남의 일처럼 들려준 말, 그게 해줄 수 있는 말의 전부였다. 나는 줄곧 침묵했고, 친구들은 쉴 새 없이 지껄였다. 모두들 식도까지 가득 찼을 빙어와 군고구마와 함께 뜻도 모를 감탄사를 쉬지 않고 쏟아냈다. 나는 입을 다문 채 군고구마 속살 같을 사람의 살 냄새만 킁킁거렸다. 아, 형님. 정원 초과, 이거 불법이지만 제가 눈 감아 드리는 거유. 범법자에게 빙어 한 대접을 비닐봉지에 싸준 안 사장의 손바닥에선지, 호숫가까지 콜택시로 달려온 초로의 대리 운전사 목덜미에선지, 아니면 룸미러 속에서 흔들리는 사내의 퀭한 눈 속 어디에선지 그 살 냄새는 끊임없이 풍겨 나왔다. 나는 마치 나 혼자 살 냄새를 훔치기라도 한 것처럼 친구의 무릎에 조용히 앉아만 있었다. 대상도 내용도 불분명한 친구들의 감탄사는 시내 붉은 신호등 앞에서도 멈출 줄을 몰랐다.

8

붉은 눈

어젯밤 티베트에서 전화만 오지 않았어도 나는 숙면을 했을 것이다. 자정 무렵, 잠결이었다.

민우 씨, 저예요.

아, 경자 선배님?

여기 티베트예요.

프로필 사진을 찍기로 약속한, 소설 쓰는 선밴 줄 알았다. 수화기의 감이 멀어서 수의 목소리를 못 알아들었다. 메일로 보내준 사진 잘 받았어요. 고마워요. 몸도 가벼워졌고 걸음도 한결 편해졌답니다. 짧은 안부였지만 전화를 끊고 나는 뒤척였다. 한밤중에 전화를 한 까닭이 무엇일까. 수가 경주로 떠난 뒤 기껏해야 일 년에 한두 번의 통화가 전부였다. 그것도 내가 먼저 전화번호를 누르고서야 가능한 일이었다. 그런데 뒤척이며 곰곰이 생각해 보아도 수가 심야에 전화할 만한 까닭이 없었다. 그것도 5,000킬로미터나 떨어진 곳에서. 티베트 대부분 지역이 인터넷 오지일 텐데, 메일을 열어보고 전화를 했다면…… 한 선생에게 무슨 일이 벌어졌고, 나에게 부탁할 일이 있었던 것은 아닐까. 물 한 컵을 마시고 누웠지만 잠이 오지 않았다.

민 선생의 소식이 끊긴 지 두 주일 째, 나는 아무것도 하지 못했다. 기억상실증에 걸린 것처럼 할 일들이 어렴풋했다. 머릿속에 확연히 기억되는 게 있다면 자물쇠가 채워진 연과 방아실의 불 꺼진 집과 통화가 되지 않는 민 선생의 전화번호뿐. 날마다 잠이 부족해 몸이 축축 늘어졌다. 잠이 얕아진 것도 문제였지만 한 번 깨면 몽유병 환자처럼 뜬눈으로 밤을 새웠다.

“당신, 또 무슨 일 있는 거 아니에요?”

결국 아내가 입을 열었다. 더 이상 참을 수 없다는 표정이 역력했다.

“호수 사진 작업 때문에 몸이 무거워. 봄을 타는 것도 같고.”

아내는 내 말을 믿지 않았다.

“병 키우기 전에 신경과 다녀와요. 다른 사람까지 힘들게 하지 말고.”

아내의 눈은 날카로웠다. 몇 년 전 신경 정신과 치료를 받고 겨우 진정된 불면증이 재발될 조짐이 보였다. 내가 움찔움찔 진저리 치는 그 느낌을, 그 전조를 아내가 읽은 것이다. 수의 전화 때문에 뜬눈이었던 오늘 새벽에도 그랬다.

“이런 말 다시 하기 싫지만, 이젠 좀 집착을 버리세요. 제발.”

삼월 구일, 월요일 오후였다. 학원 강의를 어떻게 했는지 모르게 경황없이 보낸 뒤 퇴근했다. 암실 작업을 하는 날이었다. 다리가 풀린 채 학원을 나서는데 불현듯 민 선생의 눈이 궁금했다. 달바위 곁에서 촬영한 눈. 절반이 죽은, 나뭇잎의 수맥처럼 죽죽 실핏줄이 뻗친 눈. 그 붉은 눈이 궁금했다. 흑백이므로 눈빛을 볼 수는 없겠지만 까맣게 빛나는 눈동자에 옅은 회색톤 흰자위가 네거티브로 맺혀 있을 것이다. 그 네거티브 상에서 민 선생이 감추어 둔 마음을 읽을 수만 있다면. 셔터를 누르는 동안 뷰파인더 속에서 읽었던 그 무엇, 그리움 같기도 하고 두려움 같기도 한 그 무엇을 재현할 수만 있다면……. 나는 양복 입은 그대로 암실 문을 열었다.

흑백 필름 현상은 조금만 방심해도 돌이킬 수 없는 낭패를 겪는다. 현상 약품의 순서가 바뀌거나 정해진 시간을 놓치면 필름을 버린다. 일생에 단 한 번 기회를 얻는다는 셔터 찬스. 다시는 만날 수 없는, 영원히 오지 않는 시간의 기록을 잃어버리는 것이다. 그래서 종종 인생의 축소판처럼 여겨지는 암실 작업이었다. 집중을 하기 위해 암실 문을 걸어 잠그고 불을 껐다. 휴대폰만 닫으면 현상 준비는 끝이다. 무음으로 바꾼 휴대폰을 아예 꺼버리기 위해 집어 들었다. 같은 내용의 문자 두 통이 도착해 있었다.

오빠, 문자 읽으면 전화 부탁해.

막냇누이였다. 암등 쪽으로 휴대폰을 기울여 막내의 번호를 찍었다.

"무슨 일 있니?"

"오빠랑 대화 좀 하고 싶어서. 시간 괜찮아?"

"지금 암실인데 통화할 수 있어."

"오빠, 나 요즘 섬 같아."

"섬?"

"응. 오빠랑 작년 겨울에 다녀온 섬 있지?"

"가거도?"

"그래, 그 섬 같아. 섬처럼 바다 가운데 둥둥 떠 있는 것 같아."

문득 태백산의 호수여인숙이 떠올랐다. 호수여인숙과 닮은 세상의 여인숙들이 슬라이드 필름처럼 눈앞에 스쳐 갔다. 이젠 제발 집에 걸어둘 만한 사진을 찍으세요. 시퍼렇게 날이 선 아내의 눈을 피해 홀로 카메라를 들고 떠다녔던 육지의 섬들. 어디로든 떠날 수 있도록 길이 열려있지만 아무 곳으로도 떠날 수 없는 섬. 정작 떠날 사람도 없고 누구도 함부로 들어설 수 없는, 고립무원의 섬. 그 섬들은 지금 어느 바다에 떠 있을까.

"오빠. 우리 섬 갈 때, 다섯 시간 배 타고 갔잖아."

"응, 흑산도 거쳐서 거의 다섯 시간 걸렸지."

"나, 그때 타고 갔던 배처럼 흔들리고 그래."

"결혼 준비 때문에 많이 힘든 모양이구나."

"결혼을 한다는 생각만 하면…… 파도에 떠내려가는 것처럼 가슴이 울렁거려. 그러다가 돌연 두려워지고 그래. 바다 한복판에서 배가 전복될까봐 다섯 시간 내내 떨었던 것처럼 몸과 맘이……."

나는 듣고만 있을 수 없었다. 침을 삼키고 호흡을 가다듬었다.

"지현아. 길진 않지만 오빠가 살아보니까…… 산다는 게 먼먼 바다의 외딴섬을 오가는 게 아닐까 싶어. 종종 섬을 다녀올 때마다 그런 생각을 떠올리곤 해. 설렘과 두려움과 피로와 행복한 추억들이 뒤범벅된 섬 여행. 인생도 그와 꼭 닮았다는 생각이야. 결혼은…… 인생의 섬을 찾아 떠나는 여객선이고."

"오빠."

내 말을 가로막은 막냇누이가 무슨 말인가를 삼키고 한동안 침묵했다. 나는 말이 너무 장황하게 늘어진 것 같아 민망했다.

"오빠 말이 무슨 뜻인지 대충 알아듣긴 하겠는데……."

때로는 그 배가 항로를 벗어나거나 풍랑에 휩쓸려 좌초하기도 하지만…… 이 말을 감춘 것을 짐작했는지 막냇누이가 젖은 목소리로 내 말을 잘랐다.

"오빠, 마흔 살이면 적은 나이가 아닌데, 인생의 절반이 지나가버린 나인데, 뒤늦게 내가 이렇게 행복해도 되는 건지 모르겠어."

전화를 끊고 눈을 감은 채 한참을 앉아 있었다. 시내의 서쪽에 이제 막 둥지를 튼 막냇누이와 천사 부부의 오늘과 내일이 스멀스멀 떠올랐다. 행복한 생의 한 순간이 어둠 속에서 흑백 네거티브 필름으로 어슴푸레 빛났다. 사랑과 결혼과 행복이라는 피사체가 약품 바트 속 인화지의 상처럼 조금씩, 천천히 살아 오르면서 각각 저마다의 흑백 계조로 완성된 풍경 사진 한 점. 그것은 짐작컨대 누이의 생애 앞뒤에서 다른 많은 사람들이 겪었을, 이미 그들의 과거가 되어버린 풍경일 것이었다. 바야흐로 누이는 왼쪽 허벅지의 썩은 살점을 도려내며 포기했던 자신의 생애 반쪽을 설렘과 두려움으로 되찾는 중이었다. 그것이 어느 시인의 말처럼 외롭고, 높고, 쓸쓸한 생일 수도 있음을 미처 알지 못한 채.

한 선생 곁에 앉을 때마다 반문해 보았어요. 나는 왜 여기 있는가. 왜 당신과 함께 있는가. 그럴 때면 잠깐씩 그도 나도 마음이 평화로워지는 느낌이 들곤 해요.

자유를 찾아 세상의 낯선 길을 밟던 어느 날, 우연히 마주친 한 사람의 영혼을 행복하게 해주기 위해 그의 곁에 앉아있는 수. 절망의 밑바닥을 떨치고 일어서 이제 막 하늘을 바라보기 시작한 한 선생. 그의 희망의 나무를 가꾸어주는 수처럼 제주도 천사도 막냇누이 곁에 앉아 있는 것일까. 그렇다면 그것은 스스로 얻은 자유일까, 아니면 구속일까.

나는 일어나서 암등을 켰다. 돌덩어리처럼 묵직한 갑갑함이 어둠 속에서 가슴을 압박했다. 암실을 한 바퀴 둘러본 뒤 막냇누이의 흑백 풍경을 다시 들여다보았다. 그 풍경 속 어딘가 나의 천사가 숨어 있을 것만 같아 두리번거릴 때였다. 황색 어둠 속 멀리서 불빛이 반짝였다. 휴대폰으로 문자 메시지가 도착하는 중이었다. 누구지? 처음 보는 전화번혼데. 나중에 열어볼까 하다가 수신 버튼을 눌렀다.

걱정많이하셨죠조금정신이드네요병원에서두달정도푹쉬어야할것같아요.

민 선생이었다. 전화번호는 달랐지만 민 선생이 분명했다. 나는 벌떡 일어나서 암실의 불을 켰다. 문자를 다시 읽고 곧장 답장을 썼다.

민 선생님? 어디세요?

답장이 오지 않았다. 한 시간이 지나도록 휴대폰에 문자가 찍히지 않았다.

많이 다치셨나요? 괜찮은 거죠?

문자를 보내고 잠깐씩 기다리다 답이 없으면 다시 문자를 보냈다. 여전히 답이 없었다. 직접 통화를 할까? 아니다. 기다려보자. 암실 문을 걸어 잠근 채 한 시간쯤 더 서성댔을 것이다. 다리에 힘이 빠져 잠깐 앉아 쉴 때였다. 휴대폰 화면에 끝이 보이지 않는 문장이 떠올랐다.

얼굴다치고꿰맨건시간이가면아무는데흉부수술상황이안좋다합니다일단가슴에박아놓은호스를뽑았어요숨쉬기가한결편해졌습니다.

시내를 오가면서 보았던 개인 정형외과였다. 민 선생이 입원한 병원은. 민 선생은 몸 상태가 안 좋아 병문안을 극구 사양했지만 얼굴만이라도 볼 수 있게 해달라고 간청을 했다. 건장한 체격의 청년 둘이 입원실 앞에 서 있었다.

"그 사람이 알면 위험해서 휴대폰 번호도 바꾸었어요. 병원도 변호사만 알고 있지만 혹시나 해서 아는 오빠가 보호해 주고 있어요. 주먹 쓰는 오빠가 있거든요."

민 선생의 이마와 손가락에 상처를 꿰맨 실밥이 보였다. 이마는 남자가 항아리를 내리쳤을 때 조각이 박혔던 상처였다. 찔러 죽이겠다고 가위를 들이밀 때 가위를 잡은 손가락은 뼈가 드러날 만큼 찢겨 있었다. 남자가 한밤중에 술에 취해 집으로 들이닥쳤고, 부수고, 때렸고, 간신히 도망쳐 나와 감나무집으로 피했는데 여자가 경찰에 신고해서…… 민 선생은 떠듬떠듬 말했다. 숨이 차서 몇 번씩 말이 끊겼다. 나는 고개를 숙인 채 듣기만 했다.

"오랜만에 개구리울음이 듣고 싶어 온 줄 알았어요. 그래서 문을 열어 주었는데…… 다짜고짜 누구냐는 거예요. 한밤중에 차를 끌고 온 새끼가 누구냐, 다 죽여 버린다, 하면서……."

"……."

"감나무집 여자가 입을 놀렸나 봐요. 이 실장님 다녀가는 걸 보고."

감나무집 여자라면……. 앞뒤 정황을 어렴풋이 짐작할 만했다. 빙어 축제를 다녀온 며칠 뒤였다. 개구리울음의 정체가 궁금해 방아실 외딴집을 찾아갔다. 한밤중이었다. 지금 몇 신 줄이나 알아요? 밤 열시예요, 열시. 아내의 핏발 선 눈을 피해 무리인 줄 알면서 민 선생을 만나던 날이었다.

이 실장님. 이 밤중에 여기 오신 이유를 알아요. 아, 예. 개구리울음…… 언젠가 들을 기회가 있을 거예요. 오늘은 제 가슴만 열어드릴게요.

호수처럼 넓고 깊은 가슴이었다. 가슴 깊숙이 얼굴을 파묻어도 옥천 황토방에서 느꼈던 숨결의 파랑은 일지 않았다. 고요하고 잔잔한 호수였다. 내 얼굴을 어루만지는 호수의 손길이 내 생의 처음부터 끝까지를 굽어보는 어머니의 그것처럼 따뜻했다. 홍차 한 잔을 마실 시간만큼이나 지났을까. 쫓기듯 외딴집을 나섰다. 그 사람이 술 마시면 이따금 방아실에 들리곤 하는데……. 민 선생이 가슴을 닫으며 지나가는 말처럼 꺼낸 그 말 때문이었다. 외딴집을 나설 때, 맞은편 숲속에서 불빛이 반짝였다. 굿당을 차린다고 들어온 여자의 집, 감나무집이었다. 그때 내가 다녀가는 모습을 본 모양이었다. 그러고 보니 감나무집 여자 때문에 죽을 뻔했고 그 여자 덕분에 살아난 민 선생이었다. 온몸에서 피가 빠져나간 것처럼 팔다리에 힘이 없었다. 현기증이 느껴져 보조침대에 걸터앉았다.

"그런데 그 사람, 방아실에 오기 전, 안 사장 집에 들렀나 봐요."

"예? 안 사장 집엔 왜?"

"실은…… 안 사장이 가끔 카페에 들리곤 했어요. 그 사람과 마주치기도 했고. 그래서 이 실장님을 안 사장으로 착각하고선……."

친구들과 빙어를 먹던 날, 깁스를 했던 안 사장의 팔꿈치가 눈앞에 어른거렸다.

"그 사람 얼굴에 상처가 난 것을 보아선 안 사장과 몸싸움을 했던 것 같아요."

"예, 얼마 전에 저도 보았어요. 안 사장이 팔을 다쳤더군요."

"보셨군요."

"그땐 몰랐던 일이었어요. 그런데 안 사장을 어떻게?"

"제가 얘기 안 했던 것 같아요. 안 사장과의 인연을."

"예."

"오래전, 호숫가에서 음대 교수와 살아남았다고 했죠?"

"아, 예. 달바위 근처에서."

"그때, 그 호숫가에서 우릴 구해준 사람이 안 사장이었어요. 호수에 배를 띄우고 지나던 길에."

"아, 그랬었군요."

"물에 빠진 안 사장의 아내가 떠오른 장소가 연 앞의 호숫가였어요. 그래서 틈만 나면 빙어 낚싯배를 타고 그 호숫가를 둘러보던 중에 우리를 발견한 것이고요. 갈 곳이 없었던 저에게 폐가를 마련해준 것도 그분이었어요. 그 인연으로 가끔 안부를 나누곤 했는데."

민 선생이 숨을 몰아쉬었다. 나는 식은땀이 등에 밴 것처럼 한기를 느꼈다. 병실 안을 한 바퀴 둘러보며 숨을 골랐다.

"호수가 말랐겠어요."

"조금."

누가 먼저였는지 된숨을 몰아쉬는 잠깐 사이, 둘 다 말이 없었다. 청년 하나가 문을 열고 들여다본 뒤 닫았다. 병실 안이 호숫가처럼 춥게 느껴졌다.

"오카리나 연주를 듣고 싶다고 친구들이 다녀갔어요."

나는 화제를 바꾸는 게 좋을 것 같아서 오카리나를 꺼냈다.

"미안해요, 못 들려드려서."

"오카리나 대신 빙어 특식을 경험했으니까 서운하진 않았을 거예요."

"전에 다녀가신 분들은 잘 계시죠?"

"예. 종종 안부 주고받아요."

나는 거짓말을 했다. 한 사람은 오백 리 북쪽 태백산에 있고 한 사람은 5,000킬로미터 저편의 오지에 있었다. 전화 한 통이 안부의 전부였다.

"여기, 가슴에 호스를 박았어요."

민 선생이 환자복을 들추고 상처를 가리켰다. 왼쪽 가슴 바로 아래, 갈비뼈 밑에 밤알만 한 물체가 꽂혀 있었다. 민 선생이 내 손을 잡아당겨 뚫린 구멍을 막듯 호스에 대었다. 나는 손을 맡긴 채 고개를 숙였다.

"미안해요. 나 때문에."

"아니어요. 이 실장님과는 상관없는 일이어요."

손을 풀면서 고개를 드는 나를 민 선생이 젖은 눈으로 내려다보고 있었다. 그 사람이 또 머리부터 내리쳤나 봐요. 풀었던 손을 다시 움켜쥐면서 나는 그 말을 꿀꺽 삼켰다.

"다음 주엔 병원을 옮길 거예요. 전화번호도 바꾸고."

"……."

"방아실 집도 정리하려고요. 호수를 떠날 때가 된 것 같아요. 제가 떠나고…… 서로 잊혀질 때쯤이면 괜찮아지겠죠."

"예."

"이 실장님께도 연락 못할 것 같아요. 저는 견딜 수 있지만 이 실장님은……."

"……."

"제가 노출되면…… 둘 중 한 사람은 죽어요. 둘 다 죽을지도 모르고."

숨이 가쁜 듯 민 선생이 말끝을 줄였다. 절반이 죽은 왼쪽 눈이 실핏줄이 터진 것처럼 붉게 물들어 있었다.

"더 이상 다치지 마세요."

"제 걱정은 하지 마세요."

"……."

"그날 밤, 눈앞으로 가위가 날아들 때, 가위를 잡고 피를 흘리면서 제가 무슨 생각을 한 줄 아세요?"

"……."

"어떻게든 꼭 살아남아야겠다. 살아서……."

민 선생의 입에선지 갈비뼈에선지 언뜻 바람 소리가 들렸다. 가늘고 부드러운 바람 소리. 그것은 연 맞은편 호숫가에서 들었던 바람 소리 같기도 했다. 억새풀 숲을 격렬하게 빠져나와 수면 위에서 막 잦아들기 시작하는 바람 소리. 바위에 앉아 진주황의 황혼으로 물든 연의 유리창을 올려다보며 하염없이 들었던 그 바람 소리. 유리창 안에서 나를 지켜보던 민 선생도 그 바람 소리를 즐겨 듣는다 했다. 창밖의 호숫가 풍경만 보아도 그 바람의 깊이와 넓이를 가늠할 수 있다고 했다. 소리가 들리지 않는, 실체가 없는 소리를 알아듣는 귀. 호숫가에서 살다보면 저절로 귀가 열려요. 그 말을 민 선생은 내게 두 번인가 들려주었다.

어쩌면 민 선생은 지금 내 가슴 속의 말을 듣고 있는지 모른다. 지난겨울 연을 다녀간 사람들이 감추고 떠난 말조차 꿰뚫고 있는지 모른다. 아니, 어쩌면…… 빙어 축제를 다녀오던 밤, 황토방에서 자신의 가슴에 몰래 새겨둔 내 말을 민 선생은 모두 엿들었는지도 모를 일이다.

사람이 빙어를 닮았다는 것을 호수에 와서 비로소 알았습니다. 저와 민 선생을 포함해 겨우내 호수를 다녀간 사람들, 그리고 성호 형과 시내버스 기사 한 선생까지도. 모두들 넓고 푸른 생의 바다를 항해하고 싶은 욕망을 잊은 채, 혹은 포기한 채 저만치 맞은편이 보이는 자그마한 물가를 떠다니는 빙어 떼, 다만 맑은 물을 찾아 끝없이 파닥거리는 인간 빙어 떼 같습니다. 어쩌다 제주왕나비처럼 약속의 땅을 찾아 수천 킬로미터의 대양을 날개가 다 찢어지도록 횡단하는 빙어가 있기도 하겠지만…….

병원 출입문이 환했다. 어둠이 깊었다.

어디로 가야하나.

나는 주차장에서 차를 빼다 멈춰 섰다. 집은 아니다. 신경과 다녀왔어요? 아내가 잠들 시간은 멀었다. 다시 암실 문을 열어야 될까. 민 선생이 붉은 눈을 뜨고 나를 향해 소리칠 것이다. 이제 그만 섬을 떠나세요! 대체 어디로 가야하나. 선우는 십팔 년 저편에 있고 태백산은 여기서 자그마치 200킬로미터. 지금쯤 수는 자신의 바다, 티베트 사막을 항해하고 있을 것이다.

룸미러 속을 들여다보았다. 퀭한 눈을 부릅뜬 사내가 나를 정면으로 쏘아보았다. 저 사내, 나를 빼박은 저 사내. 흔들릴 때마다 나를 다잡아주던, 내가 누구인가를 은밀히 일깨워 주던 사내. 지금, 당장 갈 곳이 없는 저 사내를 어디로 데려갈 것인가.

어디선가 문득 바람 소리가 들렸다. 부드럽고 가는 바람 소리가 끊어질 듯 이어졌다. 닫힌 유리창 밖인 것도 같고 유리창 안의 어디, 내 왼쪽 가슴 아래 어디쯤인 것도 같았다.

나는 뒷좌석의 배낭을 끌어당겨 열었다. 방한용 재킷 한 벌. 초코파이 세 개. 검은콩두유 두 팩. 그리고 동백꽃잎이 날리는 사진 한 장.

천사와 함께, 붉은 눈을 맞으며.

나는 시내의 서쪽을 향해 천천히 가속 페달을 밟았다.

하모니카를 찾아서

1

비상구

너 같으면 가능하겠니? 그게 가능한 일이야?

용주는 다섯 번째 물었다.

한 번도 만난 적이 없는데, 누가 너에게 돈을 빌려주겠니?

여전히 답이 없었다.

급하다고, 도와달라고 사정하면 그게 가능하다고 생각하니? 그것도 오백만 원씩이나? 누군 껌 값이겠지만 너에겐 오억 같은 오백만 원을?

용주는 또 물었다. 답이 없었다.

한용주. 반대로 생각해보자. 네가 얼굴도 모르는 사람에게, 그것도 여자에게, 돈을 빌려 달라고 하는 게, 도대체 가능한 일이니?

용주는 눈을 감았다. 그대로 한참을 기다려도 답이 없었다. 이게 현실적으로 있을 수 있는 일이니? 역 광장에서 처음 마주친 사람이 지갑을 분실해 교통비가 없다며 도움을 애원해도 피하는 세상에? 칼날처럼 예리한 반문들이 어둠 속에서 어지럽게 날아다

넜다. 얼마나 지났을까. 눈 밖이 너무 고요해서, 캄캄해져서 용주는 눈을 떴다. 벌 떼처럼 이명이 달라붙기 시작했다. 왼쪽 귀를 후려칠까 하다가 그만두고 용주는 자신을 쏘아 보았다.

그런데…… 지금까지 살아오는 동안, 네가 그 여자처럼 절실해 본 적은 있니?

거울 속 자신의 얼굴을 피하기라도 하는 것처럼 용주는 다시 눈을 감았다.

대체 그 여자는 누구인가. 도무지 여자의 모습이 그려지지 않았다. 고등학생 아들과 둘이서 살고 있다고 했으니 사십 대 중반쯤 되었을 여자. 여자의 어머니를 늦가을 천태산 지장암에서 마주쳤다. 그때, 말기 암으로 스러져가는 어머니의 가늘고 약한 미소와 눈빛을 그대로 닮았을지, 지장암 맞은편 골짜기의 감빛처럼 안면이 붉게 빛나는지 알 수 없었다. 목소리도 오리무중이었다. 한 번도 들어본 적이 없었으므로, 단 한 번도 통화하지 않았으므로 상상조차 할 수 없었다. 목소리의 색은 개나리빛일까, 고구마빛일까. 깊이와 흐름은 냇물일까, 강물일까. 목소리의 체온은? 용주는 눈을 감은 채 전기장판에 드러누웠다.

고맙습니다. 조심해서 산을 내려가세요.

기억에 어렴풋이 남아있는, 십여 년 전 어머니의 목소리를 닮았다면, 그것은 장작불에 잘 구워진 고구마 속살 같은 목소리일 것이다. 지난 달 나주평야에서 눈발에 파묻히던 날이었다. 나주시청 앞 모텔에서 하룻밤 자던 날, 용주는 군고구마에 얼어붙은 손

발을 녹이면서 여자의 목소리를 그렇게 유추했다. 그게 전부였다. 그 여자의 전부.

둘째 딸입니다. 어머니께서 운명하셨습니다. 지장암에서 찍은 어머니의 사진을 받아볼 수 있는지요.

어머니의 임종 소식을 처음 전해온 뒤, 오 년 가까이 알아왔던 여자에 대해 아무것도 아는 게 없다는 것. 그게 그 여자에 대해 용주가 아는 전부였다. 나주평야를 다녀온 다음부터 오늘까지도 여자는 변한 게 없었다. 휴대폰으로 찍은 어머니의 둘째 딸. 그녀의 얼굴도, 목소리도, 걸음걸이와 뒷모습도 고장 난 시곗바늘처럼 정지된 상태였다. 사흘 전, 이따금 전해지던 짧은 안부 문자가 느닷없이 장문으로 둔갑했을 뿐.

산다는 게 때론 어려운 숙제인 것 같아요. 살다보니 피치 못할 아픔으로 어려운 사정이 있답니다. 두 번 나누어서 드린다는 약속, 꼭 할 테니 믿으시고 오백만 원만 빌려주심 안 될까요…… 도와주시면 살아가면서 이 은혜 잊지 않을 게요…… 마음이 가시처럼 아프기만 합니다. 새마을금고 9○○○ 1○○○.

용주는 일어나서 노트북을 켰다. 새마을금고 9○○○ 1○○○. 계좌번호를 다시 확인하고 삼백만 원을 송금했다. 통장의 밑바닥까지 긁어서 제주도와 지리산 여행 경비를 한 입에 털어 넣었다.

송금했습니다. 큰 도움이 못 되어 죄송합니다. 여자에게 더듬더듬 문자를 찍으면서 용주는 돌이킬 수 없는 실수를 저지른 것처럼 마음이 무거웠다. 노트북을 덮고 들이킨 소주가 다섯 잔이었다. 계절에 한두 번 마시는 소주의 양을 한꺼번에 입안에 들이 부었다. 위궤양 약으로 위를 가득 채워도 속이 뒤틀릴 게 분명했다.

14,896원.

용주는 통장의 잔액을 확인하고 숨을 몰아쉬었다. 겨울 여행을 위해 아껴둔 삼백만 원이 사라지고 남은 흔적이었다. 그 삼백만 원은 집 밖으로 자신이 탈출할 수 있는 비상구였다. 언젠가 서해안마도로 향하던 작은 배에서 세 시간 가까이 풍랑에 흔들리며 바라보던 비상구. 유사시 자신을 살려낼 수 있는 유일한 통로처럼 여겨졌던 그 비상구였다. 14,896원. 흡사 삼백만 원의 마지막 발자국처럼 찍혀 있는 숫자를 바라보며 용주는 깊은 숨을 뱉었다. 비상구가 순식간에 사라진 탓이 아니었다. 쉰세 살. 자신의 나이 때문이었다. 기껏 삼백만 원밖에 소유하지 못한 쉰셋이라니. 비록 가족들이 모르는 통장이긴 하지만 겨우 삼백만 원이라니. 쪽방 쌀독의 밑바닥을 가까스로 채우듯 통장의 잔액을 유지하면서 살아온 쉰셋. 용주는 삼백만 원만큼의 긴장과 여유가 팽팽했던 자신의 삶이 돌연 부끄럽고 서러웠다. 자신도 모르게 은폐시켜왔던 생의 치부가 그 삼백만 원으로 생생하게 드러난 것 같아서 술잔을 홀짝거리는 내내 용주는 가슴이 미어졌다. 마치 너무 늦게, 비로소 자신의 모습을 발견한 것처럼.

어제와 오늘을 잇는, 기억의 현재 같은 여자……. 필연일까.

마지막 술잔을 입에 털어 넣으며 용주는 두렵다는 생각을 했다. 팔다리가 잘린 욕망의 몸통만으로 다른 사람인 듯 살아온 십오 년. 그 아득한 세월이 처음부터 다시 눈앞에 펼쳐질 것처럼 두려웠다. 그 두려움의 진원이 얼굴도 모르는 여자라는 게 더욱 두렵게 느껴졌다.

이스타 항공입니다. 예약된 항공권을 확인하시고…….

진동으로 둔 휴대폰이 떨렸다. 항공회사의 문자였다. 용주는 빈 술잔을 내려두고 쪽방 창문을 열었다.

2

옥탑방

점심때가 지나면서 한 잎 두 잎 흩날리던 눈발이 제법 굵어지고 있었다. 차를 몰고 동학산장에 가려면 이발을 서둘러야할 것 같았다. 초저녁이라도 산길이어서 추위가 깊고 길이 미끄러울 것이다. 차량이 밀릴 게 분명했다.

무술년 새해 복 많이 받으시고…….

문자를 찍으며 미장원에 들어서는데 폰이 울렸다. 열흘이나 지나서 좀 늦은 감이 있지만 아는 사람들에게 두루두루 새해 안부를 전하는 중이었다.

"교수님. 잘 지내셨어요?"

용주는 반쯤 몸을 들여놓았던 미장원을 돌아 나왔다.

"어디 다녀오시는 길이세요?"

"새해 멋지게 시작하려고 미용실 왔어."

"그랬군요. 새로 오픈한 팝 아트 학원은 잘 되시고요?"

"뭐, 그럭저럭."

"아까 문자 보내드린 장소에서 뵐게요. 여섯 시면 괜찮을까요?"

"여섯 시, 좋아. 여덟 시부터 동창 모임이 있는데, 오래 걸리진 않겠지?"

"예. 차 한 잔 마실 시간이면 충분합니다."

용주는 미용실 출입문을 밀면서 흑백으로 새겨진 미용실 이름을 한번 훑어보았다. 살롱라수아. 최근 유행처럼 여기저기 번지고 있는 살롱이었다. 아니, 어쩌면 이미 때 지난, 빈티지 같은 유행어일지도 몰랐다. 살롱드코라, 살롱드프롬, 살롱드뮤즈…….

"조금 짧게 깎아 주세요."

머리를 여주인에게 맡겨 두고, 머리를 다 깎을 때까지 용주는 한 번도 눈을 뜨지 않았다. 미용실, 미용원, 미장원, 머리방, 헤어숍, 살롱. 그 연상 끝에 지난 한 달 동안의 여행을 떠올렸다. 나주평야와 심포항과 태안 땅끝 마을에서 눈 때문에 고생을 했다. 운전에 집중하느라 이명을 잊을 만해서 좋았지만 길이 미끄러워 운전도 힘들었고 걷기도 어려웠다. 그리고 일주일을 잠잠했던 눈이었다. 오늘 아침부터 제주도 전체가 폭설에 파묻히고 있다는 보도가 나왔다. 대설경보였다. 한바탕 육지를 휩쓸고 간 눈발들이 제주도로 몰려간 모양이었다. 미용실 거울 앞에 앉을 무렵, 텔레비전에서 제주 공항이 폐쇄되었다는 속보가 떴다. 제주도 여행 이틀 전이었다.

"머리, 샴푸해 드릴게요."

눈 폭풍이 몰아치는 아끈다랑쉬오름의 능선에 올라 멀리 성산일출봉을 바라보는데 여주인이 말했다.

"대충 머리카락만 씻어 주세요."

여주인의 손가락이 몇 올 남지 않은 머리카락을 부드럽고 능숙하게 휘젓고 다녔다. 용주는 눈을 감은 채 상상했다. 아끈다랑쉬오름 분화구의 갈대밭은 무사할지. 지금쯤 눈에 파묻히고 남은 절반의 몸이 바람에 휩쓸리고 있을 텐데. 길은 남아 있을지. 아끈다랑쉬오름을 내려올 때까지 왼쪽 귓속에서 매미 우는 소리가 들렸다. 지친 기색도 없이, 똑같은 옥타브로 매미는 끊임없이 울었다. 십오 년째 강철 같은 성대를 유지하고 있는 이명이었다.

"교수님, 여깁니다."

"아, 일찍 왔나보네."

"조금 전에 도착했어요."

"잠깐만, 눈 좀 털고."

용주는 카페 출입문 밖으로 나가 신발을 털었다. 입구로 들어서는데 바닥에 신발 자국이 찍혔다. 눈이 내리기 시작한 지 한 시간도 못되었는데 도로에 발자국이 찍힐 만큼 눈이 쌓였다. 강설 속도가 예사롭지 않았다.

"두 사람을 함께 만나니까 좋구만."

"저희도요, 교수님."

"기쁨, 두 뱁니다."

"미 투!"

"미 투요?"

“아니, 그 미 투가 아니라.”

“알아요, 교수님. 하하하.”

두 사람 모두 여전했다. 걸걸한 목소리. 호탕한 웃음. 마주 앉은 지 이삼 년은 된 것 같았다.

“그런데 나, 교수 아니야. 전에도 얘기한 것 같은데.”

“한번 해병이면 영원한 해병.”

“한번 교수면 영원한 교수.”

“아시죠?”

“미안한데, 이제 그만했으면 좋겠어. 까마득히 먼 옛날 일인데.”

“그러면 호칭을 뭐라 할까요?”

“아저씨? 선배님? 삼촌? 사장님?”

“형님이라고 하기엔 좀 그렇고요.”

“글쎄. 선배님 정도가 어떨까.”

“좋습니다. 오늘까지만 교수님 하고 다음부턴 선배님, 됐죠?”

“좋아. 하여튼 교수님 소리는 듣기도 거북하고, 누가 뭐라 할까 무섭고 그래.”

“무서워요?”

“교수님이 무서워하는 것도 있어요?”

“내가 좀 소심하고 겁이 많잖아. 지금까지 살아남은 것도 다 그 덕분이고.”

“교수님이 겁쟁이라는 말씀이세요?”

“광장에서 깃발이나 촛불을 들면 야수로 변하는 분이? 하하하.”

"야수? 하하하."

용주는 한바탕 웃음 끝에 살짝 돌려 앉았다. 맞은편 창밖이 궁금했다. 눈발이 약해지는 것 같았다. 이대로 눈이 그치면 내일과 모레 항공편은 예정대로 운행될 것이었다. 한라산에 38.9㎝ 폭설. 시내 도로 결빙. 제주 공항 한때 폐쇄. 승객 5천여 명 발 묶여. 집을 나서면서 인터넷 헤드라인 뉴스를 읽으며 용주는 혀를 찼다. 평일인데, 그 많은 사람들을 어쩌라고. 나는 또 어쩌라고. 일 년 전부터 날을 잡은 제주도 여행인데, 왜 하필 지금 대설 경보인가.

"교수님."

"응."

"전시 타이틀, 옥탑방, 괜찮은 것 같아요?"

"결정하는데 천 번은 고민했습니다."

"나는 매우 만족이지. 제목만 들어도 작품 주제나 작가 정신이 느껴지는 것 같아."

"다큐 사진의 의미, 이제야 조금 알 것 같아요."

"세바스티앙 살가도나 구와바라 시세이 같은 작가를 생각하면 어림도 없지만 어쨌든 흉내는 낸 것 같아요."

세바스티앙 살가도, 구와바라 시세이. 이들과의 해후, 얼마만인가. 이름만 들어도 전율이 느껴지는 다큐 작가들. 아주 짧은 순간, 용주의 눈앞으로 새 떼처럼 이름이 날아올랐다. 로버트 카파, 루이스 하인, 유진 스미스, 데니 라이언, 최민식, 이재갑, 성남훈, 박하선, 노순택……. 세계의 다큐 작가 일백 명. 사진사 강의 시간에 입에 거품을 물며 자신이 쏟아낸 이름들이었다. 기억도 가물가물한, 십오륙 년 전의 일이다.

"교수님, 흉내를 낸 것뿐이니까 그분들 눈높이로 접근하진 하지 마세요."

"기대가 크면 실망도 크다, 아시죠?"

"그분들처럼 일생 동안 작업하면 그분만 못하라는 법도 없지."

"그럴 능력이 있는지 모르겠습니다."

"아직 청춘인데 능력이야 지금부터 만들고 기르면 되지."

"청춘요? 저희가요?"

"나보다는, 하하."

"하하하. 교수님도."

"그런데, 오늘 뵙자고 한 이유, 모르시죠?"

"돼지국밥. 선주가 문자로 보낸 그것 때문 아닌가?"

"국밥보다 더 맛있고 중요한 부탁이 있어서요."

"나한테 맛있는 부탁을?"

"예."

"무슨 부탁인데?"

"오프닝 멘트."

"오프닝 멘트를, 내가?"

"네. 삼월 둘째 주 수요일입니다."

"리플릿 인쇄, 오늘 들어갑니다. 교수님 최종 오케이 하시면."

"내가 자격이 있나 모르겠다."

"당연히 자격이 있으시죠."

"집에 걸어 두지도 못할 사진으로 굶어죽으라고 하셨던 분인데."

내가 그 말을 했던가? 기억에 없었다. 용주는 근육통을 느끼는 것처럼 잠깐 고개를 흔들었다. 사진의 본류인 사실성과 기록성에 충실하는 것. 그게 사진가의 뿌리다. 그 말은 기억난다. 하지만 나도 먹고살려고 오래전에 직업을 바꾸었는데…….

"다큐 작업으로 승부를 내라는 그 말씀만 아니었어도 지금쯤 저희들 등 따습고 배부르게 살고 있을 겁니다."

"미안하다. 그땐 내가 굶어도 살 수 있을 만큼 젊었던 탓에."

"그 젊음 보다 지금 저흰 한참 늙었습니다. 하루만 굶어도 쓰러질 만큼. 하하."

눈발이 다시 굵어지고 있었다. 무슨 할 말이라도 있는 것일까. 유리창에 달라붙은 송이눈 두엇이 용주를 쏘아보았다. 그만큼 떠돌았으면 되었지, 이 엄동설한에 제주도를 갈 까닭이 있는가. 그 말을 내던진 송이눈이 유리창을 떠날 때였다. 휴대폰이 떨렸다. 한파경보. 노약자 외출 자제, 동파방지 등 피해 없도록……. 안전 안내 문자였다. 학원을 비워도 괜찮을까. 상가 수도계량기가 터졌다는데, 나흘씩이나 쪽방을 비워도 문제없을까.

"교수님, 옥탑방 말인데요. 타이틀을 옥탑방으로 바꾼 사연, 못 들으셨죠?"

"지상의 방 한 칸, 그게 어떤 사진가의 사진집 제목이라서 그랬던 것 아닌가?"

"그것도 문제지만, 같은 이름이 여기저기 너무 흔하게 쓰이는 게 계속 걸렸는데, 결정적으로 촉이 왔던 일이 있었어요."

"태우 오빠. 그 말, 꼭 해야 돼?"

"선주야, 뭐 어때서, 교수님인데."

"그래도, 그게…… 말하자면 불륜인데."

"불륜은 무슨 불륜? 선주 너는 미혼이잖아. 나는 홀아비고. 그러니까 그냥 연애지."

"왜, 무슨 일인데? 둘 사이에 무슨 일 있었어?"

"저희가 지상의 방 한 칸 촬영 작업을 하다 가끔 신촌엘 들렀어요. 치맥 맛이 좋은 집이 있어서."

"그랬는데?"

"이 년 전 봄쯤, 신촌에서 하룻밤 잔 적이 있었어요."

"둘이서?"

"네."

"내가 놀라워해야 되나? 당연하게 받아들여야하나, 어쩌나?"

"교수님, 그 고민은 잠시 묻어 두시고요, 그때 모텔 빈방이 없어서 옥탑방에서 잤거든요."

"세상에, 모텔도 옥탑방이 있더라구요. 조립식 방에 욕실과 침대를 들이고 손님을 받는 모텔이라니, 그것도 신촌에서. 어이가 없어서."

"하룻밤을 지내고 아침에 창밖을 보다 깜짝 놀랐어요. 신촌 모텔 여러 개에 옥탑방이 있고, 그 주변 건물과 주택 옥상에 빼곡히 들어찬 옥탑방을 보면서 이거다, 하면서 둘이서 부둥켜안고 뛰었답니다. 벗은 채로. 하하."

"그런 일이 있었구나."

"애초에 지상의 방 한 칸이 수도권 하층민의 집을 담는 다큐 작업이었잖아요."

"그랬지."

"그 다큐 대상의 폭을 좁힌 것이지요. 그동안 작업을 하면서도 대상이 너무 방대하고 이미 많은 작가들이 다루었던 주제와 변별성이 떨어져서 고민하고 있었거든요."

"대상, 주제, 성격을 좀 더 구체화시킨 셈이지요. 옥탑방으로."

"칠팔 년 작업한 것 중에서 일부 추리고 이 년 남짓 옥탑방에만 집중했어요."

"말하자면 옥탑방 모텔이 구세주가 되었구만."

"네. 덕분에 구세주 님 품에서 저희들 한나절 더 머물다 본전 뽑고 내려왔습니다. 코피 터지는 줄도 모르고, 하하."

맞은편 유리창이 깨끗했다. 눈이 그친 모양이었다. 잠시 머물다 떠난 송이눈이 눈발의 절정이었나 보았다. 주말엔 제주 공항이 정상 운행되겠지만 밀린 승객으로 한두 시간, 아니면 서너 시간 항공기 연착이 불가피할 것이다. 각오하고 떠나자. 용주는 휴대폰을 열고 일기 예보를 볼까 하다 그만두었다. 얼핏 옥탑방 풍경이 눈앞에 떠올랐다. 신촌에서 하룻밤 묵었던 옥탑방이었다. 2002년 한일월드컵 때, 한국과 독일의 4강전이 벌어지던 날이었다.

"교수님. 아니, 선배님."

용주가 옥탑방 창문을 여는데 쨍그랑, 돌팔매가 날아들었다.

"오늘은 차 대접만 받고, 국밥은 다음에 저희가 쏘겠습니다."

"바쁜 모양이구나."

"오늘 리플릿 초교 보기로 했는데 시간이 좀 부족한 것 같아서요."

"그래. 그나저나 전시 경비는 마련한 거니?"

질문을 던져두고 용주는 후회했다. 하지 말았어야 했다. 그러나 이미 엎질러진 물이었다. 촬영 작업이나 전시 준비에 소요되는 경비. 그 경비 조달을 위해 거의 구걸하다시피 동분서주했던 용주였다. 이 친구들은 오죽할까 싶었다.

"사오 년 허리띠 졸라매고 작업했어요."

"미안하다. 아무 도움도 주지 못하고."

"걱정 마세요. 저흰 아직 뜯어먹을 젊음이 남아있으니까요. 하하."

"그렇다면 다행이지만."

"선배님처럼 변절하지 않고 저흰 끝까지 갈 겁니다."

"어쩌면 더 쎄게 갈지도 몰라요. 티베트나 시리아, 아니면 살가도처럼 아프리카로 날아갈지도 모르고요. 하하하."

하하하. 용주는 차마 두 사람을 따라 웃을 수가 없었다. 머쓱하게 입술만 실룩거리다 말았다. 차를 마시는 내내 죄지은 사람처럼 마음이 심란하고 불안했다. 전시를 마치고 그대로 쓰러지는 것은 아닌지. 얼마간은 견디겠지만, 다큐의 세계에서 앞으로 어떻게 살아남을 것인지. 선배님처럼 변절하지 않고⋯⋯ 그 변절 때문에 녹슨 철판을 긁는 것처럼 날카로워진 이명보다 두 사람이 어떻게 살아남을지, 그게 걱정이었다.

"마무리 잘 하고, 힘내. 나는 좀 앉았다 나갈게."

"네."

"참, 선배님. 여인숙 다큐, 기대하고 있습니다."

"저두요, 선배님."

"여인숙? 그거 자유당 때 얘기잖아."

"선배님. 그 자유당 때, 여인숙 촬영 함께 하셨던 사촌 동생⋯⋯."

"그래."

"지금도 사진 작업하시나요?"

"동생은 그새 개인전도 몇 번 했어. 여인숙도 진행 중이고."

"그렇군요. 그렇다면 선배님 여인숙도 파이팅!"

"포에버, 여인숙!"

용주는 태우와 선주가 앉았던 자리를 물끄러미 내려다보았다. 한바탕 웃음을 쏟다 홀연히 사라지는 남녀. 마흔둘, 서른일곱. 지방 대학 사진영상학과 시간 강사였던 한용주 자신의 제자들이다. 십오륙 년 전쯤 만난 아름다운 청년. 한 사람은 사진 전문 갤러리 큐레이터로, 한 사람은 영화 스틸 컷 촬영 기사로 활동하면서 다큐 사진에 승부를 걸고 있는 예비 작가들이다.

"잠깐만, 태우야."

카페 문을 열고 막 나서는 두 사람을 용주가 불러 세웠다.

"너희들 혹시 하모니카 불 줄 아니?"

"하모니카요?"

"웬 하모니카?"

"아니, 그냥. 갑자기 생각나서."

"필요하시면 다음에 불어드릴게요. 하하."

"아냐, 그런 뜻이 아니라……."

강 같은 세월이었다. 그새 얼마나 많은 시간이 흘렀던가. 지방 신문 사진 기자에서 시간 강사로, 상자와 에코 제품과 타일 디자이너에서 팝 아트 강사로 변신한 자신이 믿어지지 않았다. 카메라 셔터를 눌러본 게 언제였던가. 강원도 정선이 마지막이었나? 사촌 동생 민우가 대학 시절 묵었던 여인숙을 보고 싶다며 자신을 데리고 가던 날로 기억된다. 십오 년 전이었다. 과거의 인연이 닿은 누군가를 만날 때마다 악몽처럼 환기되는, 떠올리고 싶지 않은 기억이다. 생각할수록 시작은 창대했으나 끝은 초라한 일만 같다. 변방의 하층민을 다룬 휴먼 다큐 작가를 포기하고 먹고살기 위해 아등바등하는 지금, 과연 등 따습고 배부른가. 용주는 다 식은 홍차를 들이켰다. 왼쪽 귓속에서 폐지 압축기 돌아가는 굉음이 들렸다.

3

바람 소리

화장지 더 풀어야 되는 거야?

다 풀어야 돼, 오빠.

뭘 그렇게 많이?

오빠, 우린 몸이 생명이야. 무릎 까지면 끝이라고.

탁자가 눈밭 같다.

아름답지, 오빠.

다 벗어서 춥겠다.

이게 직업인데 참아야지.

저 친구, 다 한 잔씩 따라주는 거야?

응. 테이블 한 바퀴 돌면서 잘난 분, 못난 분 평등하게.

무릎 아프겠다.

그러니까 두루마리 다섯 개를 푸는 거야.

저 친구 내려오면, 우리가 올라가?

아니, 오빠들은 앉아서 받아 마시기만 하면 돼.

친구들은 안 올라가고?

응. 폭포주 마신 다음엔 파트너끼리.

노래는?

노래는 아까 했잖아. 이젠 노래할 시간 없어.

시간 계약을 한 거야?

응.

몇 시간?

한 시간.

한 시간? 얼마에?

일인당 오만 원. 파트너마다 팁은 별개야.

아까 총무 끌고 나갔던 친구가 쇼부친 거구나.

응.

그 친구가 리더야?

큰언니.

큰언니?

우리 대장.

젊어 보이던데.

마흔넷.

마흔넷? 너는?

오빠, 초면에 궁금한 게 너무 많다.

내가 좀 그래.

난, 서른아홉.

서른아홉?

오빠, 한 잔 해.

나는 술 못 마셔. 포도나 먹을 게.

그러면 오빠, 내 포도 먹자.

네 포도?

나, 벗는다고. 오빠 안아 줄게.

읍.

따뜻하지?

따뜻하다. 이러면 얼마를 줘야해?

오빠, 정말 몰라?

응. 이 세계는 깜깜해.

기본 세 장. 그 이상은 마음대로.

마음대로?

아래도 벗으면 추가.

얼마?

두 장부터 무한대.

따뜻하다.

오빠, 석 장 먼저 줘.

응. 그런데 탁자 위에 저 친구는?

우리 막내.

막내는 어떻게?

한 바퀴 돌고 내려오면 적당히 꽂아 주면 돼.

아.

오빠, 더 따뜻하게 해줄게.

잠깐만, 벗지 마.

나만 벗지 말라고? 나만?

돈이 없어.

친구들 있잖아.

아…….

큰오빠!

내가 부를게. 강 총무님.

뭐야. 부족한 거 있어?

오만 원만 빌려줘.

야, 한용주. 너 벌써 빠졌구나.

응? 응.

잘 사귀어서 여인숙 찍어봐라.

여인숙?

너 옛날에 카메라 들고 여인숙 드나들었잖아, 임마. 마누라 때문에 때려치웠다며.

아, 여인숙.

큰오빠, 우리 바빠요.

바쁘긴, 지랄. 바쁜 게 아니라 급하겠지.

급하고 바빠요.

지랄, 아무리 급하고 바빠도 그렇지. 니들 오늘 노는 게 너무 약하다.

깊이 적셨는데 약해요?

우리 동네에서는 탁구도 치고 촛불도 끈다.

어디?

미아리.

거긴 조건이 다르잖아요.

지랄. 조건은 무슨 조건.

오빠들이 쎄게 쏴야 우리도 쎄게 쏘죠.

됐어, 그만 두고. 야, 한용주. 천천히 잘해 봐라. 급하면 체한다.

응, 그래.

오빠, 저 오빠 뭐야.

우리 대장.

여인숙은 또 뭐야?

아무것도 아냐.

오빠, 따뜻하지?

응. 진짜 따뜻하다.

그래? 이러다 나 사랑하게 되겠다, 오빠.

2차도 가능해?

응.

사장이 허락해?

우린 프리야. 자유 계약 선수.

선수?

이 바닥에선 프로니까.

오늘처럼 네 명이 한 팀?

응.

팀워크가 좋아야겠다.

백전불패, 후훗.

따뜻하다.

오빠, 2차 할 거야?

친구들 때문에…… 여기 나가면 산장에서 1박하거든.

바로 옆방이야.

옆방?

응.

얼마?

십만 원.

십만 원?

응.

나가는 것도 가능하고?

응.

얼마?

이십만 원.

시간은?

한 시간.

한 시간뿐?

시간이 돈이거든.

그래도 너무 짧고 센 거 아냐?

오빠들처럼 우리도 먹고살아야지.

우리처럼?

오만 원에 한 시간이면 짧고 센 거잖아.

연락처 줄 수 있어?

응.

어떻게?

오빠 휴대폰 주고 나 안은 채로 있어. 몰래 찍어 줄게.

따뜻하다.

번호 찍었어.

두 장, 여기.

땡큐.

성이라도 알 수 있을까.

윤이야, 윤정희.

윤정희?

응.

옛날 영화배우 이름이네.

그래?

이렇게 하는 사람…… 나 같은 사람이 많겠지?

그렇지도 않아. 이게 경기를 많이 타는 데, 요즘 불경기거든.

전화하면 정말 볼 수 있나?

오빠 직장이 경주라며?

주말엔 올라와.

한 시간 전에 전화 주면 돼.

한 시간 전에?

응.

모든 게 한 시간이네.

오빠, 한 장만 더 꽂아주라.

또?

싫으면 노래하자, 오빠.

이대로 있으면 안 될까?

노래 한 곡 하면 나갈 시간 될 거야.

나, 노래 못 하는데.

그냥 서 있으면 돼.

갈대밭이 보이는 언덕 통나무 집 창가에 길 떠난 소녀같이 하얗게 밤을 새우네…… 둘이서 걷던 갈대밭 길에 달은 지고 있는데 잊는다 하고 무슨 이유로 눈물이 날까요. 아, 길 잃은 사슴처럼 그리움이 돌아오면 쓸쓸한 갈대숲에 숨어 우는 바람 소리.

언니.

왜.

그 새끼 말야, 내 파트너.

한 사장?

응.

근데?

나랑 데이트하고 싶대. 섹스는 말고 데이트만.

미친 놈.

미친 놈.

멀쩡하게는 생겼던데.

완전 숙맥이야. 오랜만에 동창 모임에 왔다가 엉겁결에 끌려왔다나.

아까 손놀림 보니까 숙맥은 아니던데.

재수 없어서 이름 아무 거나 찍어줬어.

왜?

그 새끼, 만 원 가지고 벌벌 떠는 놈이야.

그래?

응.

근데, 막내는?

옆방.

굿!

파트너가 폭포주에 갔더라고. 하나 뽑아서 타 먹였는지.

막내한테 걸려서 빠져나간 놈 없잖아.

기다릴까? 염소처럼 코만 킹킹대다 쌀 텐데.

우리 먼저 가자.

문자 떴어?

신세계.

그렇게 멀리? 바람이 태풍인데?

너 좋아하는 바람 소리 들으며 가면 되지.

굿, 신세계.

4

여기, 네모세상

표고 301미터. 아부오름은 왕복 두 시간이면 넉넉할 것 같았다. 점심을 굶을 일은 없을 듯했다. 어제 올랐던 아끈다랑쉬오름은 지금 생각해도 무리였다. 오름 주변에 간이매점 정도는 있을 줄 알았다. 매점은커녕 커피 자판기도 없었다. 컵라면을 먹을 수 있는 매점만 믿고 비상식량을 챙기지 않은 게 잘못이었다. 한낮이고, 높지 않은 오름이라하지만 겨울산행의 기본 수칙을 잊은 것이다. 배낭엔 어제 먹다 남은 초코파이 한 개가 전부였다. 발목까지 눈에 파묻히는 굼부리 둘레를 돌아 하산할 즈음엔 거의 탈진 상태였다. 일출봉 민박집 주변 바닷가를 서성거리다 늦은 오전에 산행을 시작한 하루 일정부터가 문제였다. 결국 아끈다랑쉬오름이 타산지석이 된 셈이었다. 오늘 아침 일찍 서둘러 민박집을 나선 것은 어쨌거나 잘한 일이었다.

한 걸음 일찍, 그러나 급하지 않게.

차 시동을 걸고 예열을 하는 동안, 용주는 주문을 외우듯 몇 번씩 지껄였다. 서두르긴 했지만 이틀씩 눈길에서 휘청거린 노독을 고려해 셋째 날 산행은 여유 있게 일정을 잡아 두었다. 현태섭 사장 모친상. 제주시 부민장례식장. 어젯밤 수신된 부고 문자만 아니었으면 용눈이오름을 다시 올라볼 생각이었다. 시간은 충분했다. 용눈이오름은 제주도 여행 첫 번째 일정으로 잡아둔 오름이었다. 첫날 시간에 쫓겨 굼부리 내부의 눈을 밟지 못한 채 정상 둘레만 걷고 내려온 게 아쉬움이 컸다. 폭설 탓이었다. 게릴라성 폭설로 공항이 폐쇄되고, 항공기 결항과 연착이 반복되면서 예정보다 세 시간 늦게 제주공항에 도착했다. 예약한 렌트카를 몰고 허겁지겁 달려와 첫발을 밟은 게 용눈이오름이었다. 오후 세 시였다. 잠깐 눈 그친 하늘은 어느 한곳 빈틈없이 잿빛이었다. 육지보다 어둠이 두 배는 빨랐다.

이대로 돌아가면 언제 또 오를 수 있을지…….

민박집을 떠나면서 용주는 용눈이오름을 일정에서 뺐다. 불가피한 선택이었다. 해 짧은 일월이므로, 아부오름과 백약이오름을 오른 뒤 민박집 반대편의 장례식장을 다녀오려면 금방 어두워질 것이었다. 어쩌면 카페 '이디'를 포기해야 될지도 몰랐다. 장례식장에서 사람들을 만나 밀린 안부를 나누다보면 빙판길에서 무슨 일이 벌어질지 예측할 수 없었다. 그러면 낭패였다. 신세 진 사람에 대한 예의가 아니었다.

대체 그들은 누군가. 나는 그들처럼 살아본 적이 있는가.

아부오름 정상에 오를 때까지 용주는 두 여자를 번갈아 떠올렸다. 이틀 전 용눈이오름에서 우롱차를 따라주던 여자. 방한 장갑을 벗고 칼바람에 찢어질 듯한 손으로 휴대폰 촬영을 해준 여자. 눈보라 속이었다. 언 몸으로 정상을 내려서는 자신을 발견하고 다가선 두 사람의 정체가 궁금했다. 고글을 벗으며 휴대폰을 건네받던 여자와 보온병을 열고 차를 따라주던 여자 둘 다 삼십대로 보였다. 첫 인상은 이 눈보라를 뚫고 등산을 할 만한 모습이 아니었다. 깊은 쌍꺼풀에 선이 또렷한 콧날과 턱선. 한눈에 보아도 지극히 평범한 얼굴이었다. 그럼에도 등산복과 아이젠까지 착용한 등산 장비로 짐작하건대 전문 산악인이 분명했다. 첫 대면부터 인상적이었던 두 사람의 목소리가 폐지 압축기의 굉음 같은 이명보다 더 큰 울림으로 남아 있었다.

섬 떠나시기 전에 시간 되면 들리세요.

해녀박물관 근처니까 쉽게 찾을 수 있을 거예요.

300미터 남짓한 높이였음에도 아부오름 등산로는 아끈다랑쉬오름처럼 급경사였다. 아이젠을 착용하지 않았으면 오르내리기에 만만치 않은 길이었다. 이틀 전 제주 공항에 도착할 무렵부터 눈이 녹기 시작했지만 아직 오름 주변은 대부분 적설량 30센티미터 안팎의 폭설 그대로였다. 오름 정상도 마찬가지였다. 사람들의 발자국이 닿지 않은 등산로 주변은 깊이를 알 수 없는 눈의 늪이었다.

용주는 정상 턱밑에서 자신이 올라왔던 길을 내려다보았다. 아이젠을 하지 않은 관광객 셋이 죽죽 미끄러졌던 자국이 선명했다. 서너 걸음 앞에서 날다람쥐처럼 정상으로 불쑥 날아올랐던 등산객 둘은 완전무장한 장비를 풀고 기념 촬영을 하고 있었다. 둘레 2,012미터. 용주는 정상에 세워 놓은 안내판을 보고 놀랐다. 건너편에 끝이 뻔히 보이는 굼부리의 둘레가 2킬로미터라니. 제법 먼 거리였다. 속도를 낼 수 없는 눈길을 생각하면 얼추 반 시간이 소요될 거리였다. 내려갑시다. 사진 촬영을 마친 등산객이 정상에서 내려서는 것을 보고 용주는 돌아섰다. 아이젠을 벗을까 하다 그대로 걷기 시작했다.

정상에 함지박 같은 둥근 굼부리가 파여 있어서 마치 어른이 믿음직하게 앉아 있는 모습과 같다하여 이름 붙여진 아부오름. 안내판에 적힌 아부오름 설명을 떠올리며 둘레를 걷는 동안 오름 정상엔 용주 혼자뿐이었다. 폭설로 오늘은 출입을 금지합니다. 마치 입구에 등산 금지 팻말이라도 세워둔 것처럼 사람의 모습을 찾아볼 수 없었다. 등산객이 줄지어 오르내리던 용눈이오름과는 전혀 다른 풍경이었다. 이따금 바람이 스쳐갈 뿐, 자신이 눈 밟는 소리 말고는 어떤 소음조차 들리지 않았다.

적막…… 고독.

아부오름 멀리 망망대해처럼 펼쳐진 설경과 굼부리 깊숙한 바닥의 인공 삼나무숲을 번갈아 내려다보면서 용주는 적막과 고독을 입에 담고 오물거렸다. 두 낱말을 돌려 씹는 소리가 이명을 깨부술 듯 귓속으로 파고들었다. 용주는 얼핏 놀랐다. 이대로 이명이 사라지는 것은 아닐까. 육지에서 자신을 뒤흔들던 이명이, 괴물처럼 이명을 키우던 모든 이유들이 뿌리 뽑히는 것은 아닐까.

시월에 일찌감치 제주도 항공권을 예약하면서 용주는 작정했다. 제주도 겨울 여행을 마지막으로 유랑의 종지부를 찍겠다고. 이제 그만 둘 때도 되었다고. 마음을 다잡아 학원 운영에 집중하자며 입술을 깨물었다. 강좌 홍보와 수강생 창작 지도. 새해 핵심 업무를 두 번 세 번 확인하고도 부족해 학원 벽에 매직으로 써서 붙여 두기까지 했다. 전업, 사무실 이전, 종지부! 벽서 끝에 작은 글씨를 적어 두고 아침마다 덧어쓰기를 반복하면서 용주는 자신을 세뇌시켰다. 그새 첫눈이 내렸고, 세밑이 되었으며, 송광사 불일암과 나주평야를 거쳐 망해사를 다녀왔다. 어쩌면 마지막 겨울 여행이 될지도 모른다……. 흡사 죽음을 앞두고 하고 싶은 일을 끝내는 것처럼 용주는 주말마다 집 밖으로 떠돌았다. 두 달 사이, 목숨을 건 사람처럼 왕복한 길이 자그마치 1,400킬로미터였다.

그 남자는 지금 이 순간에도 하모니카를 불고 있을 것이다.

1,400킬로미터를 왕복하는 중간중간 노숙하듯 하룻밤을 지내면서 용주는 생각했다. 내가 어디를 가든, 무엇을 하든, 깨어 있든, 잠을 자든, 그 남자는 아침마다 지하 주차장에서 하모니카를 불 것이다. 바람 맞은 왼쪽 팔은 주머니에 넣은 채, 오른손만으로 다섯 곡을 연주하고 지하 주차장을 빠져나갈 것이다. 그렇다면…… 업종과 사무실을 바꾸고 집 밖으로 떠도는 나의 행위도 그 남자의 하모니카 연주 같은 것일까. 그렇게 절실한 것일까. 지친 몸으로 귀가를 서두를 때마다 용주는 고개를 절레절레 흔들었다.

더 늦기 전에 정리하세요. 언제까지 욕망에 매달려 살 거예요.

저가 항공권을 예약하려고 인터넷 사이트를 뒤지던 가을이었다. 환청처럼 귓속을 후벼 파던 그 말을 누가 했는지조차 기억을 하지 못할 만큼 용주는 몸과 마음이 피폐해져 있었다. 엔진 소리가 요란한 디젤차 핸들을 잡은 순간에도 벌 떼 소리 같은 이명이 들렸다. 이명 치료를 위해 틈 날 때마다 듣는 백색 소음보다 더 큰 소음이 밤마다 반복되었다. 아내 몰래 신경 안정제를 삼켜야 아슬아슬하게 잠을 이루는 날이 반복되었다. 용주는 그게 위험 경보라는 것을 알았다. 집 밖으로 떠도는 유랑과 젊은 시절의 욕망, 더 이상 그 둘을 품고 살 수 없는 것에 대한 심리적 좌절과 불안감. 어떻게든 그 둘을 자신 밖으로 내쳐야 된다는 강박 관념. 그것들의 융합이 빚어낸 위험 경보였다. 하루 스물네 시간, 단 일초도 빈틈없이 십오 년째 지속되고 있는 비상 사이렌 같은 이명. 어떻게든 그것으로부터 탈출이 필요했다.

요즘 같이 인터넷 쇼핑과 홈 쇼핑이 발달한 세상에 포장용 상자 디자인으로 승부를 낸다는 게 얼마나 낭만적인 발상인 줄 아세요?

이명의 앞뒤에서 아내가 했을 게 틀림없을 그 말을 작은 누님은 통속적으로 의역했다.

자존심이 밥 먹여 주냐? 체면이 먹여 살려줘? 당장 먹고사는 게 중요해.

용주는 그 통속이 싫지 않았다. 불순한 의도를 감춘 채 돌려 말하는데 능숙한 아내의 만연체 문장에 견주면 월등히 짧고 명료했으므로. 가볍고 정직했으므로. 그런 줄 알면서도 용주는 통속 반대편을 서성거렸다. 자신도 모르게 아내의 만연체 문장에 익숙해진, 습관처럼 길들여진 반응 때문이었다.

누님. 그렇다고 제 꿈을 포기할 순 없잖아요. 꿈을 버리고, 인생의 절반을 포기하고 산다는 게 얼마나 힘든지 아세요.

용주야, 그게 왜 포기하는 거야. 절반은 너를 위해서 쓰고 절반은 가족을 위해서 쓰는 거지. 그렇게 생각을 해야지. 안 그래?

용주가 무슨 말을 하든, 어떤 표현을 사용하든 작은 누님은 단칼로 말 꼬리를 잘랐다. 아내와 마찬가지로 오래전부터 주도면밀하게 답변을 준비해 둔 게 틀림없었다. 용주의 2차, 3차 반응과 그것에 대한 후속 답변까지 모두를.

니 매형 봐라. 미련 없이 사진관 접었잖아. 삼십 년을 사진기로 먹고살았는데 식당으로 전업해서 칼을 든 거야.

매형은 디지털시대에 아날로그를 고집하다 그런 거죠.

디지털 사진도 하려고 마음먹었으면 못할 것도 없었어. 때를 놓치지 않으려고 그런 거지.

때요?

꿈도 야망도 다 때가 있는 법이야. 때를 놓치면 당장 밥을 굶는 게 인생이야.

작은 누님은 제주행 비행기를 타는 청주공항까지 쫓아와 뒤통수를 향해 소리쳤다.

지금 니 행동이 얼마나 이기적인 줄 아니? 생각을 해 봐라. 폭설에 빙판으로 섬 전체가 난리법석인데 지금이 여행을 갈 때니?

용주는 카페 '이디' 멀찌감치 차를 세우고 바닷가 쪽으로 걸었다. 쉬지 않고 밤길을 달려와 눈에 통증이 느껴졌다. 해녀박물관 바로 옆에 있어요. 카페 사장의 안내 문자대로 내비를 찍고 왔으므로 길은 찾기 어렵지 않았다. 어둡고 미끄럽고 낯선 길이 문제였다. 무엇엔가 흠씬 두들겨 맞은 것처럼 어깨부터 뒷목까지 뻐근했다. 눈의 피로를 풀고 호흡도 가다듬고 싶었다. 바닷바람은 찼지만 용눈이오름에서 맞부딪힌 눈보라에 견주면 봄바람 정도였다.

방파제 끝에 걸터앉아 용주는 현 사장의 상가를 떠올렸다. 전통 상복을 입은 상주들의 모습이 아직도 눈에 어른거렸다. 요즘 같은 세상에 싯누런 삼베 상복이라니. 고인의 가족에게 물었더니 제주도 전통장례 풍습이라 했다. 아흔셋에 운명한 호상인 탓인지 곡은 들리지 않았다. 딱 한 사람, 장남인 현 사장의 눈에서만 핏발이 보였다. 용주가 사무실을 낸 시내에 인테리어 내장재 점포 다섯 개를 경영하는 현 사장. 그를 인테리어 업계의 대부로 키운 것은 평생 마늘밭과 고구마밭을 일군 어머니였다.

어머니는 맨손으로 수천 개의 화산암을 골라내고 밭을 만들었습니다. 청춘을 완전히 소진하고서야 겨우 밭을 품었습니다. 부귀영화가 무엇인지도 모른 채 당신은 화산암보다 더 거칠고 단단한 바람과 싸우다 늙어 버렸습니다.

현 사장은 하청업자 개업식이나 술자리에서 종종 어머니와 화산암과 바람을 꺼냈다. 언제 제주도에 가면 꼭 어머니를 뵙고 싶습니다. 현 사장과 명함을 주고받던 인테리어 업계 사람들은 앞다투어 말했다. 그러나 오늘 저녁, 어머니 앞에 나타난 사람은 셋뿐이었다. 폭설이 비행기의 다리를 묶었는지, 사람들의 다리를 묶었는지 모를 일이었지만 술자리의 약속을 지킨 사람은 그들이 전부였다. 다들 무거운 몸은 육지에 두고 가벼운 봉투만 섬에 보내왔다. 그랬거나 말거나 현 사장은 그 세 사람보다 수십 배의 사람들과 맞배를 하느라 싯누런 삼베 건 밑으로 연신 땀을 흘렸다. 한바탕 폭설이 휩쓸고 간 제주도 일월의 밤은 춥고, 추운 만큼 더웠다.

하루아침에 주인을 잃은 마늘밭과 고구마밭. 그것은 살아생전 현 사장의 어머니가 입에 침이 마르도록 불었던 하모니카가 아니었을까. 지하 주차장 남자의 그 하모니카 같은…….

도깨비불 같은 노란 불빛 한 점이 어둠 속에서 빛났다. 글씨는 흐렸지만 카페 이디라고 쓰여 있을 것이다. 용주는 엉덩이를 털고 일어섰다. 바닷바람이 이명을 파고들며 속삭였다. 이제 두 여자와 함께 용눈이오름에 오를 시간입니다.

"두 가지를 포기하고 한 가지를 선택했어요."

"무슨 포기를?"

"수입의 절반을 포기한다. 결혼하지 않는다."

"선택하신 것은?"

"여기서 죽는다."

"……."

용주는 입을 다물고 찻잔을 내려다보았다. 여기서 죽는다. 그 말이 너무 단호해서 순간 당황스러웠다. 칼로 날카롭게 잘라낸 말끝을 네모세상이 자신의 목에 겨누는 듯한 섬뜩함이 느껴졌다. 이제 서른여섯인 여자가 이토록 쉽고 가깝게 죽음을 예비하고 있다니. 오늘 저녁 장례식장에서 마주친 주검과 자그마치 육십 년이나 떨어져 앉은 청춘 아닌가. 용주는 홍차를 마시려다 그만두고 창 쪽으로 돌아앉았다. 창밖은 완전한 먹빛이었다. 조금 전 번득였던 섬광 한 점이 먹빛 어둠 속에서 반짝이다 사라졌다. 몸이 늘어지는 날이면 종종 발견되는, 이명의 그림자 같은 착시였다.

"카페 사장님을 만난 게 이 년째라고 하셨죠?"

용주는 하마터면 사장님을 우롱차라고 말할 뻔했다. 용눈이오름에서 우롱차를 따라준 사장보다 눈보라 속에서 들이킨 우롱차가 더 뜨겁고 고마웠던 때문이다.

"언니를 처음 만난 것은 좀 더 오래되었어요."

네모세상은 사장을 꼬박꼬박 언니라고 불렀다. 언닌 새벽까지 게스트하우스 정리를 했는데, 몸이 좀 무겁다고 오늘 일찍 퇴근했어요. 삼십 분만 일찍 오셨어도 언니를 볼 수 있었을 텐데……. 사장과 특별한 인연이라도 있는 사람처럼 네모세상은 언니를 강조했다.

"오 년 전이었어요. 언니를 처음 만난 게. 일도 좀 쉴 겸, 좋아하는 트레킹도 할 겸 제주도에 왔을 때였어요. 언니가 카페 뒤쪽에 있는 게스트하우스를 막 오픈했을 무렵인데, 트레킹 와서 보름쯤 묵는 동안 제가 알바로 일을 했어요."

"그러면 카페 이디에 머무른 지 삼 년째?"

"네. 카페 간판 달 때부터 오늘까지."

"어떠세요. 이곳 생활은 만족하시는지요? 삼 년이라면……."

"네, 매우. 아주 행복합니다."

네모세상은 용주의 질문을 예상하고 있었다. 말끝을 싹둑 자르기가 무섭게 자신의 말을 붙였다. 용주는 네모세상 정면 쪽으로 자세를 고쳐 앉았다.

"궁금한 게 있는데, 질문을 해도 될까요."

필연. 입술로 살짝 깨물었던 필연을 삼키고 용주는 헛기침을 했다.

"미안하지만, 서른여섯이라고 하셨죠?"

"네."

"지금까지 제가 살아온 경험으로 보아선…… 경제력이든 사람의 인연이든 비우고 끊는다는 게 쉽지 않을 텐데요."

"이곳에선 필요 없는 게 많아요. 수원 집을 떠나면서 가져온 짐은 캐리어 한 개 뿐이었어요. 수원에선 사람과 욕망에 치여 지냈는데 여긴 그 모두가 절반만으로도 충분해요."

기다렸다는 듯이 네모세상은 문장 몇 개를 단숨에 탁자 위에 올려두고 숨을 골랐다. 마치 용주와 마주 앉기 전, 이디를 다녀간 수많은 사람들과 똑같은 대화를 나누었던 것처럼. 모든 것을 예측하고, 그만큼 준비해둔 사람 같았다.

"대개 살아가는 동안 욕망을 조금씩 줄이거나 비우곤 하지만, 젊은 날엔 그게……."

용주는 말끝을 흐리고 심호흡을 했다. 조금 전부터 문장이 필요 이상으로 길게 늘어지고 있었다. 장례식장에서 밤길을 달려온 피로 때문인지 눈의 통증이 반복되었다.

"솔직히 말씀드리자면, 제주도에 와서 얼마동안은 힘들었어요."

"그랬을 것 같아요."

"일 때문이 아니라 꿈을 너무 일찍 포기한 것 때문에. 지금은 훌훌 털어버렸지만."

"꿈? 꿈이라면?"

"타투이스트."

"타투이스트?"

"네. 꽃 타투이스트."

"꽃 문신 말인가요?"

"네. 꽃만 새겨주는 타투이스트."

"언제부터?"

"대학 졸업한 뒤부터 했어요. 육체에 시들지 않는 꽃을 피우는 일이 매력적이어서 시작한 일인데, 아는 분 밑에서 일 배우며 사오년 정도 하다가 그만두었어요."

"매력적이라고 생각한 일을 그렇게 쉽게 포기했어요?"

"매력적인 직업은 분명한데, 하면 할수록 잔인한 일이라는 생각이 들고, 밀폐된 공간이 제게 맞지 않는 것 같아서."

"……."

"살면서 과연 이 일로 행복할 수 있을까, 매력적인 직업은 젊은 날의 욕망에 불과하지 않을까, 그런 회의가 들던 차에 언니를 만났어요."

"아……."

"아무것도 없는 저를 언니가 품어 주셨어요."

"예."

"언니는 정말 자유로운 영혼을 지닌 사람이어요. 게스트하우스나 카페에 사람이 오고 가는 것을 신경 쓰지 않고, 자신의 삶을 즐길 줄 아는 사람이죠. 언제든 문을 닫고 길을 떠나서 걷다가 돌아오곤 해요."

"그러던 중에…… 그렇게 살고 싶어 하는, 그렇게 살아가야 할 누군가 다른 사람을 발견하신 거고요."

"네."

"그런데……."

용주는 말끝을 삼켰다. 네모세상 님과는 다르게 언니는 안정된 거처와 경제력을 확보한 사람이고, 그만큼 삶의 여유가 있으므로 그게 가능한 일이 아닐까요. 목구멍으로 욱여넣은 몇 문장에서 싸늘한 홍차 내음이 풍겼다. 용주는 네모세상의 눈을 마주보았다.

“트레킹을 좋아하신다고 하셨죠?”

“밥은 굶어도 걷는 건 못 굶는다면 좀 지나치겠죠. 후훗.”

“그동안 여러 곳을 다녀보았을 텐데, 제주도라는 공간을 선택한 특별한 이유가 있을 것 같아요. 언니 때문만이 아니라.”

“아마 이곳의 지리적 특성과 풍경 탓이 아닌가 싶어요. 여긴 걸어서 어디든 갈 수 있고, 발이 닿는 어느 곳에서든 자연과의 대화를 즐길 수도 있고 그래요.”

“제주도가 이번이 세 번짼데, 저도 어렴풋이 그 생각이 들긴 했습니다.”

세 번째 제주도 여행을 입에 물면서 잠깐 잊었던 이명이 시작되었다. 이명 때문에, 이명에 쫓겨 집 밖으로 떠돈 길들이 뒤엉킨 실타래처럼 눈앞에 떠올랐다 사라졌다. 집을 비우는 여행이 잦아지면서 아내의 침묵은 눈에 띄게 깊어졌다. 여행과 침묵이 반복되는 사이, 한 지붕에서 아내와 자신, 두 사람의 존재가 시나브로 사라진다는 두려움과 위기감을 용주는 절감하고 있었다. 이명을 부추기는 두려움과 위기감이 이대로 어디론가 떠났으면……. 제주도행 비행기 안에서 용주는 주문을 외우듯 중얼거렸다.

“사장님도 걷는 걸 좋아하실 것 같아요.”

“예? 아, 예.”

사장님 소리에 용주는 잠깐 놀랐다. 팝 아트 학원 사무실을 연 지 반년이 다 되도록 그 호칭이 낯설기만 했다. 원장이라는 호칭으로 시작한 탓이었다. 사무실과 함께 날아간 십여 년의 세월 동안 디자이너로 연명했던 탓인지도 모르겠지만.

"엊그제 용눈이오름을 오르시는 것으로 보아선 무척 즐기실 것으로 짐작했어요. 눈보라가 치는 날씬데, 보통 관광객들은 입구만 서성대다 돌아가거든요."

"예. 바쁜 틈을 쪼개서 걷다보니 한번 작정한 길은 다 걷는 편입니다."

"조금 우스운 얘기 같지만, 저는 걸어야 밥이 넘어가고 숨을 쉰답니다."

"아, 예."

"낯선 길, 걷지 않은 길만 보면 통제할 수 없는 제가 가끔은 두렵기도 하지만 그냥 즐겁게 걷고 있어요. 언젠가 걸어서 지구 한 바퀴를 도는 게 꿈이어요. 죽을 때까지 행복하게 걸으면서."

"걸어서 지구 종주를?"

"네. 혹시, 지구 둘레 길이가 얼만지 아세요?"

"40,074킬로미터."

"맞습니다. 40,074킬로미터. 후훗."

"그런데 그 거리를 걸어서? 멋진 꿈입니다."

"제주도는 그 꿈의 베이스캠프라고 생각해요."

"예."

"무엇보다도 걸어서 끝까지 갈 수 있는 세상, 그게 제주도의 매력인 것 같아요."

"네모세상. 아이디도 매력적입니다."

동문서답인 줄 뻔히 알면서도 용주는 담담하게 말했다. 저는 아직 올레길을 종주하지 못해 매력을 잘 모르겠습니다. 그것보다는 낫겠다는 판단을 했다. 여자의 말이 길어지면서부터 조금씩 불안감 같은 게 느껴지고 있었다.

"이디. 카페 이름 이디가 제주도 방언으로 여기라고 하셨죠?"

"네."

"여기, 네모세상. 참 매력적인 조합입니다. 우연인지 필연인지 둘이서 기막히게 어울리는 것 같아요."

"가끔 그 비슷한 말씀을 하는 손님이 있긴 해요. 이디 건물과 네온사인 간판이 사각형이어서 이미지를 빌려온 아이디일 뿐, 특별한 의미가 없는데도."

"카페 외형과 간판, 유리창과 탁자까지 모두 정사각형입니다."

"좀 특별하죠? 언니의 미적 감각이 뛰어나요."

"언뜻 보면 팝 아트 작품처럼 보입니다."

내일 일정을 생각하면 지금 당장이라도 일출봉 민박집으로 떠나야 했다. 내일 오전엔 사 년 전에 다녀갔던 강정마을에 다시 들려 주민들을 만나야 한다. 뮛부리 박 씨의 사진도 전해 주어야 한다. 강정 구럼비에서 천막을 치고 미해군기지 건설 반대 투쟁을 하던 박 씨의 사진을 사 년째 보관하고 있다. 강정마을을 다녀와서 오후엔 새별오름에 오른 다음……. 오늘 밤길을 무리했으므로 충분한 휴식이 필요했다.

"막내야. 잠깐 볼까?"

"아, 예. 사장님."

사장님? 떠날 시간을 떠올리던 용주는 놀라서 뒤를 보았다. 게스트하우스로 연결된 카페 뒷문에 중년 여자가 서 있었다.

"잠깐 다녀올게요."

네모세상이 바쁜 걸음으로 중년 여자를 따라 나갔다. 누구지? 언니는 아닌데. 문이 열리고 닫히는 잠깐 사이, 바닷바람이 한꺼번에 몰려들었다. 그대로 문을 열어둔다면 천장에 바람의 고드름이 맺힐 것처럼 바람이 맵찼다.

"누구시죠?"

"사장님."

"사장님? 언니는?"

"그 언니의 언니."

"아……. 언니가 계셨군요."

"예. 게스트하우스 사장님이세요."

"언니는?"

"작년에 사장님이 게스트하우스를 인수하셨어요. 운영을 나눈 거죠."

"언니는 카페만 맡으시고?"

"네. 저 사장님, 중년인데 멋지죠?"

"얼핏 보았는데, 매우 아름다워 보입니다."

"아름다운 분이긴 한데……."

"……."

"뭍에서 큰 상처를 입고 들어오셨어요."

"예?"

"많은 흉터를 감추고 사세요. 갈비뼈 아래에 구멍 뚫린 자국도 있고."

조금 전 실내로 파고든 바람이 남아 있는 모양이었다. 언니가 제주도 사람이 아닌가 봐요. 그 말을 삼킨 용주의 몸이 짧게 떨렸다. 몸 어딘가 자신도 모르는 흉터에서 바람 새는 소리가 들리는 것 같았다. 이명은 아니었다. 돌아갈 시간이 너무 지체되고 있었다.

"내일 한라산 올라요. 친구와 함께."

용주의 마음을 읽었다는 듯이 네모세상이 화제를 돌렸다. 용주는 다 식은 홍차를 마시고 잔을 비웠다.

"폭설로 등산이 쉽지 않을 텐데, 네모세상 님처럼 친구 분도 여성 프로 산악인인가 봅니다."

"남자예요. 스페인 산티아고 순례길에서 만나 삼십 일을 함께 걸었던 사람. 여행사 직원인데 내일부터 휴가라서 동행하기로 했어요."

"예."

"이 사진, 이 남자예요."

네모세상이 휴대폰을 열어 용주에게 건넸다. 뒷목까지 올라선 거대한 배낭을 멘 여자 곁에서 빈손의 남자가 양팔을 벌려 환호하고 있었다.

"이 남자, 산티아고에서 기진맥진하는 걸 제가 대신 배낭을 메

주고 살려냈답니다. 그 덕분에 친구가 되었고요. 후훗. 함께 걸어서 지구 종주하기로 했어요."

"제주도가 고향인가 봐요."

"아니어요. 밀양이 집인데 제주도에서 눌러 살기로 했대요."

"왜 그렇게……."

"오름이 제주도의 보물이라는 것 아시죠? 평생 그 보물이나 훔치면서 살겠대요. 도굴범처럼."

네모세상 님처럼 홀로 사는가 봐요. 용주는 그 말을 마른 침에 섞어 목구멍으로 쑤셔 넣었다.

"지금쯤 한라산 상고대가 절정일 거예요. 열 번 넘게 한라산을 올랐지만 오를 때마다 풍경이 달라요. 겨울 산은 특히 더."

"저는 아직 한라산 등반을 못했는데, 부럽습니다."

"언제든 제주도 오시면 카페 들리세요. 언니랑 한라산 동행 해드릴게요. 후훗."

검은빛의 어둠처럼 추위도 색채 표현이 가능하다면 그것은 틀림없이 하얀색일 것이다. 순백의 추위. 유리창처럼 투명하면서도 빛이 있는 추위. 용주는 방파제 끝에 올라앉아 주문처럼 지껄였다. 입속으로 하얀 추위가 새까맣게 드나드는 것을 용주는 진저리를 치며 느꼈다. 하얀 바람. 하얀 눈보라. 하얀 바다. 그 주문의 효험이 나타난 것일까. 느닷없이 바다 쪽에서 하얀 바람이 몰려왔다. 용주는 눈을 부릅떴다. 파도의 포말인 줄 알았는데 눈발이었다. 견딜 수 있을 만큼 앉아 있자. 견딜 수 없을 만큼 견뎌보자. 용주는 눈보라에 떠밀린 듯 등을 돌리며 주문을 이어갔다. 어둠 속 저만치에서 딱지만 한 이디 불빛이 힘없이 흔들렸다. 곧 절명할 듯싶었다. 용주는 아랑곳하지 않았다. 오늘 밤, 이 섬을 생의 베이스캠프로 삼은 무수한 생명들이 끝없이 명멸할 것이므로. 그 비움과 채움으로 내일도 모레도 이 섬의 균형이 유지될 것이므로.

아주 짧은 순간 사위가 고요해서, 사라졌던 이명이 어느 틈엔가 돌아와서, 용주는 바다 쪽으로 눈을 돌렸다. 돌연 눈보라가 궁금했다. 눈보라는 보이지 않았다. 속눈썹 근처에서 하얀 바람이 잠시 쉬었다 떠났을 뿐. 용주는 방파제를 내려서면서 고개를 숙인 채 지껄였다. 입안에 마지막 남은 말을 남김없이 쏟아내듯, 합장을 하고 입김을 불면서.

이 추위에, 참 고마운 일이다. 어둠 속에서 낯선 이방인을 반겨준 길이 아직 떠나지 않았다니. 참 감사한 일이다. 잊지 않고 나를 찾아온 이명에게도 고맙다는 인사를 전한다. 처음 만난 길과 오랜 동행인 이명. 그 둘 덕분에 오늘밤 무사히 이곳에 닿지 않았던가.

용주는 몸이 조금 가벼워진 느낌이었다. 깍지 낀 손가락에 힘을 주면서 차를 향해 종종 걸음을 쳤다. 어디서 나타났는지 송곳처럼 날카로운 바닷바람이 어둠의 거리를 무단 횡단하는 용주를 날려버리고 도주했다. 숨이 가빴지만 아직은 견딜 만했다.

서울 남자는 이 밤에도 걷고 있을까.

용주는 어제 오후 알뜨르 비행장에서 인증 샷을 찍어준 남자를 떠올렸다.

사진 찍어줄 사람이 필요하신가 봅니다.

비행장 한복판에서 길 잃은 사람처럼 우두커니 서 있을 때였다. 용주에게 다가오면서 남자가 소리쳤다. 남자의 소리가 너무 큰 탓이었다. 태평양 전쟁 이후 폐허가 된 비행장의 잡초들이 살아난 듯 일제히 솟구친 것은. 바람 탓이 아니었다. 어쩌면 바닷가로 맞닿은 거대한 비행장의 지평선에 눈을 빼앗긴 사이, 슬그머니 죽창처럼 솟구쳤는지도 몰랐다. 마치 식민지의 주검을 함부로 짓밟는 몰지각한 후손에 대한 경고 메시지를 보내는 것처럼.

알뜨르 비행장은 걸을 때마다 전율이 느껴집니다.

예. 저는 오늘 첫 걸음이라서 아직은…….

인증샷을 찍은 휴대폰을 건네며 남자는 다짜고짜 말했다.

서울에서 온 사람입니다. 펀드 매니전데, 명예퇴직 신청하고 트레킹 왔습니다. 제주도엔 아픔으로 이루어진 길들이 꽤 있어요. 알뜨르 비행장처럼 발바닥이 닿으면 발목이 시큰 거리는 길들. 그래서 다크 투어리즘(Dark tourism)이라는 말이 태어났겠지만……. 퇴직하면 제주도를 다섯 바퀴쯤 걸어볼 생각입니다.

엇비슷한 말이 서너 문장째 반복되면서 용주는 비행장을 한 바퀴 휘둘러보았다. 텅 빈 비행장 활주로 어디선가 서울 남자의 목소리 에코가 들리는 것 같았다.

한 형은 제주도 걸은 지 며칠이나 되셨나요.

이틀쨉니다.

저는 이십삼 일째 걷고 있습니다.

용주는 두 번 놀랐다. 조금 전 비행장을 가로 질러 상어처럼 헤엄쳐 오던 남자의 속도에 한 번. 그리고 이십삼 일에 한 번.

올레길 종주하시나 봅니다.

아뇨. 그냥 걷습니다. 길 따라서, 그냥.

네? 몇 바퀴째 걷는 중인데요?

아직 한 바퀴도 못 걸었습니다.

한 달이 다 되었는데요?

여긴 작은 섬이 아닙니다. 육지보다 더 큰 땅이어요. 수백 갈래의 길이 거미줄처럼 얽혀 있습니다.

이렇게 열심히 걷는데도 다 못 걷는군요.

한 달씩 걷고 돌아갔다 반년 쉰 다음 다시 와서 한 달 걷고 그럽니다. 열 번쯤 다녀갈 생각으로.

그러면…… 사오 년씩이나요?

오름만 해도 삼백 개가 넘습니다. 하루에 한 개씩 꼬박꼬박 걸어 올라도 일 년이 걸려요. 잠자고, 밥 먹고, 오줌 누고 하려면 더 걸리겠죠. 하하.

시간이 지체되었다면서 서울 남자는 알뜨르 비행장을 순식간에 가로질러갔다. 인연이 닿으면 또 봅시다. 그 말에 답변도 하기 전에 남자는 멀찌감치 사라졌다. 백약이오름과 아부오름을 오르내렸던 용주의 걸음에 비하면 광속에 가까웠다.

조금만 늦게 걸어갈 수는 없을까. 조금만 더 여유 있게 살 수는…….

서울 남자가 지평선 밖으로 완전히 사라질 무렵 용주는 차에 올랐다. 문을 닫았는지 카페 이디 불빛이 보이지 않았다. 돌아가서 강좌 안내 현수막을 걸고, 신규 업종 신고를 하고, 강좌 개설을 늘리고, 그러자면 알뜨르 비행장에서 서울 남자를 향해 슬그머니 던졌던 조금만, 조금만은 얼마나 부질없는 것인가.

지금까지 걸어온 길은 중요하지 않은 것 같아요. 앞으로 걸어갈 길이 궁금할 뿐. 세상엔 아직 걷지 못한 길, 걸어가야 할 길이 너무 많거든요.

네모세상이 문밖까지 배웅하며 건넸던 말을 서울 남자에겐 듯 자신에겐 듯 신음처럼 흘린 끝에 용주는 차 시동을 걸었다. 시동 버튼을 누르기가 무섭게 차체가 움찔, 뒤틀렸다. 차 실내는 물론이고 엔진조차 냉동실처럼 얼어 있었다. 예열을 기다리며 이디의 어둠을 바라보는 동안, 용주는 견딜 수 없을 만큼 몸이 얼었다는 것을 비로소 깨달았다.

지금까지 내가 걸었던 길을 한 번도 걷지 않았을 서울 남자와 네모세상. 내가 한 번도 걷지 못했을 길을 걷고 있을 두 사람. 오늘 당장은 동행이 불가능한 우리가 언젠가, 어느 길에선가 마주칠 날이 있을까.

얼어붙은 이명이 가장 먼저 녹은 모양이었다. 두통처럼 머리끝부터 번지기 시작한 굉음의 열기에 용주는 진저리를 쳤다. 흰 가루약이 남아있던가. 뒷자리의 배낭을 돌아보던 용주는 하마터면 잊을 뻔했다는 것처럼 휴대폰을 열었다. 사촌 동생 민우를 본 게 언제였던가. 지난가을 인사동 전시장이 마지막이었다.

"민우야, 나야."

"형. 이 밤중에 무슨 일?"

"별일 없지?"

"늘 똑같지, 뭐. 형은?"

"지금 제주도에 있는데, 머리가 좀 아픈 일이 있어서……."

"약 떨어졌어, 형?"

"그게 아니고, 혹시…… 돈 좀 빌릴 수 있겠니?"

"얼마나?"

"삼백만 원. 반 년 정도 쓰고 줄게."

"형. 내가 사월에 제주도 가거든. 4·3희생자 70주년 추모식 참석도 하고 촬영도 겸해서. 항공권 예약하고 3박 4일 경비 밖에 없는데."

민우와 통화를 하지 말았어야 했다. 용주는 고개를 흔들고 영화배우 번호를 눌렀다. 전화를 받지 않았다. 휴대폰을 덮는데 문자가 떴다. 다음에 통화해요. 지금 가족과 함께 있어요. 용주는 영화배우의 가족을 입에 문 채 바라나시 번호를 검색했다. 인도 여행 때 동행한 김 선생의 번호였다. 바라나시의 쿤탈리니 명상 센터에서 함께 수련을 했으니 도움을 청한다면…….

5

시끄러운 고독

'내가 혼자인 건 오로지 생각들로 조밀하게 채워진 고독 속에 살기 위해서다.'

아내는 눈치 채지 못했다. 자신이 침묵의 둑을 터뜨리고 만연체를 콸콸 쏟아붓는 동안 용주가 똑같은 문장을 입속으로 되새김질하는 것을. 아내는 밑바닥까지 다 쏟아 부었다는 듯이 숨을 몰아 쉬었다.

'어찌 보면 나는 영원과 무한을 추구하는 돈키호테다. -보후밀 흐라발'

용주는 나머지 문장과 작가의 이름을 한 번 더 입에 담은 뒤 아내를 보았다. 가을 이후에 처음 입을 연 아내였다. 한꺼번에 너무 많은 말을 쏟아낸 탓일까. 아내는 지쳐 보였다. 진도 7.8의 지진과 쓰나미에 한바탕 휩쓸린 자신보다 더 퀭한 눈이었다.

"강좌 안내 현수막을 왜 나한테 맡겨요. 찌라시는 또 뭐고?"

"눈 때문에 비행기가 결항될까봐서 그랬어."

"당신은 여행이나 다니면서 나보고 교정보고 찾아오라는 게 말이 되요?"

"일찍 돌아왔잖아. 내가 마무리할게."

여진이 이어지고 있었다. 제주도에서 돌아온 어젯밤부터 시작된 여진이었다. 용주가 미처 안으로 들어서지도 못한 채 멋쩍게 서 있는 출입문, 아내의 방문이 닫히기 전까지 지속될 게 분명했다. 방문 닫아주세요. 그 말이 엔딩 자막의 글씨처럼 허공을 타고 오르면 여진은 끝이었다. 그것은 지난 십오 년 가까이 반복된, 일종의 패턴이었다. 냉소와 침묵이라는 지진 이후 칼끝으로 철판을 긁는 듯한 소음의 여진. 아내의 정확한 지진 주기는 미스터리였지만 한번 시작된 여진은 그 파괴력이 언제나 상상보다 컸다. 여진을 피하는 방법은 단 한 가지뿐이었다. 쪽방에 들어가는 것. 아내의 방을 떠나 쪽방으로 은둔하는 것. 그리고 지난 반년을 그렇게 살아왔던 것처럼 아내와는 문자만으로 소통하는 것. 그뿐이었다. 그것은 선택의 여지가 없는, 그럼에도 가장 유효한 방법이었다. 둘 다 엄연히 할 일이 산적해 있으므로 서로 자신만의 시간과 공간이 필요했다. 각자의 방문을 닫아걸고 침묵하는 것은 마치 물밑 협상을 통해 쌍방이 원했던 결과를 거머쥔 것처럼 만족한 선택이었다. 따지고 들자면 그만큼 설득력 있는 별거의 사유는 없었다. 상자와 에코 제품과 타일 디자인 사무실에선 불가능한 일이었다. 통장 밑바닥에 고인 물 한 방울까지 긁어서 들이부었지만 아내의 말대로 결국 밑 빠진 독이었던 디자인 사무실. 처음부터 쪽방 같은 호사를 누릴 엄두도 못 내었다. 그런데 팝 아트 학원을 오픈하면서 사무실에 쪽방을 낸 것은 얼마나 다행한 일인가. 오늘 같은 쓰나미와 여진을 생각하면 그것은 신의 한 수였다. 용주는 아내의 여진을 가늠하며 그렇게 생각했다.

"오후에 현수막 찾아간다고 했어요. 찌라시도."

"알았어. 수고했어."

"방문 닫아주세요. 집 밖으로 떠도는 일엔 목숨을 걸면서 왜 먹고사는 일엔 곧 죽을 사람처럼 흐느적거리는지 모르겠어요."

용주는 아내의 방을 나오면서 놀랐다. 아주 잠깐이었지만 만연체가 부활한 것이다. 아내의 생각이 바뀐 것일까. 아니면 내가 나의 길을 제대로 걷기 시작했다는 뜻일까. 그렇게 아내가 나를 바라보았다면, 그렇다면 머잖아 아내의 방문이 다시 열릴지도 모르겠지만…….

전진 같았던 아내의 만연체 문장이 사라진 것은 작년 가을이었다. 밑 빠진 독을 간신히 틀어막은 뒤 팝 아트 학원을 오픈할 즈음이었다. 입추가 지나고 날이 제법 선선해지고 있었다. 용주에게 팝 아트 학원 간판을 달아준 뒤, 아내는 자신의 방문을 걸어 잠갔다. 십오 년 전, 신촌의 옥탑방에서 자고 오던 날처럼 침묵의 화살을 날리며.

한 순간이라도 절실해져 보세요. 더 많은 것을 잃지 않으려면.

입을 닫겠다는 아내의 의지는 확고했다. 아내는 자신의 방문을 열지 않았다. 꼭 필요할 경우 짧게 문자만 전송했을 뿐 한 번도 용주의 쪽방을 두드리지 않았다. 용주도 마찬가지였다. 아내의 방을, 아내의 집을 잊은 듯 지냈다. 마땅히 그렇게 해야 된다는 것처럼 두 계절 동안 조용히, 바쁘게 각자의 일에 파묻혔다. 아내는 인두화 공방을 운영하면서 두 번째 인두화 개인전 준비로 바빴다. 용주는 세계의 팝 아티스트 강좌를 개설하고 자료 수집과 수강생 모집으로 허둥댔다. 쪽방 생활이 외롭다거나 춥다거나 하는 따위의 감상에 젖을 겨를이 없었다. 어쩌다 아들 형제가 두 방을 번갈아 노크했을 뿐, 연말이나 연초에도 가족 모임조차 갖지 않았다.

학원 마련해줘서 고마워. 새해 축하해.

새해 첫날, 용주는 아내에게 문자를 보냈다. 쪽방에서 제야의 종소리를 듣는 동안 문득 아내에게 미안하고 고맙다는 생각을 했다.

당신도 새해 축하. 잘 견디세요.

기다리지 않았던 답신을 받고 용주는 당황했다. 겨우내 딱 두 문장만을 보냈던 아내였다. 통장 잔액 확인 부탁해요. 다음 주말에 큰애 휴가 나와요. 용주는 한편 반갑고, 한편으론 놀라웠다. 고맙다는 말을 아내에게 건넨 게 정말 자신이었는지 낯설게 느껴질 만큼.

고마워. 용주는 지난 십오 년간 아내에게 그 말을 해본 기억이 없었다. 그럴 생각도 없었다. 자신의 카메라를 바닥에 집어던져 박살을 낸 아내다. 그 덕분에 십오 년 동안 셔터 한 번 눌러보지 못하고 지냈다. 시간 강사 보따리를 버린 뒤 엇비슷한 사무실 문을 세 번씩이나 열고 닫았다. 그리고 지난가을부터 새로 간판을 단 학원 쪽방에서 지내는 중이다. 용주는 쪽방에서 그동안 경험하지 못한 고독과 자유를 즐겼다. 아내 덕분이었다. 강좌가 제대로 운영되는지, 밥은 먹고 사는지 아내는 관심이 없었다. 휴강을 하고 보름 동안 다녀온 인도 여행에 대해서도 아내는 모르는 것처럼 한 마디도 하지 않았다. 용주는 잘 안다. 팝 아트 학원이 아내의 냉소와 침묵의 힘으로 건축되었다는 것을. 그랬으므로 좁고 추운 쪽방의 자유와 고독도 아내 덕분에 획득한 전리품처럼 여겨졌다. 어쨌거나 고마운 일이지만 용주는 내색하지 않았다. 카메라가 바닥에 뒹굴 때처럼 입술을 깨문 채 침묵했다. 비록 그 침묵의 깊이와 무게가 아내의 그것에 견줄 바는 못 되었지만.

구조조정으로 신문사를 떠났다는 말부터 학과를 폐지해서 재계약이 되지 않았다는 것까지 모두 당신의 능력과는 무관하다는 그 말이 과연 얼마큼의 신뢰성이 있고 또 얼마나 정당하다고 생각하세요?

흡사 실어증 환자처럼 입을 닫은 아내는 본래 개성이 확실한 문체를 구사했다. 아내는 거의 대부분 만연체로 일관했다. 쉼표도 없이 죽죽 늘어지고 지루한 문장으로도 아내는 자신의 의도를 짧고 선명하게 전달했다. 그와 같은 표현 방식이 방어적이든 공격적이든 상관없이 아내는 타고난 능력의 소유자가 분명했다.

사타구니에 벌레를 키울 정도로 여인숙 사진이 그토록 절실한 일이에요?

용주에게서 아내가 성병을 옮았을 때도 그랬다. 아내는 감정을 억누르며 빈틈없는 문장으로 용주를 몰아세웠다.

미안해. 전문 직업인 촬영이 어려워서 어떻게 하다 보니 그렇게 되었어.

용주는 거짓말을 했다. 어떻게든 아내의 만연체를 피하기 위해서였다. 성병을 옮아온 것은 여인숙이 아니었다. 두 차례 매춘부와 관계를 가졌던 여인숙에선 반드시 콘돔을 사용했다. 아내의 음부에 이상이 생긴 것은 신촌의 옥탑방을 다녀온 일주일쯤 뒤였다. 대학교를 떠나고 서울의 여인숙을 촬영하던 때였다. 2002년 한일월드컵 때, 한국과 독일의 4강전이 벌어지던 날이었다. 신문사 재직 시절의 사진부 후배 여기자를 신촌에서 만났다. 월드컵 응원 풍경을 취재하러 왔다는 후배와 맥주를 마시고 옥탑방에서 하룻밤을 보냈다. 그날, 그 여기자와 관계한 며칠 뒤부터 용주의 사타구니가 가렵기 시작했다. 가려움증으로 긁었던 팬티를 벗고 들여다보니 점점이 핏자국이 찍혀 있었다. 성병이네요. 보세요. 꿈틀거리는 것 보이죠? 비뇨기과 의사가 들이민 현미경 사진을 보고 용주는 기겁을 했다. 전날 밤, 관계를 가졌던 아내가 떠올랐다. 아내의 만연체가 참빗살처럼 꼿꼿하게 눈앞으로 솟구치다 곤두박질쳤다.

아내는 독한 여자였다. 대학 시절 집회 때 군부독재 타도를 외치며 삭발을 했던 아내였다. 인두화 작업을 하면서 손가락 끝이 인두에 타는 일이 벌어져도 자세가 흐트러지는 법이 없었다. 아내는 개인전에 쫓기면서도 빈틈없이 공방을 운영했다. 냉정과 절제. 그것이 아내의 캐릭터를 지탱하는 척추였다. 그러나 딱 한 번,

그 척추가 골절을 당하는 일이 벌어졌다. 예상했던 일이었다.

여인숙 다큐 사진이 무슨 의미가 있는데 당신이 나를 이렇게 비참하게 만드는 거죠?

산부인과와 비뇨기과를 번갈아 다녀온 뒤였다. 의도된 행동이었는지, 실수였는지 모르지만 아내는 자신의 척추를 스스로 꺾어 버렸다.

이 카메라. 이것 당신 인생에 절실한 것은 아니죠? 없어도 살 수 있는 거죠?

아내가 카메라를 바닥에 내던지며 용주를 향해 쓴 웃음을 보였다. 어, 어. 용주는 무슨 말인가를 꺼내다 꿀꺽 삼켰다.

이게 없으면 모든 게 해결될 거라는 생각을 하는 내가 너무 단순하게 여겨져서 내가 나를 용서하지 못한다는 사실을 잊지 마세요.

아내가 격한 감정을 겨우 진정시키며 예전의 아내답게 만연체 문장을 꺼내 들었다. 그 틈에 용주가 잠시 마음을 다잡는 순간이었다. 아내가 느닷없이 렌즈 세트를 머리 위로 치켜들더니 차례로 바닥에 집어던졌다. 어떻게 만류할 겨를도 없이 순식간에 벌어진 일이었다. 어, 어……. 미처 비명을 지르지도 못한 채 서 있는 용주를 향해 아내는 한 마디를 덧붙였다.

이제 다 끝났죠? 이러면 되는 거죠?

…….

나의 폭력성에 대한 가치판단은 당신 몫이어요. 판단하고 결정하세요. 긍정하고 받아들일 것인지, 부정하고 떠날 것인지. 오래

끌지 마세요.

십오 년 전의 일이었다. 긍정도 부정도 하지 않은 채 용주는 집에 머물렀다. 길을 잃어버린 사람처럼 십오 년 동안 아내 곁을 서성댔다. 세월이 흐를수록 더욱 선명해지는 카메라의 파괴음 때문에 용주는 종종 머리카락에 손가락을 쑤셔 넣고 두피에 피가 맺힐 만큼 긁어댔다. 마치 사타구니의 벌레를 짓이기듯이. 십오 년 남짓 용주는 가급적 사람을 피하고, 가능한 큰 길을 피했다. 철저히 혼자서, 어김없이 집에서 먼 길을 선택하여 걸었다. 마치 오로지 걷기 위해 태어난 사람처럼 걷는 일에 열중했다. 문득문득 걸어온 길을 돌아보면서 용주는 자신이 변했다는 것을 느꼈다. 그러나 십오 년이 지나도록 아내는 변하지 않았다. 이따금 등장하는 침묵은 짧았지만 전보다 깊었고, 마지막 화살처럼 결정적 순간에 날리는 만연체는 그 타깃이 분명했다.

하려면 제대로 하세요. 다시 전업할 생각이면 아예 시작을 말던가.

어쩌다 아내는 짧은 문장을 선택하기도 했다. 그것은 아주 특별한 경우였다. 자신의 요구를 속도감 있게 관철하고 싶을 때, 그때 활용하는 파격이었다.

사무실 간판을 바꿀 때마다 아내는 주문처럼 단문을 반복해서 던졌다. 새로 시작한 일을 먹고살 수 있도록 도모하라는 뜻이었다. 응용 미술과 조형 예술을 전공한 우리 둘이면 가능해요. 충분히 승부를 낼 수 있어요. 아내는 거의 날마다 주문을 외웠다. 그러나 용주의 생각은 달랐다. 그것으로 승부를 낸다는 것은 불가능했다. 아니 애초부터 무의미했다. 아무리 구멍가게라도 사업은 전쟁이다. 그 전쟁에서 자신 같은 초보는 살아남기 어려운 일이었다. 자신보다 일찌감치 전쟁터에 뛰어든 경쟁 상대가 지천에 널려 있지 않은가. 자신이 십 년, 이십 년을 쥐고 있던 일을 팽개치고 남들이 십 년, 이십 년을 공들였던 일에 뛰어든다면 대체 승산이 있겠는가. 어림도 없는 일이었다. 용주는 그렇게 생각했다.

디자인 사무실은 당장의 삶을 지탱하는 수단으로 선택했을 뿐, 내가 꿈꾸는 것, 내가 걸어갈 길이 아니다. 자유롭게 세상을 돌아다니며 아날로그 카메라 셔터를 누르던 내가 방에 틀어박혀 컴퓨터 그래픽으로 하는 이 작업이 무슨 의미가 있다는 것인가.

용주는 그 의미 없는 사무실의 문을 열고 닫는 것을 반복했다. 그때마다 아내는 집 안팎에 마치 탈취제를 뿌리듯 침묵과 만연체를 뒤섞어 뿌렸다.

용주는 몸에서 피가 빠져나간 것처럼 자주 흔들렸다. 불면이 잦았다. 새벽 두 시든 세 시든 한 번 잠에서 깨면 그대로 아침이었다. 아내의 탈취제 때문이었다. 아내 모르게 신경 안정제를 삼키며 불면증을 견뎠다. 사촌 동생 민우가 소개한 신경 정신과 흰 가루약 처방을 받은 게 거의 일 년이었다. 오줌발이 발등에 떨어질 만큼 쇠약해진 몸은 이명의 숙주였다. 아주 오래전, 예비군 사격장 총성의 잔상으로 시작된 이명. 사라진 듯 실체가 분명하지 않던 이명이 카메라 파괴음으로 부활하더니 마침내 최적의 환경 조건을 찾은 것처럼 왼쪽 귓속에 소음의 꽃을 피웠다.

새로 거래처를 튼 납품 업체 현 사장 덕분에 신상품 타일 디자인 주문이 밀릴 즈음이었다. 잔업을 하면서 몸을 혹사한 탓으로 때와 장소를 가리지 않고 귀에서 쇳소리가 났다. 용주는 아내에게 사정을 말하고 대학병원 치료를 받았다. 대학병원 이명 환자들 모임에서 담당 의사가 백색 소음 앱을 깔아주던 날이었다. 이명 치료는 의학적으로 불가능한 만큼 어떻게 극복하느냐는 본인의 의지에 달려 있습니다. 무책임한, 뻔한 이야기를 늘어놓고 의사가 자리를 비웠을 때였다. 이명 탓이라며 유난히 한쪽 귀가 어두워진 중학교 미술 선생이 소리쳤다. 백색 소음을 하루 여섯 시간씩 듣는 것보다 무엇엔가 몰입을 하는 방법이 효과적입니다. 그리고 자신의 방법을 소개했다. 자신이 수강하고 있는 팝 아트 학원의 작업 동영상이었다. 작업에 몰두하면서 이명도 잊고, 예술작품도 얻고, 어쩌다 수입도 생기고, 일석삼조입니다. 동영상 재생이 끝날 때까지 중학교 미술 선생이 사람들에게 속삭였다.

그날 이후였다. 팝 아트가 삶의 대안처럼 떠오른 것은. 사무실 밖에서, 열린 공간에서 자유롭게 접고, 쌓고, 부수고, 그리고, 펼치는 작업. 필요할 경우 촬영도 하면서 적당히 소음을 즐기며 몰입할 수 있는 작업. 용주는 무릎을 쳤다.

용주는 디자인 작업을 하는 동안 팝 아트 공부를 병행했다. 이론보다 실기가 중요하다는 생각으로 타일과 상자를 조합하여 설치미술 작업을 시작했다. 본격적으로 팝 아트 작업에 매달린 것은 시청에서 주관하는 설치미술 콘테스트에 입상한 뒤였다. 비록 작가로서 이름을 떨치겠다거나 작품 판매 수익을 염두에 둔 적은 없었지만 나름대로 흥미를 느끼며 작업에 열중했다. 그새 사무실이 바뀌고, 가을이 되면서 팝 아트 학원 간판을 달았다.

의식 전환이 문제예요. 모든 세상이 광속인데, 아날로그적 사고방식으로 되겠어요.

세계의 팝 아티스트 첫 강좌를 마친 뒤였다. 아내가 용주 앞에 문장 하나를 툭, 던졌다. 그게 무슨 뜻인지 용주는 알았다. 흐름에 끌려가지 말고 흐름을 주도하겠다는 안목이 필요해요. 사무실 간판을 새로 달 때마다 아내가 주문했던 그 말이었다. 이미 예상했던 것처럼 용주는 곧장 문자를 찍었다.

이번 강좌부터는 네오 팝으로 바꾸었어.

네오 팝은 아내의 말대로 흐름을 앞서 가려고 선택한 용주의 승부수였다. 상품 디자인, 인테리어, 콜라보레이션 같은 실용 미술적 작업이 가능한 일본의 네오 팝. 순수 예술을 지향하는 전통적인 팝 아트에서 그쪽으로 방향을 바꾼 것이다. 나름대로 준비를 했던 결과였다. 강좌 준비를 위해 팝 아트의 선구자로 일컬어지는 리처드 해밀턴부터 백남준을 공부하다가 일본의 네오 팝 아티스트 무라카미 다카시나에 닿았다. 그동안 밑 빠진 독에 물을 부었던 타일 디자인, 에코 상품 디자인과 직결시킬 수 있고 나아가 상업성을 띨 수 있다는 판단이 섰다. 십 년 넘게 반복해 온 실패가 마침내 반등의 기회를 잡았다는 생각으로 용주는 쪽방에서 덜덜 떨며 밤샘을 했다. 아티스트 무라카미 다카시나 강좌 현수막을 의뢰하고 찌라시 기획을 하면서 용주는 입술을 깨물었다. 이제 더 이상의 혼돈은 없다. 이대로 간다. 지금 당장은 배고프지만 참고 간다. 용주는 잠시 고무적인 마음으로 들떠서 그동안 보증금까지 날려 버린 디자인 사무실이 아쉽지 않았다. 며칠간 제주도에서 바닷바람을 쐬고 돌아와 박차를 가하자. 용주는 몇 번씩 비행기 표를 확인하면서 배낭을 쌌다. 열흘 전쯤, 폭설로 제주공항이 폐쇄되기 전의 일이었다.

두 번 나누어서 드린다는 약속, 꼭 할 테니 믿으시고 오백만 원만 빌려주심 안 될까요…… 마음이 가시처럼 아프기만 합니다.

지장암 어머니 둘째 딸의 문자를 받고 자신의 여행 경비를 바닥낼 줄은 꿈에도 생각 못한 일이었다.

'내가 혼자인 건 오로지 생각들로 조밀하게 채워진 고독 속에 살기 위해서다.'

용주는 쪽방 벽에 붙여 둔 문장을 읽었다. 입술이 덜덜 떨렸다. 조금 전 문을 여닫은 아내의 작업실도 난방은 꺼져 있었다. 그럼에도 실내 기온은 쪽방에 견줄 게 못 되었다. 길지 않은 시간이었지만 아내의 방에 머무는 동안 어렴풋하게 온기가 느껴졌다. 나무를 태우던 인두의 열기 덕분일 것이었다. 용주는 선풍기형 전기스토브의 온도를 높이고 문장을 다시 읽었다. 뒷 문장을 다 읽기도 전에 한바탕 몸이 뒤틀렸다. 화장실 문을 굳게 닫았음에도 어디선가 바람이 스며들었다.

이틀 전, 제주도에서도 그랬다. 제주도 여행 마지막 밤이었다. 컨테이너를 개조한 펜션에서 하룻밤을 묵었다. 폭설이 쌓인 영하 십오 도의 한라산 중턱. 아무리 난방 시설을 잘 갖추었다 해도 애초부터 방풍은 불가능했다. 침대가 놓인 쪽은 그나마 온기가 있었으나 칸막이로 경계를 나눈 화장실은 노천 화장실이나 마찬가지였다. 싼 게 비지떡이라는 말이 틀림없었다. 카페의 펜션 야경 사진에 속은 것이 아니었다. 예약할 때부터 예상했던 일이었다. 숙박비를 줄여야 되는 까닭에 선택의 여지가 없었다. 통장을 털고 일정과 경비를 반 토막 낸 용주로서는 찬밥 더운밥 가릴 형편이 못 되었다. 불편을 예상하면서 덜컥 예약한 것은 인터넷 사진의 컨테이너 펜션이 학원 쪽방을 닮았기 때문이었다. 그런데 직접 가보니 그 이상이었다. 낡은 싱크대와 앉은뱅이 밥상 하나. 싸구려 원목 옷걸이와 매트리스 한 개. 그리고 화장실 벽을 타고 휘몰아치는 냉랭한 바람까지 일란성쌍둥이처럼 쪽방과 거의 닮은 형태였다.

낡은 집을 개조해 인두화 공방을 운영하는 아내. 새새틈틈 두 번째 개인전을 준비하는 아내를 생각하자면 용주는 쪽방의 불편은 감당할 수 있었다. 처음 맞는 겨울의 추위도 그랬다. 쪽방 난방 장치가 고장 난 게 지난 연말이었다. 전기스토브와 전기장판으로 한기를 견디는 중이었다. 아직 목돈을 거머쥘 만큼의 수입이 없으므로 지출을 최대한 줄이자는 생각으로 월동 계획을 잡았다.

겨울 추위보다 더 깊고 강한 침묵의 빙하를 항해하는 중이었으므로 바람만 비껴간다면 견딜 만했다. 몸이 얼고 기력이 소진될수록 더욱 강렬해지는 이명만 적당히 피해갈 수 있다면.

'내가 혼자인 건 오로지…….'

애초에 하루 세 번씩만 낭독하기로 작정한 문장이었다. 그럴 생각으로 책을 펼쳐 놓고 이면지에 옮겨 적었다. 하루 세 번 낭독. 그것은 지난겨울 내내 반복했던 일이었다. 심포항과 김제평야, 불일암과 나주평야, 그리고 성흥산성과 무장읍성 모든 여행지마다 용주는 세 번 낭독을 빠뜨리지 않았다. 마치 가톨릭 신자인 아내가 아침, 점심, 저녁마다 공방 모퉁이에 쭈그려 앉아 삼종 기도를 하듯. 낭독을 잊지 않기 위해 배낭을 꾸릴 때마다 용주는 밑줄 친 문장이 담긴 책을 배낭 밑바닥에 깔아두곤 했다.

『너무 시끄러운 고독』.

그 책이 지난 이 년간 아내의 방에 파묻혀 있었다니. 생각할수록 어처구니없는 일이었다. 아내의 작업실을 넓히면서 서재를 줄이고 언제든 폐기처분할 생각으로 노끈에 묶어 쌓아 둔 책의 공동묘지. 그 무덤 속에 시퍼렇게 문장이 살아 숨 쉬고 있었다니. 용주는 처음 그 문장을 읽었을 때, 그것은 마치 자신을 위해 쓰인 것처럼 놀랍고 반가웠다. 그리고 그 놀라움만큼, 반가움만큼 부끄럽고 민망했다. 그 문장을 처음 발견한 것은 용주가 아니라 아들이었기 때문이다.

……. 어찌 보면 나는 영원과 무한을 추구하는 돈키호테다. 아

빠, 이 문장 읽어보셨어요? 아빠가 늘 말하던 고독한 사색이 이런 의미 아니었어요?

전국이 얼어붙기 시작한 십이월이었다. 상병 계급장을 달고 진급 휴가를 나온 아들이 아내의 집으로 용주를 불렀다. 반어적인 제목이 인상적이어서 책 묶음에서 꺼냈어요. 검정 양장 표지의 손바닥만 한 책을 건네면서 아들은 제법 긴 문장을 단숨에 낭독했다. 아들의 입에서 나온 그 문장의 울림이 얼마나 컸던지, 용주는 덥석 아들을 부둥켜안았다. 군 생활 중에 해외 장편소설을 읽은 아들이 대견하기도 했지만 그 문장을 발견한 아들이 고마운 탓이었다. 어느새 이렇게 성장했다니. 흙속에 묻힌 광맥을 발견하는 눈을 가졌다니. 불과 일 년 전에 광화문 광장에서 울먹이던 고등학생이었다. 용주는 수능을 마친 아들과 함께 촛불을 들고 광장에 쪼그리고 앉아 일곱 시간을 눈비에 젖었다. 박근혜 구속을 외치며 백만 인파가 몰렸던 날이었다. 민주주의는 저절로 주어지는 게 아니다. 희생과 투쟁으로 쟁취하는 것이다. 철학과에 진학한 아들을 향해 용주가 무엇인가 열심히 설명하는 동안 아들은 진눈깨비와 사람들과 확성기 소리에 파묻혀 덜덜 떨었다. 그랬던 아들이 군복을 입은 채 묵직한 책을 꺼내든 것이다.

여보, 큰애가 생각보다 빠른 속도로 어른이 되는 것 같네요.

검은 책을 흔들며 용주가 아내에게 아들 자랑을 했다. 아내는 부자를 한번 휘둘러보는 것으로 대답을 대신했다. 광우병 수입 반대 집회에 드나들 때도 그랬다. 십여 년 전이었다. 초등학생 형제를 데리고 광장을 다녀올 때마다 아내는 눈만 치켜뜬 채 입을 다물었다.

'삼십오 년째 나는 폐지 더미 속에서 일하고 있다.'

용주는 전기스토브를 끄고 배낭을 열었다. 손끝은 찼지만 실내 온도가 견딜 만했다. 손바닥을 한 번 부빈 뒤 검은 책을 꺼내 첫 문장을 읽었다. 전체 8장의 첫 장마다 반복되는 그 문장을 읽으며 용주는 문장 하나를 완성했다.

십오 년째 나는 이명 속에서 살고 있다.

십오 년째……. 그것은 과장도 축소도 아닌 사실 그대로였다. 정확히 십오 년이었다. 어쩌겠어요. 그냥 데리고 살 수밖에 없잖아요. 아내와 형제가 고질병으로 치부하며 건성으로 넘기는 이명. 용주는 지난 십오 년 동안 그 이명으로 살았다. 이명의 시작은 그보다 훨씬 오래되었지만, 미미하던 그 존재를 또렷하게 인식한 것은 십오 년이었다. 용주는 자신이 완성한 문장을 독백하며 생각했다.

이명이 아니었으면 과연 오늘의 내가 있을까. 십오 년 전까지 나를 지탱한 것이 카메라였다면 그 이후는 이명이었다. 이명의 존재는 분명했다. 토종 벌집에 쉴 새 없이 드나드는 수만 마리의 벌 떼처럼, 쥐불놀이 깡통이 걸려 밤새 불에 그슬리는 고압선의 비명처럼 이명은 위압적이고 강렬했다. 그 이명이 나의 모든 것을 결정했다. 나의 처음부터 끝까지를 좌지우지한 것은 아내가 아니었다. 이명이었다. 이명이 집을 떠나라면 떠났고, 사무실 문을 닫으라면 닫았다. 아내의 말을 거역하라면 거역했고, 순응하라면 순응했다. 아내가 방문을 닫고 내가 쪽방 문을 연 것도 이명의 뜻이라는 것을 나는 잘 안다. 이명은 주도면밀하게 나를 움직였다. 나를 이끌어가는 동안 이명은 한 치의 빈틈도 보이지 않았다. 내가 강진의 천태산 지장암에 오른 것부터 말기 암으로 요양 중이던 어머니와 그 둘째 딸이 느닷없이 나타난 것까지, 둘째 딸로 인해 비상구처럼 여겨왔던 통장이 바닥난 것과 제주도 여행 일정이 반 토막이 난 것 모두가 어쩌면 처음부터 이명이 관장한 일인지도 모른다. 돌이켜 보면 지난 십오 년간 이명은 나를 소유한 영주였다. 영주는 아내를 비롯해서 내 주변 사람들로부터 나를 고립시킨 채 자신의 의도대로 나에 대한 구속과 자유를 은밀하게 즐겼다. 그 결과, 나는 철저히 혼자였다. 단 한 순간도 영주의 성벽 같은 벌 떼와 고압선에서 벗어나지 못한 채.

'삼십오 년째 나는 폐지 더미 속에서 일하고 있다. ……. 어찌 보면 나는 영원과 무한을 추구하는 돈키호테다.'

삼십오 년 동안 더럽고 끈적끈적한 지하실에서 폐지 압축기와 살았던 주인공 한탸. 한탸의 삶을 규정짓는 압축기. 나의 이명은 바로 한탸의 압축기이다. 이명은 내 몸의 지하실 같은 왼쪽 귓속에서 세상의 모든 소음을 압축시킨다. 삼십오 년을 견뎌낸 한탸의 압축기처럼 내 이명은 앞으로 이십 년쯤 거뜬하게 제 역할을 수행할 것이다. 그러므로 나는 세상의 외딴 섬 같은 지하실에서 고독하게 살았던 한탸가 그랬듯 아내를 비롯해 세상의 아무도 그 가치를 모르는 이명의 존재를 나 혼자만이라도 긍정하고 수용하기로 작정했다. 구정이 지난 뒤, 학원 입구에 일본의 네오 팝 아티스트 강좌 현수막을 걸고 나서 나는 내게 주어지는 소음의 묶음마다 아름다운 팝 아트 그림을 장식할 것이다. 그런 다음 그 소음의 묶음을 내 왼쪽 귀의 깊고 눅눅한 지하실로 던질 것이다. 한탸처럼, 아니 아내처럼 미사를 보듯 엄숙하게, 영원한 행복을 꿈꾸며.

밤 열한 시가 넘었는데, 이 시간에 누가 전화를.

용주가 생각을 정리하듯 머리를 터는데 쪽방 한쪽이 잠시 환해졌다. 간이침대 위에 놓아둔 휴대폰 액정 불빛이었다. 쪽방에선 특별히 통화할 사람이 없었으므로 무음으로 둔 채 불빛으로 가늠하던 최소한의 소통 방식이었다. 그런데 이 밤중에 누굴까.

추운 날입니다. 어제 늦은 시간에 문자를 보았습니다.

지장암 어머니의 둘째 딸이었다. 다음 주 목요일 저녁, 시간되시는지요. 제주도에서 보냈던 용주의 문자에 대한 답신이었다. 나흘만의 답신이었다.

오대산 월정사에 머물고 있어요. 이번 주는 어렵고, 다음 주 수요일 저녁, 어떠신지요.

둘째 딸에게 비상구를 열어 주고 삼백만 원을 송금한 뒤였다. 고맙다며 국밥을 산다고 해서 날짜를 잡으려던 중이었다. 약속이 쉽지 않았다. 문자의 답신은 늘 며칠씩 늦었다. 그때마다 절실한 답신을 보내왔다. 죄송합니다. 해남의 작은 마을입니다. 일주일쯤 머물다……. 둘째 딸이 누군지, 어디서 지내는지, 무엇을 하는지 여전히 캄캄했다. 용주 자신보다 더 먼 세상을 떠돌고 있으리란 짐작이 될 뿐.

용주는 휴대폰을 덮고 쪽방 창문을 열었다. 골목에서 알싸한 냄새가 풍겼다. 냄새는 끊어질 듯 질기게 이어졌다. 안면까지 불쾌하게 타고 오르는 냄새는 누군가 불에 달군 송곳으로 나무토막에 구멍을 뚫는 냄새 같기도 하고 손가락 살이 타는 냄새 같기도 했다.

용주는 창문을 닫고 벽에 붙은 문장을 다시 읽었다. 왼쪽 지하실 압축기에서 방금 읽은 문장이 구겨지는 소리가 들렸다. 내일 저녁, 마곡사를 가려면……. 용주는 배낭을 열고 하얀 가루약 봉지를 집어 들었다.

6

하모니카를 찾아서

네 시 반. 용주는 손목시계를 다시 보았다. 네 시 반이었다. 이 시간에, 한겨울 마곡사에서 아는 사람을 만나다니. 그것도 마곡사 경내도 아니고 마곡사 뒤편 숲길에서.

"은태 형님. 학교 떠나고 처음 뵈는 거니까, 얼추 십오륙 년 된 것 같습니다."

"벌써 그렇게 되었나?"

"예. 형님한테도 그렇고, 다들 어떻게 사는 지 궁금하지만 면목이 없어서 안부도 못 전하고 지냅니다."

"사는 일에 쫓기면 그런 거지, 뭐"

한 무리의 바람이 숲길을 거슬러 올라오고 있었다. 조금 전 마곡사 대웅전에서 저녁 예불을 마친 듯했다. 손에 거머쥔 것을 다 풀어놓았는지 바람의 걸음이 가볍고 빨랐다. 용주는 코끝이 매웠다. 은태 형의 말대로 사는 일에 쫓겨 옛 직장 동료들을 잊고 살았던가. 결코 그렇지 않았다.

"용주, 자네 소식은 풍문으로 들었어."

"예, 그러셨군요."

"학교 떠난 뒤에 신문사도 그만 두고, 뭐 개인 사업한다는 말을 듣긴 했는데."

"예. 몇 가지 하다가 얼마 전에 조그맣게 팝 아트 학원을 열었습니다."

"와이프는? 전에 무슨 디자인 한다고 했었지, 아마."

"예. 실용디자인 쪽으로 일했는데 지금은 인두화 공방을 하고 있습니다."

꾸꾸꾸꾹. 숲 속에서 거무튀튀한 새 한 마리가 느닷없이 뛰쳐나왔다. 까친 줄 알았는데 산비둘기 같았다. 저녁밥상을 찾아 급히 떠나는 것처럼 한바탕 울음과 날갯짓을 털어두고 숲속으로 날아갔다.

"다들 바쁘게 살고 있구만. 나는 백수에 한량인데 말이야."

"형님, 한참 남았는데 명예 퇴직하셨다는 소식을 들었습니다. 왜 그랬는지 그 이유는 아직……."

"자전거 타려고. 자전거로 세계 여행 좀 다녀보려고 일찍 옷 벗었어."

"자전거로 세계 여행을 하신다고요?"

"다리 근육이 조금이라도 남아있을 때 페달을 밟으려고 서둘렀지."

"부럽습니다, 형님."

"이것, 부러워할 것 없어. 미친 짓이지. 미치지 않고서야 오늘 같은 엄동설한에 자전거 타겠어?"

"미쳐야 가능한 일이라면 아무나 미칠 수도 없을 것 같습니다."

"미친 짓이 맞긴 한데……."

은태 형이 느닷없이 자전거를 머리 위로 들어 올렸다 내렸다.

"실은 워밍업 중이야."

"아, 어디 떠나시는 모양이네요."

"다음 달에 북유럽 가. 북유럽만 돌면 지구 한 바퀴야."

"그래요? 언제부터 돌았는데요?"

"삼 년째."

"그랬군요."

"용주, 전에 학교에 있을 때 말이야."

"예, 형님."

"방학 때마다 구간, 구간 나누어서 백두대간 종주했었지."

"예. 저는 중간에 포기했지만 형님은 완주했죠."

"그래. 그때 백두대간 종주하듯이 대륙별로 끊어서 지구를 라이딩하는 중이야."

지구 한 바퀴……. 용주는 지구 둘레의 길이를 얼른 떠올려 보았다. 40,074킬로미터. 용주는 그 길이를 정확하게 기억하고 있었다. 그럴 만한 이유가 있었다.

대학 시간 강사를 접고, 집을 떠나 낯선 길을 걷기 시작할 무렵이었다. 기억이 정확하다면 카메라가 손에서 떠난 다음부터였다. 종종 집 밖으로 떠돌면서 용주는 수첩의 메모를 습관처럼 열어

보았다. 800일간의 세계 일주. 가족여행 지구 한 바퀴. 어느 일간 신문 기사를 옮겨 적은 글이었다. 초등학교 자녀 삼남매와 함께 이 년 넘게 세계 일주를 다녀온 가족의 세계 일주 완주 보고서 제목이었다. 밤새 신문 기사를 반복해서 읽은 뒤 수첩에 적은 글을 최근에 휴대폰 메모장에 옮겨 두었다.

'나의 버킷리스트-세계 여행 10개국'

세계 일주 완주 보고서 제목 아래 용주는 열 개의 국가 명을 적었다. 대륙별로 두 나라씩을 선택한 뒤 인도를 시작으로 가까운 국가부터 순서를 잡았다. 세계 여행 10개국. 용주의 계획대로라면 그것은 지구를 한 바퀴 도는 셈이었다. 세계 일주 완주 보고서를 쓴 가족처럼 젊은 나이도 아닌 데다 돈도, 용기도 없는 자신의 형편을 잘 알고 있었기에 용주가 모색한 궁여지책이었다.

지구 둘레 : 40,074킬로미터.

십 개국 명칭 아래 지구의 둘레 길이를 적어두고 용주는 자신이 걸어가야 할 시간과 공간의 분량을 가늠했다. 부질없는 희망인 줄 알면서도 용주는 그 길이를 시험을 치르듯 외웠다. 40,074킬로미터. 제주도 카페 이디에서 마주 앉은 네모세상이 죽을 때까지 행복하게 걷겠다던 그 거리였다.

"그런데 용주."

"예, 형님."

"여전한 것 같다."

"예?"

용주는 은태 형의 말을 알아듣지 못했다. 지구 둘레의 길이 때문이었다. 머잖아 빙판길을 달려 삼 년 만에 북유럽 끝에 도착하게 될 은태 형. 형의 자전거 바퀴자국이 찍힌 거리가 자그마치 40,074킬로미터…….

"이 겨울에 말이야, 용주."

"예."

"외딴 숲에서 혼자 궁상을 떨고 있는 걸 보니 하나도 안 변한 것 같아."

"아, 예."

궁상을 떨고 있다. 용주는 그 말을 얼른 되씹었다. 너도 미쳤다. 은태 형이 그 말을 삼킨 게 분명했다. 강의가 없는 날마다 카메라를 들고 집 밖으로 떠돌던 자신을 누구보다도 훤히 알고 있는 은태 형이었다. 이따금 낮술에 취해 함께 여인숙에 들어간 것도 은태 형이었다. 너, 참 궁상맞은 놈이다. 세상에 찍을 게 널려있는데 하필 여인숙이라니. 너, 임마. 넌 미친놈이야. 은태 형은 여인숙에서 자신의 카메라를 빼앗아 막무가내로 셔터를 눌러대며 토사물과 함께 미친놈을 방바닥에 쏟았다. 용주는 그 말을 또렷하게 기억했다.

"그런데, 용주. 카메라가 안 보인다."

"아, 예. 요즘은 사진 안 찍습니다."

"안 찍어?"

"오래되었습니다."

은태 형이 배낭을 훑어보았다. 카메라 배낭이 아닌 것을 뒤늦게 알아본 모양이었다.

"사진을 안 찍는다고? 네가?"

"살다보니 그렇게 되었습니다."

"그래? 뭔가 필연이 있구만."

"……."

"가만있자. 전에 사촌 동생도 사진 찍지 않았나?"

"아, 예. 고종사촌 동생."

"용주랑 같이 여인숙에도 드나들고 열심이었는데."

"그 친구는 여전합니다. 개인전도 몇 차례 했고."

은태 형과 휴대폰 셀카를 찍고 숲길을 내려온 게 다섯 시였다. 숲에 땅거미가 깔리기 시작하고 있었다. 마곡사 주차장에서 은태 형을 배웅하기가 무섭게 용주는 숲길로 뛰어 올라갔다. 아직 어두워지면 안 되었다. 조금 전, 마곡사 뒤편 마을로 이어지는 숲길에서 강렬하게 꽂힌 게 있었다. 저녁 이내가 깔리기 시작한 숲길. 좁지만 단정하게 포장된 그 길에 떨어진 단풍잎이었다. 잎맥이 선명한, 붉은 단풍잎 한 장. 흡사 비장한 마음으로 어디론가 먼 길을 떠나려는 모습 같았다. 어쩌면 이미 멀고 험한 길을 걸어와 지친 걸음을 잠시 쉬는 중인지도 몰랐다.

단풍잎이 홀로 길을 걷는 목적은 무엇일까. 오늘, 여기까지 걸어온 자신에게 단풍잎은 만족할까. 단풍잎도 잠시 쉬어 가는 여인숙이 있을까.

그 상념 중에 용주는 느닷없이 나타난 자전거에 정면으로 부딪힐 뻔했다.

“용주, 잘 가고, 다음 달엔 밥 한 끼 나누자.”

조금 전 마곡사 주차장에서 은태 형은 소리쳤다. 숲길에서 자신의 가슴까지 들이밀었던 산악자전거를 한 팔로 불끈 들어올리며.

“어쨌든 자네나 나나, 역마라면 역만데, 하고 싶은 거 해야 돼. 그래야 살 수 있어.”

“예, 형님. 좋은 소식 있으면 연락 주세요.”

“하고 싶은 것 맘대로 하면서 사는 것, 그게 남처럼 사는 게 아니라 나처럼 사는 거라는 얘기야.”

다행히 숲길은 아직 어둡지 않았다. 물 먹은 아스콘 위에서 단풍잎의 윤곽이 또렷했다. 단풍잎을 내려다보며 용주는 반문했다. 오늘 주검으로 완성된 저 단풍잎은 단풍잎처럼, 단풍잎답게 살았을까. 지금 나는 과연 나처럼, 나답게 살고 있는 것일까. 은태 형의 말대로 아내를 비롯해 사람들은 모두 자신처럼 살고 있을까. 용주는 고개를 들어 숲 저만치에 보이는 지붕을 보았다. 겨울 초저녁 이내에 잠기고 있는, 저 낮은 지붕 아래 살고 있는 사람들. 오늘 저녁, 그들은 자신의 어떤 모습과 마주 앉아있을까.

하모니카 소리…… 시끄럽…… 죠. 미안…… 해요.

괜찮습니다. 듣기 좋습니다.

여기 지하…… 주차장…… 밖에 하모니카 불…… 곳이 없어요.

지난해 초가을이었다. 학원 오픈 준비를 하던 그즈음이었다. 상가 지하 주차장에서 하모니카 소리를 처음 들었을 때, 그때도 용주는 습관처럼 반문을 했다.

뇌졸중으로 한쪽 팔다리를 못 쓰는 이 남자가 남은 한 팔만으로 매일 아침마다 연주하는 하모니카. 이 남자에게 하모니카는 대체 무엇인가.

용주는 아침마다 학원 문을 열면서 녹음을 푸는 것처럼 남자의 말을 되새겼다.

개인 연주회…… 세 번…… 했어요…… 내가…… 하모니카를 부는…… 것은…… 내가…… 살아있다는 것…… 이니까요. 하모니카가…… 나를…… 살게 하는…….

용주는 어쩌다 하모니카 소리가 들리지 않는 날이면 학원 문을 열지 않고 남자를 기다렸다. 끝내 남자가 나타나지 않으면 닫힌 문을 그대로 두고 쪽방에 들어가 남자의 하모니카 연주를 들었다. 남자 모르게 휴대폰으로 녹음했던 하모니카 연주였다. 이따금 녹음을 하면서 자신이 잔인하다는 생각을 했지만, 그 녹음 파일 덕분에 용주는 하모니카 연주를 듣는 것에 만족했다. 남자와 하모니카에 대한 궁금증으로 새벽잠을 설치거나 사무실 오픈이 늦어지는 일도 종종 벌어졌다. 용주는 그 모든 변화를 긍정적으로 받아들였다. 일상의 리듬에 균열이 생긴 용주의 변화를 아내는 전혀 몰랐으므로 용주는 자유롭게 지하 주차장과 남자의 하모니카 주변을 서성거렸다.

남자처럼 자신을 비롯한 모든 사람들이 각자의 하모니카를 지닌 것은 아닐까.

지하 주차장을 드나들 때마다 용주는 하모니카의 의미에 대해 반문했다. 그것은 어쩌면 남자의 하모니카가 자신의 삶을 새로운 방향으로 이끌어 갈지도 모른다는 희망 같은 것이었다. 지방 신문사 사진 기자에서 지방대학 사진영상과 시간 강사로, 상자 디자이너에서 에코 제품 디자이너와 타일 디자이너로, 팝 아트 학원 원장으로 변신을 거듭한 사람. 다큐 사진가의 꿈을 접고 죽은 듯이 살아가는 한용주. 폐지 압축기의 굉음 같은 이명으로부터 자신을 탈출시키고 불투명한 미래를 선명하게 드러내줄 것만 같은 하모니카. 용주는 오늘 오후 쪽방을 나서면서 하모니카를 연주하는 자신의 모습을 상상했다.

용주는 휴대폰을 꺼냈다. 단풍잎을 찍고 싶었다. 단풍잎의 하모니카 연주를 녹음하고 싶었다. 두 개의 문자가 도착해 있었다.

전화 주세요. 아내였다. 다음 주 월, 화 빼고 시간됩니다. 아무 때나 편하신 날 뵙겠습니다. 지장암 어머니의 둘째 딸이었다. 용주는 둘째 딸의 문자를 보호하고 카메라 앱을 열었다. 카메라 초점이 잡히지 않았다. 액정을 터치했지만 단풍잎의 윤곽이 제대로 드러나지 않았다. 날이 어두워진 탓이었다. 겨울 날씨답게 금세 날이 저물어 있었다.

"젊은 친구, 산길에서 뭐 하시나?"

우렁찬 목소리였다. 용주는 깜짝 놀랐다. 휴대폰 액정 화면을 들여다보는 어느 순간, 사람이 다가서는 줄을 전혀 몰랐다. 마치 조금 전 은태 형의 산악자전거가 코앞에 들이닥칠 때처럼.

"이 시간에 여기서 뭐 하시냐고?"

겨울에, 어두워지는 숲길에 또 웬 사람인가. 용주는 목소리의 주인을 올려다보았다. 초로의 남자였다. 용주를 향해 지팡이 끝을 흔들어대고 있었다.

"아, 예. 사진 찍고 있습니다."

"무슨 사진을? 뭘 찍을 게 있다고."

"단풍잎 찍고 있습니다."

"찍어서 뭐 하시려고?"

뭐 하시려고, 하면서 노인이 지팡이로 단풍잎을 내리찍었다. 어, 어. 용주는 신음 같은 말끝에 노인을 다시 보았다. 지팡이를 흔들 때마다 뼈가 빠져나간 것처럼 한쪽 팔과 한쪽 다리가 제멋대로 흔들리고 있었다.

"어디서 오셨는가?"

"예, 대전에서 왔습니다."

"보아하니 홀로 떠도는 모양인데."

"바람 좀 쐬러 왔습니다."

"바람이야 대전에도 있는 것이고. 그렇다고 대전에 없는 바람을 쐬러 여기까지 온 것은 아닌 것 같고."

"……."

"단풍잎 같은 미물을 품고 싶은 걸로 보아선 아직 손에 쥐고 싶은 게 많은 것 같네."

"네, 어르신. 아직 젊어서요."

"미추는 구별할 만큼 살았지?"

"예?"

"미추 말이야, 아름다울 미, 추할 추."

"아, 예."

"미추는 균형이 필요해. 어느 한쪽으로 기울면 나처럼 돼."

"……."

"나 봐. 왼팔이 흔들리지. 이것, 내 뜻과는 상관없이 흔들려. 말하자면 내 것이 아닌 거지. 불혹을 넘기고도 미추를 따지고 들던 결과야. 쓰러져서 그대로 떠날 뻔하다가 풀렸던 눈동자가 돌아오고, 뒤틀렸던 입과 말이 돌아와서야 왼팔을 발견하고는 추하게 여기고……."

용주는 당황했다. 희퍼런 어둠 속에서, 낯선 숲길에서 느닷없이 나타난 노인 때문이 아니었다. 노인의 언변 때문이었다. 또렷한 표준어로 하대를 하면서도 불쾌하지 않은 문장 구사. 음절 하나하나에 힘을 실은 카랑카랑한 목소리. 오랜 세월, 한학이나 인문학을 섭렵한 지식인이 분명했다. 언행에 도무지 빈틈이 보이지 않았다.

"내가 두 번째 눈을 찾고선 추한 왼팔을 잘라서 버리고 싶었던 거지. 그렇다면 내 뜻대로 움직이는 오른팔은 미일까?"

노인의 왼팔과 오른팔 사이에서, 미와 추의 어중간에서 서성대던 용주가 눈을 끔벅이며 노인을 다시 볼 때였다. 노인이 무엇인가를 중얼거리기 시작했다. 단풍잎이 보이지 않을 만큼 사위에 어둠이 깔려 있었다. 멀리 맞은 편 숲 아래, 희끗희끗한 지붕 쪽으로 뻗친 길의 윤곽만이 어슴푸레 드러났다. 노인의 중얼거림이 끝날 때까지 용주는 한참을 그대로 서 있었다.

"귀거래사야. 귀거래사 원문."

"예……."

"胡爲乎遑遑欲何之. 富貴非吾願帝鄕不可期. 귀거래사 가운데 내가 가장 즐겨 읽는 대목이라네."

"……."

"호위평황황욕하지. 부귀비오원제향불가기."

노인은 다시 암송한 두 구절 끝에 후렴구처럼 황황욕하지, 황황욕하지를 다섯 번씩이나 되뇌었다. 용주는 잠자코 듣기만 했다. 귀거래사 제목 말고는 아는 것이 없었다.

"황황욕하지, 이게 무슨 뜻인지 아는가?"

"모르겠습니다만……."

"당신처럼 뭘 찾을 것 없나, 여기저기 두리번거리고 다니지 말라는 말씀이야."

"예."

"무엇 때문에 서둘러, 이제 다시 무엇을 찾으러 어디를 가고자 하겠는가? 부귀는 내가 원하는 것이 아니요, 그렇다고 임금님 계신 서울이야 바라지도 않는 일! 이런 말씀이야."

날이 추워지고 있었다. 발바닥에 살얼음이 깔리는 느낌이 들었다. 돌아갈 시간이 많이 지체되었다. 황황욕하지. 말끝에 노인이 잠시 숨을 골랐다. 황황욕하지. 노인의 왼다리가 휘청, 힘없이 나부꼈다. 용주는 노인의 지팡이를 왼쪽 다리 근처로 옮겨 드리며 얼어붙은 입을 열었다.

"날도 춥고 몸도 불편하신데, 어르신 혼자서 산길 위험하지 않으세요?"

"저기, 지붕 보이지?"

"예. 하얀 지붕."

"그게 내 집이야."

"아, 그곳에 사시는군요."

"원래 집은 다른 데 있는데, 다 버리고 여기서 살고 있어."

용주는 마른 침을 삼켰다. 가족들도 버리셨어요? 하마터면 그 말을 꺼낼 뻔했다. 혹시, 하모니카 불 줄 아세요? 그 말도 삼켰다.

"적적하지 않으세요?"

"적적하긴. 귀한 벗님이 있는데."

"벗님이라면, 누구?"

"도연명."

"예?"

"귀거래사의 문장가, 그 분을 벗하며 살고 있다네."

"예."

"이 추한 팔다리로도 천육백 년의 시공을 넘나들며 사는 게야. 어떤가, 아름답지 않은가?"

진동으로 둔 휴대폰이 떨렸다. 세 번째였다. 아무래도 열어보아야 할 것 같았다.

"어르신, 잠깐 전화 좀 받겠습니다."

"그러시게. 나는 이만 집으로 가겠네."

"아, 예."

휴대폰을 귀에 댄 채 용주는 노인에게 허리를 굽혔다.

"학원이에요?"

아내였다. 아내와 대화한 게 언제였던가. 올 겨울 첫 통화였다.

"마곡사. 지금 돌아가려고."

"나, 인두화 개인전 취소했어요."

"갤러리 예약까지 했는데?"

"집부터 정리하고 공방을 옮기기로 했어요. 집에 와서 상의해요."

노인이 산모퉁이를 기우뚱기우뚱 돌고 있었다. 용주는 휴대폰 전원을 껐다. 이제 돌아갈 시간이었다. 날이 어두워지고 있으므로 길에 집중할 필요가 있었다. 마곡사 쪽으로 내려서는 숲길 어딘가에서 홰치는 소리가 들렸다. 새도 숲을 떠나는 모양이었다. 용주는 형체가 어렴풋한 흰 지붕을 보았다. 얼핏 아내의 집 지붕을 닮았다는 생각이 들었다. 겨우내 못 보아서 기억이 흐릿한 아내의 지붕. 저만치 어둠 속으로 사라지는 노인의 지붕처럼 머잖아 아내의 지붕도…….

용주는 고개를 돌려 노인을 보았다. 노인이 보이지 않았다. 조금 전 노인이 걸어갔던 산모퉁이 너머에서 가늘고 깊은 하모니카 소리가 들렸다.

황황욕하지. 황황욕하지…….

나비의 방

1

다시, 섬

달 한 분, 구름 한 분, 나무 한 분, 그리고…… 나.

수첩에 쓴 글을 다시 읽었다. 지면 위에서 글씨가 멋대로 뒹굴었다. 바람 때문이었다. 손끝이 얼어 감각이 없었다. 펜촉도 살얼음이 깔린 것처럼 잉크가 흐릿했다. 바다 쪽에서 몰려온 게 분명한 바람은 써 놓은 글씨마저 낱낱이 뜯어 발길 듯 가차 없이 파고들었다.

홀로 길을 떠나야 당신을 만날 수 있습니다.

줄을 바꾸어 한 문장을 마저 쓴 뒤 수첩을 덮었다. 방금 쓴 문장을 휩쓸고 달아나던 바람의 파랑이 손끝에서 거세게 소용돌이쳤다. 더 쓸 말도 없었지만 더 쓸 수도 없었다. 나는 카메라를 옆으로 돌려 멨다. 그새 꽝꽝 얼어붙은 카메라가 옆구리를 때렸다. 대체 이 쇳덩어리는 무엇인가. 왜 그토록 나를 따라붙는가. 섬에 들어오기 전, 청량리588을 촬영하면서 카메라에 부딪힌 이마의 통증이 아직도 살아 있는데, 왜 틈만 나면 나를 두들기는가. 들판 끝에서 나무의 어깨가 휘청거렸다. 나를 후려친 바람이 그새 들판

끝까지 내달린 모양이다. 나무도 나처럼 배낭을 짊어지고 먼 길 걷는 중일까. 정선 구절리 빙판에서 헛발질을 하던 낮달과 제주도를 닮은 구름은 고드름처럼 하늘에 매달려 있다. 이제 그만 떠나자. 나는 달과 구름과 나무에게서 돌아섰다. 달과 구름과 나무와 내가 한 줄로 유지하던 대열이 일순 흐트러지는 듯싶다가 다시 정렬되었다. 들판을 다 빠져나와 선착장 식당에 도착할 때까지 셋을 힐끗, 힐끗 돌아보았다. 내 뒤 저만치서 셋이 느릿느릿 따라붙고 있었다. 나는 싫지 않았다.

"풍랑이 심해 배가 못 뜹답니다."

이른 저녁상이었다. 식당 여주인이 찬을 깔면서 말했다. 여자의 말에 당황한 것은 내가 아니었다. 맞은편 통신사 직원이었다.

"오늘은 섬을 못 빠져나간다는 얘기죠?"

추위가 깊었고, 일몰이 빨랐다. 춘삼월이 아니라 선달그믐, 엄동설한 같았다. 삼십 대 후반쯤으로 보이는 사내는 나와 같은 민박집에 짐을 풀면서도 투덜댔다.

"빌어먹을, 민박집도 선택의 여지가 없다니."

나는 나쁘지 않았다. 배가 못 떠 섬에 갇히고 낯선 사람과 같은 지붕 아래에서 하룻밤 자는 일이. 사내가 내 시선을 비껴 연신 투덜댄 이유는 간단했다. 눈보라는 일찌감치 그쳤고, 원형탈모증처럼 듬성듬성 뚫린 하늘로 햇살이 비쳤지만 눈보라를 뒤따라온 풍랑이 문제였다. 풍랑과는 상관없이 나는 섬에 묵을 수도 있었으므로 느긋하니 저녁상을 받았고, 여유만만하게 민박집도 물색한 터였다. 통신사 사내가 투덜댔기에 딱 한마디 맞장구를 쳤을 뿐.

"자연의 힘이 무섭긴 무섭습니다."

우연이었다. 무서운 자연을 저녁밥상 위에 올려놓은 것을 포함해 줄줄이 우연이었다. 외포 항을 떠나 바다 한복판에서 맞닥뜨린 눈보라부터 풍랑으로 배의 발목이 묶인 것이며 통신사 사내와 같은 식당, 같은 식탁에 앉은 것과 같은 민박집에 투숙한 것까지. 그러나 따지고 보면 선택의 여지가 없었다. 섬이든 식당이든 민박집이든. 꽃샘추위가 활개를 치는 삼월의 섬에 발을 디딜 외지인이란 가뭄에 나는 콩 보다 더 귀한 일이어서 선착장 말고는 식당이며 민박집이 아예 문을 닫아걸었으므로. 아니, 겨우내 잠겨 있었으므로. 어쩌면 이 모두가 필연인지도 몰랐다. 필연은 우연의 옷을 입고 나타난다던 누군가의 말대로, 홀로 섬을 찾아 집을 떠난 것부터 낯선 사내와 섬에서 발이 묶인 것까지, 처음부터 이 모든 것이 자신을 몇 겹의 방한복에 은폐시킨 필연일지도 몰랐다.

그렇다면…… 민을 만난 것도 필연이었을까. 내 사진 속으로 나비가 날아든 것도?

풍랑은 예상하지 못한 일이었다. 어쨌거나 나는 섬에 묵으면 더 좋았기에 출항 시간에 쫓길 이유가 없었다. 섬에 찍어 놓은 첫발자국부터 모든 걸음이 느렸고, 숟가락질이 더뎠으며, 풀 것도 없는 배낭을 활짝 열어젖혔다. 사내는 바빴고, 급했으며, 소란했다. 묻지 않아도 섬에 묵으면 안 될 사연이 깊은 사람이었다. 일몰이군. 낮달이 다시 돌아올까? 배가 끊긴 뒤 나는 하늘과 바다와 마을을 둘러보며 중얼거렸다. 섬도 풍랑으로 섬에 갇히는 날이 있을까……. 사내는 선착장 바닷가에 서서 끝없이 통화했고 문자를 찍었다. 오늘 밤 안으로 기어이 섬을 떠나고야 말겠다는 듯이.

솔직히 나도 하룻밤 묵지 않고 섬을 떠날 생각이 아주 없던 것은 아니었다. 아니, 원했던 섬에 닿기도 전, 부랴부랴 회항했을지도 모른다.

장독대의 개나리가 피었어요. 머잖아 나비가 날 것 같습니다. 고마운 봄날…… 민.

외포 항을 떠나 석모도를 지날 무렵 문자 메시지 한 통이 날아들었다. 민의 문자였다. 그 문자만 아니었으면 나는 마지막 여행지인 주문도에 닿기 전, 아차도에서 내려 돌아오는 배를 기다렸을 것이다. 결국 풍랑으로 민박집도 없는 더 작은 섬에 갇히고 말았을 테지만.

사람의 말을 한 마디도 못하고 이 년 반을 견뎠어요.

늦가을, 인사동에서, 민의 침묵을, 이 년 반을 홀로 견뎌낸 그 고요를 깨뜨린 일은 잘한 일일까. 민의 문자를 지우고 섬 하나를 더 둘러보기로 한 것은 현명한 판단일까.

맞바람을 맞은 것처럼 고개가 좌우로 흔들렸다. 어쨌든 섬에 왔으므로 나는 엄연히 할 일이 있었다. 섬을 떠나기 전에 단 한 편이라도 사진 에세이를 써야 했다. 지방의 종합문예지에 수록할 원고였다. 아내와 명상 센터에서 만난 잡지 발행인을 통해 연재를 시작한 사진 에세이다. 정확히 말하자면 수묵화 같은 여행사진에 한

두 문장만을 붙이는 사진 명상록이었다. 원고 마감이 다음 주였다. 마감을 넘기면 잡지사보다 아내가 먼저 반응을 보일 것이다. 몇 문장이나 된다고 사람을 민망하게 만드세요? 기왕 재능 기부할 거라면 확실히 하세요. 멀리 바다가 보이는 들판에서 낮달과 구름 조각과 앙상한 나무가 무엇인가 두런거리고 있었다. 홀로 길을 떠나야……. 나는 수첩에 써 둔 문장을 더듬더듬 떠올렸다.

섬에 갔다며? 시간될 때 전화 주라.

배낭을 풀고 일어서는데 문자가 찍혔다. 고종사촌 용주 형이었다.

돌아가면 전화할게, 형.

나는 문자 답신을 하고 휴대폰을 비행기 모드로 놓았다. 조용히 할 일이 있었다. 섬에 왔으므로, 늘 그래 왔듯 섬의 밤을 만나야 했다. 나눌 이야기가 많았다. 추위가 깊어지기 전에 한 바퀴 둘러보아야 한다. 그러나 좀처럼 선착장으로 걸어갈 수가 없었다. 추위 탓이 아니었다. 바람 때문이었다. 어둠 속에서 실체는 보이지 않지만 그동안의 경험으로 짐작컨대 어마어마한 바람의 장벽이 틀림없었다. 바람을 뚫고 나설수록 실체도 방향도 알 수 없는 바람이 거세게 가슴을 떼밀었다. 전신에 힘을 모아야 겨우 서너 발짝 밀치고 나갈 수 있는 바람의 탄력이라니. 그 바람의 틈새에서 나는 손잡이가 거꾸로 뒤집어진 국자 모양의 북두칠성을 발견했다. 아, 북두칠성! 얼마만인가. 놀랍고도 황홀한 해후였다. 나는 비로소 이 섬에 와서야 밤하늘을 보았던 것이다. 지난 십여 년간 그토록 암실 문을 여닫으며 한 번도 별을 바라보지 못했던 것, 나이 오십을 채우고서야 그 사실을 깨달은 것이다. 나는 손바닥을 펴 북두칠성을 받쳐 들었다.

이 겨울, 하룻밤 섬에 정박한 그대…… 행복한가.

세 번째 잠을 깼다. 잠결에 북두칠성이 내 품으로 별을 쏟아붓는 꿈을 꾼 것 같다. 품에 닿은 별들이 돌연 손을 뻗쳐 내 손목을 끌어당길 무렵 잠에서 깨었다. 나는 안다. 이제부터 뜬눈일 것이다. 얼었다 풀린 몸이 다시 얼어붙은 듯 몸은 무거웠지만 눈이 감기진 않을 것이다. 머리맡의 휴대폰을 집어 들었다. 네 시 사십분. 잠자리에서 일어나 앉았다. 늦었지만 문자를 보내야 한다. 섬에 도착해 곧장 보냈어야 하는 문자였다. 어둠 속에서 내 손목을 끌어당기던 별처럼 세 사람이 또렷하게 떠올랐다. 문자를 보내지 않아도 되는 사람과 꼭 보내야 될 사람과 보낼 수 없는 사람.

오늘, 섬을 떠납니다.

같은 문자를 복사해 두 사람에게 보냈다. 강화도 인근의 섬을 떠돈 지 닷새 째. 돌아갈 시간이었다. 셀 수 없이 많은 발자국을 섬에 찍었다. 그 발자국을 수거해 선착장 건너편의 무인도에 뿌리면 무인도가 바다 속으로 한 뼘쯤 가라앉을지도 모른다. 사진에세이는 두 편씩이나 얻었다. 사진과 글이 얕으면 먼 훗날 돌이킬수록 부끄러운 일이 될지도 모르겠지만 지금, 바로 이 순간, 나는 행복하다. 그러면 되었다.

문자를 보낸 뒤 잠자리에 누워 나는 뜬눈이었다. 오래된 습벽이었다. 눈을 떴지만 감은 것보다 더 어둠이 깊었다. 눈을 감았지만 뜬 것보다 밝은 암실과는 반대였다. 갑자기 방이 환해졌다. 휴대폰 액정판이 번득였다. 이 새벽에 누가? 문자를 보내지 않아도 되는 사람, 아내였다.

명상 춤 워크숍, 낼 모레입니다.

집을 떠날 때, 섬을 옮겨 배를 갈아탈 때, 아내와 몇 번씩 확인한 워크숍이었다. 그런데 이 시간에 깨어 있다니. 문자 내용은 귀가를 서두르라는 뜻이었다. 날짜를 놓치면 안 된다는 경고였다. 문자를 읽고 휴대폰을 뒤집어 놓는데 다시 액정판이 환해졌다.

힐러 자격 연수, 예약했어요. 금요일부터 2박 3일.

또 아내였다. 한창 잠을 설치거나 새벽 명상 중인 모양이었다. 영하 십오 도의 지리산 마하샨띠 아슈람에서 그랬던 것처럼. 아니, 어쩌면 이미 하루 일과를 시작했는지도 몰랐다.

투잡을 하는 아내. 낮엔 출판사 디자인실에서, 밤엔 요가명상원 강사로 동분서주하는 아내는 일과 수련에 지칠 만도 하지만 결코 흔들리는 법이 없었다. 마치 남매를 키우는 동안 잃어버린 삼십 대를 보상이라도 하려는 듯 마흔을 넘기면서 요가명상 수련에 몰두했다. 아내는 직장과 요가원과 집 가운데 어느 한 군데 치우치거나 기울어지지 않았다. 세 개짜리 삶의 수레바퀴를 끌고 가는 것처럼 균형 감각이 뛰어났고 사사로운 일의 처리방식까지 치밀했다. 나는 아내의 그런 모습이 좋았다. 강철 같은 열정과 유연함을 소유한 여자. 인생의 목표가 뚜렷하게 설정된 중년. 내겐 분에 넘치는 여자라는 생각을 수없이 해 왔다. 고맙고, 미안하고, 행복해. 잠든 아내 곁에서 그 낱말을 독백처럼 깨문 게 한두 번이 아니었다. 결혼 후 화장품 선물을 한 번도 원하지 않은 아내. 그런 이유에서 비롯되는 고마움이나 미안함과는 거리가 멀었다. 그런데 어느 순간부턴가 아내의 열정과 유연함이 내게 멍에처럼 여겨지기 시작했다. 나도 모르는 사이에 남편으로서 아내 못지않게 살아야 한다는 강박 관념 같은 게 내 안에 자리 잡았다. 사진 촬영을 구실로 내 유랑이 잦아진 것은 그 때문이었다. 그리고 고삐 풀린 듯 날 뛰는 그 유랑 덕분이었다. 아내의 균형과 치밀함에 균열이 생긴 것은. 집 밖으로 떠도는 나에게 자신의 시간을 할애하면서부터 아내는 흔들리기 시작했다. 철거 현장에서 여인숙으로, 오지와 섬으로 확장을 거듭하는 나의 사진. 흑백 필름과 암실 사용료 따위의 경비와 더불어 시나브로 망가지는 나의 몸. 눈덩이처럼 불어나는 나의 욕망을 더 이상 두고 볼 수 없다며 아내는 작정하고 나섰다. 아내는 고통을 참아가며 자신의 살점 일부를 내게 잘라 주었다.

당신도 명상 수련해요. 함께 수련원도 다니고.

배가 뜨지 않아 절해고도가 된 주문도. 그럼에도 아내의 주도면밀한 계획이 무사히 도착한 결빙의 새벽. 민의 문자는 아내보다 한 발 먼저 내게 닿았다. 먼먼 겨울 섬, 바람을 뚫고, 민은 왜 별안간 소식을 전했을까. 늦가을에 헤어지면서 다음 전시 때 보기로 했으니 아직 삼, 사 년쯤 남아 있는데. 민의 문자를 받고 여행 일정을 늘려 더 멀고 깊은 섬으로 떠나온 것은 잘한 일일까.

힐러 자격연수, 금요일부터 2박 3일, 강원도 홍천.

나는 아내의 문자 일부를 복사해서 민에게 보낸 뒤 자리에 누웠다. 유리창이 덜컹거렸다. 바닷바람이 유리창을 틀어쥐고 흔들었다. 조립식 민박집 지붕을 통째로 걷어낼 듯한 바람이 초저녁부터 이어지고 있었다. 잠들기 전, 나는 카메라만 꺼내둔 채 풀었던 배낭을 묶었다. 아침 일곱 시에 첫배가 뜬답니다. 민박집 주인 여자의 말 때문이 아니었다. 생뚱맞은 상상 탓이었다. 민박집 지붕이 날아가고 새까맣게 하늘이 드러나면, 거기 하늘바다에 하룻밤 정박하고 있을 순백의 북두칠성이 나와 마주칠 것이고, 나는 그 풍경을 필름에 담아야 한다. 바람 덕분에 흑과 백의 절묘한 풍경 한 점을 품을 수 있다면…….

카메라는 집어 치우고 바지나 벗어. 아니, 잠깐만요. 촬영을 먼저……. 씨발, 촬영 같은 소리하고 있네. 한두 번도 아니고, 공짜로 먹고살 순 없잖아. 이 바닥에도 의리라는 게 있는데. 아니, 잠깐, 잠깐만요. 한 가지, 먼저 물어봐도 돼요? 뭘? 어쩌다 시작했는지, 왜 하필…….

바람 덕분이었다. 잠이 든 것도, 잠을 깬 것도. 민박집 유리창을 뚫고 들어온 바람을 피한다는 깜냥으로 이불을 뒤집어 쓴 채 누워있었다. 내일이나 모레쯤 민의 장독대 개나리에 나비가 날아들

겠구나…… 하면서. 북두칠성 때문에 고드름이 되었던 몸이 녹는 사이 깜박 잠이 든 모양이었다. 꿈을 꾸었다. 얼굴 모습이 또렷하진 않지만 내 안면에 물티슈를 집어던진 여자는 신 양 같았다. 재작년 가을이었다. 여인숙 다큐 사진 촬영으로 다녀왔던 강원도 정선의 신 양이 틀림없었다. 나는 잘못 꺼낸 말을 쓸어 담기도 전에 호수여인숙 밖으로 쫓겨났다. 문 밖에 나서기가 무섭게 바람에 귀뺨을 얻어맞고 넘어지면서 잠을 깼다.

민박집 안팎이 시끄러웠다. 나를 쓰러뜨리고 달아난 바람 탓이었다. 잠시 종적을 감추었던 바람이 불러 모았을 게 분명한 가족 친지와 동료 바람들이 떼로 몰려와 유리창과 지붕을 두들겼다. 마치 강제철거 직전, 철거민들을 겁박하는 용역들의 무력시위처럼. 새벽어둠만 아니었다면, 집 안방이었다면 그것은 언뜻 바람의 유희랄 수도 있겠지만 지금은 풍랑으로 배가 뜨지 않는 섬. 나는 왠지 불안해져서 마주보던 천장을 피해 옆으로 돌아누웠다. 칼잠이 익숙하지 않아 몇 번 뒤척이는 사이, 이불 속에 숨어있던 사람의 살 냄새가 언뜻 풍겼다.

모든 게 나비 때문이었어요. 헤세의 나비…….

지난 늦가을, 인사동 골목에서 민이 나비를 입에 문 채 내 어깨에서 흐느낄 때, 내 후각을 날카롭게 자극했던 살 냄새. 눈물에 젖은 그 냄새였다.

2

손 가슴

요한 세바스찬 바흐였다. 플루트 G장조 2악장. 플루트의 선율에 맞추어 워크숍 참가자들은 원형으로 둘러서서 '움직이는 수도원' 실내를 돌았다. 몇 바퀴를 돌았을까. 연둣빛 천을 드리운 창문 곁에서 이 교수가 멈춰 섰다. 원형의 중심 방향으로 몸을 틀자 연둣빛 역광과 어우러진 이 교수의 실루엣이 흡사 고목 분재 같았다.

"조금 전 말씀드린 대로 이 동작은 모두 열한 박자, 열한 동작으로 이루어져 있습니다. 열한 바퀴를 도는 동안 플루트의 선율 틈으로 우리의 숨이 지나가게 하면서…… 그 숨을 자신이 느끼는 명상입니다. 자, 이제 다시 한 번 반복하겠습니다."

낮게, 고요히, 끊어질 듯 느릿느릿 설명을 마친 이 교수가 오른쪽으로 몸을 틀어 가볍게 걸음을 떼었다. 사람들은 바흐와 이 교수의 뒤를 천천히 따라갔다.

나는 앞사람을 따라 발을 떼면서 사람들을 둘러보았다. 팔순의 수녀부터 여고생까지 열네 명. 올 들어 두 번째 갖는 명상 춤 정기 워크숍이었다. 첫 순서는 침묵 명상이었다. 삼십 분간의 침묵 명상을 끝내고 각자 자기소개를 했다. 대전에서 살고 있는 이민웁니다. 사진 공부를 하고 있습니다. 나를 비롯해 각자 떠나온 곳과 하는 일을 간단히 말했다. 하동, 일산, 창녕, 산청, 구파발…… 서예가, 요가 강사, 퇴직 교수, 목사……. 노 수녀와 직업을 알 수 없는 중년 여자의 스텝이 엉키면서 원형이 일그러지는가 싶더니 금세 복원되었다. 원형을 따라 몇 바퀴를 더 돌다가 연둣빛 창가에서 바흐가 멈췄다. 그새 열한 바퀴를 돌았나 보았다.

"모두들 잘하셨어요. 내 밖의 나와 내 속의 내가 플루트 선율 속에서 마주하셨을 것입니다. 다음은 우리의 존재를 여는 시간입니다. 달라이 라마의 말씀대로 아까도 아니고 이따가도 아닌 지금, 바로 여기에, 이 순간, 나를 바르게 보는 시간입니다."

대각선 원주에 선 아내가 손으로 입을 가리고 하품을 했다. 어제 오후에도 줄곧 하품을 했었다. '지금, 바로 여기에'를 양각으로 새긴 서각 작품을 거실 벽에 거는 내내 그랬다. 요가 수련이 지나친 탓이었다. 일주일에 다섯 번 수련이라니. 도무지 이해할 수 없는 일이었다.

"이번에 우리들을 이끌어주실 음악은 그림 속으로 들어간 소녀입니다."

이 교수가 음반을 바꾸고 다시 원형 대열로 들어섰다. 아내를 따라서 워크숍에 참석할 때마다 소녀 같은 눈빛과 어조와 몸짓을 보여주는 이 교수였다. 이미 육십 대 중반을 넘어섰지만 영원히 늙지 않을 것만 같은 홍안이었다.

"윤주희 님의 해금이죠. 본래 위안부를 위한 음악인데요, 네 박자입니다. 네 박자에 맞춰 걸으며 희로애락과 봄, 여름, 가을, 겨울이 순환되는 인생을 정사각형으로 표현하면서 그 속에 작은 정사각형을 앉히는 형식입니다. 말하자면 미로 같은 인생의 여정을 몸짓으로 표현하는 명상입니다."

워크숍 참가자들은 옆 사람의 손을 잡은 채 한 줄로 서서 정사각형 그림 속으로 들어갔다. 가벼우면서도 진중한 걸음으로 천천히, 고요히 인생의 미로를 따라서 걸었다. 전후, 좌우로 발을 옮겨 네 박자로 걷는 동안 나는 빈 액자 속에 얼굴을 들이민 위안부 할머니의 사진을 줄곧 떠올렸다. 그 할머니의 소녀상을 표현하는 게 창작 의도였다는 작가의 말과 함께. 소녀처럼 곱고 가벼운 걸음은 양경숙의 '아름다운 이야기 하나 파세요'에서 잠시 멈춘 뒤 한태주의 '연꽃 위에 내리는 비'까지 이어졌다. 손바닥과 등에 땀이 배었다.

"반 시간정도 쉬겠습니다. 여기, 국화차를 준비해 두었습니다."

오후 네 시. 1부 행사 두 시간이 이십 분처럼 짧았다. 지금, 여기에 서 있는 내 자신을 들여다보기엔 넉넉했지만 오십 년을 걸어서 내가 떠나온 곳과 돌아갈 곳을 반추하기엔 턱 없이 모자라는 시간이었다. 어쨌거나 2부 행사 두 시간을 마치면 저녁이었다. 둘러앉아 연잎밥을 먹는 게 워크숍의 마지막 순서였다. 참가자 몇몇이 이 교수와 노 수녀 곁에 서서 기념 촬영을 했다. 아내는 수도원 바닥에 드러누웠다. 내가 섬을 다녀오는 동안 밤마다 뒤척였을 게 분명했다. 나는 아내의 발바닥 맞은편 벽에 기대어 앉았다. 섬을 다녀 와 하루 쉬었지만 몸이 천근만근이었다. 바닷바람에 얼었던 몸이 미처 다 녹지 않은 것처럼 움직일 때마다 몸속에서 살얼음 부서지는 소리가 들렸다. 환청인가 싶어서 귀를 어루만지면 잠시 사라졌던 소리가 다시 들렸다. 몸과 마음을 가볍게 하려고 떠난 섬 여행이 도리어 화가 될까 불안했다.

집 밖으로 떠도는 그 역마 같은 것, 이제 그만 떨치세요.

깜박 졸았나 보았다. 감은 눈의 망막 위로 아내의 말이 현수막처럼 나부꼈다.

사진이든 여행이든 집착을 버리세요. 이젠 비우고 살 때도 되었잖아요.

그 말 때문이었다. 비우고 살 때도 되었다는 말. 아내를 따라 명상 춤 정기워크숍에 참석한 것은. 지리산 명상원을 다녀온 것도, 유명산 요가 워크숍에 따라간 것도 그랬다. 아내를 따라가는 어디든 비움과 느림에 대한 강연이 이어졌다. 인도철학을 전공한 교수와 특강 연사와 요가마스터와 명상원 원장은 이구동성으로 말했다. 복잡다단한 일상 속의 나를 버리고, 내 혼탁한 마음을 비우고, 나 자신을 명경처럼 맑게 만드는 행위. 그것이 명상이라고. 명상이란 어떤 신비한 마술 같은 게 아니라 궁극적으로 내 존재의 의미를 깨우치는 행위, 그것이라 했다. 지난해 겨울, 정선 구절리에서 하룻밤을 보낸 양 원장도 그와 비슷한 말을 했다. 이제 비로소 마음이 맑아지는 느낌을 알 것 같아요. 알프스 산기슭의 메

리뀨리 호텔에서도 그랬다. 유럽 패키지여행 중이었다. 만년설이 마주보이는 발코니에 앉아 흰 손바닥을 나비처럼 나부끼며 말했다. 사람도 조금씩 욕망을 비우다보면 언젠가 저렇듯 순백이 될 수 있겠지요. 그 때문이었는지 모른다. 주문도에서 돌아와 받아본 양 원장의 엽서가 명상록처럼 읽힌 것은.

오늘도 모든 길과 풍경이 질문으로 다가옵니다. 한 마디 대답을 못하면서도 부지런히 듣고만 있습니다. -쿠바, 아바나에서

이 년 전 티베트로 떠난 수처럼 영혼의 자유를 찾겠다며 세상을 홀로 걷는 양 원장. 평생을 손에 쥐었던 서각 칼을 풀어놓고 차츰 몸과 마음이 가벼워지면서 가벼워진 만큼 충만하게 되었다는 느낌과 비움.

그러나 그것은 내겐 불가능한 일이었다. 나를 비우고 맑게, 가볍게 만들 수가 없었다. 침묵과 명상이 길어지면 길어질수록 한 순간 텅 비운 것 같은 내 속으로 비운 것보다 더 많은 상념들이 들어차곤 했다. 도무지 집중할 수가 없었다. 게다가 엇비슷하게 반복되는 명상록들이 비현실적으로 느껴졌다. 어떻게 나를 비우고 느리게 살 수 있다는 것인지. 명상 춤의 율동도 왠지 부자연스럽게 보였다. 아내를 따라다닌 삼 년여의 시간이 그런 부자연스러움과 비현실감으로 흔적도 없이 둥둥 떠내려갔다. 그동안 섬에서, 철거촌에서, 여인숙에서, 암실에서 맞닥뜨린 세계와는 전혀 다른 세계처럼 느껴졌기 때문이었다.

영하 이십 도의 갯벌을 파헤치는 사람들. 터진 손가락으로 그물

을 깁고 오징어 배를 타는 사람들. 이들이 과연 자신을 비울 수 있을까. 누구를 위한 재개발이냐, 죽어도 못 떠난다! 목숨 걸고 단식하는 철거지역 원주민들. 단돈 이만 원 앞에서 옷을 벗고 물티슈로 남자의 사타구니를 닦아 주는 호수여인숙 신 양. 이들이 자신에게서 비울 게 있다면, 비워야만 한다면 그것은 무엇일까. 지금, 바로 여기에, 이 순간의 자신을 들여다본다면 자신에게 무어라 말할 것인가. 천천히, 남을 배려하면서, 조급하지 않게 살아가세요. 그렇게 말할 수 있을까. 밤새 화물트럭을 몰고도 시간에 쫓겨 빵빵거리는 트럭운전사에게 앞 차가 느린 게 아니라 당신이 빠른 것입니다, 라고 말한다면 무슨 대답을 할까.

아내를 따라다니는 동안 나는 이런 상념들로부터 자유롭지 못했다. 시나브로 내 몸은 장시간의 침묵과 결가부좌를 견뎌냈지만 아직 마음은 아니었다. 비움과 느림에 대한 이해와 실천이 부족했다. 문득 마음이 가벼워지는, 문득 상대방보다 낮아지는 내 모습을 발견하곤 나 스스로도 놀랐지만 아직은 아니었다. 그렇다면 앞으로 어쩔 것인가. 당분간 아내의 요구대로 살아간다. 오늘 명상 춤 워크숍에 오면서도 나는 그렇게 자문자답했다. 명상 수련만큼이라도 아내의 뜻에 맞춰 산다. 다큐 사진과 역마에 끌려 다니는 외유는 결코 그럴 수 없지만. 그게 최선이다. 그렇게 지내다 보면…….

갑자기 수도원 실내가 소란해졌다. 음악 때문이었다. 이 교수가 음반을 바꾸고 볼륨을 높였다. 그새 휴식 시간이 끝났나 보았다.

"다 함께 노래하는 시간을 갖겠습니다. 미국 필라델피아의 공동체 삶과 관련된 노래입니다. 노랫말이 참 아름답습니다. 원형으로 둘러서서 옆 사람의 손을 잡고 간단한 율동과 함께 노래하면 되겠습니다."

조용했던 실내를 잠깐 소란하게 만든 음악은 'Pendle Hill Friends Song'이었다. 영문 가사와 번역 가사를 번갈아 노래하면서 참가자들은 실내를 돌았다. 아, 이런 명상도 있네? 아내를 따라와 처음 참석했을 땐 의아한 행사였다. 침묵 좌선이 아니라 소음과 율동이라니. 그러나 어느새 익숙해진 것처럼 잘 모르는 가사를 더듬더듬 떠올리며 원을 따라잡았다. 사람들은 즐겁고 경쾌하게 노래와 율동을 이어갔다.

"이젠 아주 고요해지는, 지혜로운 순간입니다. 손 가슴끼리 맞대고 자신을 고요히 들여다보겠습니다."

워크숍 마지막 순서였다. 이 교수가 거친 호흡을 가라앉히며 말했다. 음악 없이, 모든 소음은 지우고, 사람들은 원형으로 앉은 채 합장했다. 얼마나 지났을까. 나는 손 가슴이라는 표현에만 골똘했다. 손 가슴. 양 원장도 그런 표현을 쓴 적이 있었다.

발의 가슴으로 흙을 밟고…….

휴대폰 통화 정지를 하기 전, 양 원장이 보낸 문자를 떠올리는데 명상이 끝났다. 곧바로 마음 나누기 순서가 이어졌다. 워크숍을 끝내면서 소감이나 명상에 대한 생각을 공유하는 시간이었다. 남양주, 용인, 파주, 논산, 일산, 창녕. 그리고 거주지가 기억나지 않는 두 사람까지 짧게, 혹은 길게 인상적인 말들을 풀어놓았다. 용인에서 온 사십 대의 여자는 과거에 이 교수와 사제 관계였음을 밝히며 눈물을 흘렸다. 이렇게 좋은 인연으로 일생 동안 함께 살았으면 좋겠어요, 하면서.

"손에 쥔 것을 놓아야만 다른 것을 잡을 수 있습니다. 그러나 그것도 행복하지 않으면 바로 내려놓으십시오."

내 순서에 이를 때까지 나는 두 가지를 준비했다. 그 중 하나를 사람들 앞에 꺼내 놓고 살을 붙였다. 지리산 마하샨띠 아슈람 원장의 명상집에 실린 글이었다. 아내가 선물한 책을 세 번째 읽는 중이었다. 놓는다는 생각도 놓아 버리고, 비운다는 생각도 비워 버리고, 버린다는 생각도 버려 버리자. 그 말을 하려다 감춘 것은 어쨌든 잘한 일 같았다. 자칫하면 언어유희처럼 들릴 그 말꼬리를 물고 질의응답을 하면서 워크숍 종료 시간을 연장할 까닭이 없었다. 다들 돌아갈 길이 멀었다. 섬에서처럼 움직이는 수도원 지붕 위로 눈보라가 날리고 풍랑이 일어 막차가 떠나지 못한다면 몰라도. 만약 선택의 여지없이 움직이는 수도원에서 함께 1박을 한다면 나는 일행 앞으로 꺼내 놓을 말이 참 많았다. 세상을 좀 더 자유롭게 살아가는 방법에 대하여. 내 안을 들여다보는 일에 대하여. 그리고 만약 그런 일이 벌어진다면, 아내는 집으로 돌아와 내 손을 맞잡고 속삭일 것이다.

당신, 이젠 힐러 다 되었어요.

그리고 아내는 틈만 나면 내 손을 꼭 쥔 채 말할지도 모른다. 지난 십여 년간 나를 놓고 요가를 움켜쥔 그 손으로, 마치 내가 자신의 행복인 것처럼.

사진 그만 두고 힐러가 되어 함께 늙어 간다면 행복할 것 같아요.

그런데 정작 아내는, 비우고 가볍게 살기 위해 일주일에 다섯 번씩 요가 명상 수련을 하는 아내는, 그것을 손에서 풀어놓을 수 없는 것일까.

3

혁명

"모든 곳으로부터 나는 왔고 모든 곳을 향하여 갈 것이니, 예술 사이에 있을 때 나는 예술이고 산 위에 있을 때 나는 산이라네."

—호세 마르티, 「소박한 시」에서

쪽빛 하늘을 배경으로 낡은 성당 첨탑이 로우 앵글로 찍힌 엽서였다. 1월 4일. Habana, Cuba. 엽서가 담긴 소포의 발신 날짜를 확인하니 쿠바에서 배를 타고 내 손에 닿는 데 꼬박 두 달 보름이 걸린 셈이다. 소포 상자 속의 책을 꺼내기 전, 나는 호세 마르티의 시 구절을 다시 읽었다. 왜 하필 이 구절을 옮겨 보냈을까. 양 원장이 인용한 시를 나는 부산의 인문학 카페에서 읽은 적이 있었다. 시를 쓰는 카페 운영자가 호세 마르티 평전을 낸 것을 구입해서 읽었다. 본명, 호세 훌리안 마르티 페레스. 쿠바의 독립 운동을 하던 중 스페인군 총에 사망한 비운의 시인으로 쿠바에서 가장 많은 동상이 세워진 쿠바 독립의 영웅. 평전을 읽는 동안 언젠가 아바나에 가서 호세 마르티의 동상 앞에 서고 싶다는 생각을 줄곧 했었다. 홀로 낯선 길을 걷다가 지친 몸으로 돌아와 혁명과 자유를 노래한 호세 마르티의 시를 인용해 엽서를 쓰고, 그 순간 가장 그리운 누군가에게 보내고 싶었다. 그런데 양 원장의 엽서를 받을 줄은 전혀 예상하지 못한 일이었다.

쿠바의 혁명과 자유를 나눕니다. 양수진.

속표지 아래 메모가 적혀있는 책은 흑백 사진집이었다. 『한 혁명의 일기』. 1959년 쿠바 혁명 당시를 기록한 다큐 사진집으로 사진가 알베르토 코르다의 작품집이다. 시집 크기에 칠십 쪽짜리 자그마한 사진집을 펼쳐들고 나는 두 번 놀랐다. 이 기념비적인 사진집을 어떻게 구했을까. 양수진? 일 년 반이 지나도록 양 원장의 이름을 모르고 지냈다니!

사진집을 넘기는 내내 나는 흥분과 감동으로 들떠 있었다. 혁명의 순간순간 피델 카스트로와 체 게바라를 근접 촬영한 작가의 능력 때문이 아니었다. 작가의 여유와 유머 탓이었다. 혁명의 와중에 카스트로와 악수를 나누며 환하게 웃는 헤밍웨이. 골프를 치며 파안대소하는 카스트로. 웃통을 벗고 사진 촬영을 즐기는 게바라. 대부분 독립 전쟁의 절박한 순간에도 인간의 본성을 사실적으로 담아낸 작품들이었다. 나는 몇 번씩 탄식하듯 숨을 몰아쉬었다. 휴먼 다큐란 이런 것인가.

당연히 사진집에 수록된 작품 가운데 압권은 표지 사진이었다. 카스트로가 연설하는 광장에 운집한 수만의 군중을 아웃 포커스로 잡은 뒤, 가로등 꼭대기에 걸터앉아 담배를 피우는 시민의 모습을 클로즈업한 사진을 보면서 나는 그만 사진집을 덮고 말았다.

나는 아직 멀었구나. 철거와 여인숙 다큐를 십 년 넘게 촬영했지만 내 사진의 어디를 뒤져 보아도 코르다의 여유와 유머를 찾아볼 수 없다. 다큐 사진의 척추처럼 여겨왔던 사실성과 진실성의 이면을 제대로 들여다보지 못했구나. 지금까지 나는 왜곡된 휴머니즘의 셔터를 누른 것은 아닐까. 철거민의 애환만을, 처절한 싸움만을 직설로 담아낸 사진들. 낡고 좁고 퀴퀴한 여인숙과 여인숙 사람들의 삶의 질곡을 극명한 흑백의 대비로만 나타내기 위해 전전긍긍한 사진들. 그러므로 당연하게도 그것은 애초부터 독자의 감동이나 사진 미학과는 거리가 멀었다. 꼭 찍어야하는 사진이 아니라 왜 찍는지 반문하는 데 유효한 사진일 뿐.

집에 걸어놓지도 못 하는 사진에 왜 그렇게 필사적으로 매달리세요. 이제 그만, 숨 좀 돌리고 여유를 가지세요.

아내의 말대로 나는 필사적이었지만, 아내의 말대로 여유를 가졌어야 했다. 사진이든 유랑이든. 적당한 유머가, 적당한 휴식이, 그리고 적당한 외도가 필요했다. 양 원장은 내게 그 말을 하고 싶었던 게 아닐까. 엽서에 호세 마르티의 시를 인용한 것은. 코르다의 사진집을 보낸 것도 그런 뜻이 아니었을까.

고맙습니다, 선생님.

무슨…… 일로?

저에 대해 궁금해 하지 않아서요.

지난해 겨울, 정선 구절리에서 양 원장은 내게 고맙다는 말을 반복했다. 결코 옷을 벗지 않고 하룻밤을 보낸 일 때문이 아니었다. 유럽 여행 중에 처음 만난 뒤부터 구절리를 다녀올 때까지 자신에 대해 아무것도 묻지 않은 것에 대해 고맙다는 뜻이었다.

충주에서 서각 공방을 운영하고 있습니다. 지금은 문을 닫았지만.

양 원장이 들려주는 것 외에 나는 더 이상 알려고 하지 않았다. 그러나 나는 양 원장의 이름조차 모른 채 헤어진 것을 후회했다. 이름만큼은 물었어야 했다. 그런데…… 나는 덮었던 사진집을 다시 열었다.

쿠바의 혁명과 자유를 나눕니다. 양수진.

어렵게 구했을 사진집에, 그곳에 양 원장이 이름을 밝힌 까닭이 무엇일까. 혹시 자신의 의도를 드러내려는 어떤 상징이 아닐까. 『한 혁명의 일기』라는 칼로 내 생의 목판에 무엇인가 서각을 새기려던 것은 아니었을까.

해발 1,300미터의 태백산, 영하 십오 도의 구절리 민박집에서 양 원장은 떨리는 목소리로 말했다. 남편이 섬으로 들어간 뒤, 남자는 처음이라는 말을 끊어질 듯 간신히 마친 뒤에.

살다보면…… 불가피하게 선택하는 일을 겪기도 하는 것 같아요.

사십칠 년을 살아낸 생의 어느 하루, 불가피하게 선택했을 그 하룻밤, 내 손을 잡은 채 양 원장은 밤새 무슨 생각을 했을까. 자신이 섬으로 떠나보낸 전업 소설가 남편일까. 아니면, 하루살이처럼 죽을 듯이 살아가는 나였을까.

눈을 뜬 것보다 감은 눈 속이 더 환한 게 암실입니다. 저는 그 환한 어둠을 좋아합니다……. 암실은 휴화산처럼 폭발 직전인 나를 탈출시켜 주는 공간인 셈이지요. 저는 암실을 섬이라 부릅니다. 출입문을 잠그고 장막을 내려 친, 절대 고독의 공간이기도한 그 외딴 섬에서 저는 제 스스로를 유폐시킨 것처럼 사람의 말을 한 마디도 하지 않고서…….

얼음의 도가니 같은 그 새벽 내내 양 원장은 조용히 내 말을 듣고만 있었다. 내 손을 가만히 움켜쥔 채, 내 말의 한 낱말도 놓치지 않겠다는 듯이. 말을 듣는 중간중간 양 원장은 진저리를 쳤다. 민박집 창문을 열어젖힐 것처럼 바람이 드센 탓이 아니었다. 내가 살아가는 방식에 대한 놀라움 때문이었다.

평생 장터를 떠돌던 아버지가 아흔둘에 떠나면서 제게 남겨준 유산은 손목시계가 전부였어요. 그리고 값으로 환산할 수 없는 유산이 있는데, 바로 역마입니다. 그 역마 덕분에 오늘까지 제가 연명하면서…….

손에 쥔 서각 칼과 욕망을 떨치고 길을 나선 양 원장. 그녀는 빈손이었다. 그 빈손에 한 남자의 역마와 유랑이 한꺼번에 쥐어진 밤, 밖은 영하 십오 도의 첩첩산중이었다. 한편 당황스럽고 한편 두려웠을 그 순간, 양 원장은 홀로 길을 떠난 여유와 침착성으로 언젠가 나에게 들려줄 문장을 암암리에 떠올렸는지 모른다. 그리고 절차탁마한 그 문장을 쿠바의 화물선에 실어 느린 걸음으로 내게 보냈을 것이다.

쿠바처럼 과거의 삶을 혁명하고 자유를 되찾으세요. 양수진.

4

거울

오 일 만에 주문도에서 돌아와 내가 받은 소포는 두 개였다. 발신지는 쿠바와 알라딘이었다. 나는 부피가 조금 더 큰 쿠바 상자를 먼저 집어 들었다. 알라딘 상자는 열지 않아도 그 속을 훤히 들여다볼 수 있었으므로. 헤세의 나비가 다소곳이 날개를 접고 앉아 있을 터였다. 지난가을부터 기다렸던 나비였다. 어쩌면 그 나비는 알라딘의 요술램프일지도 모른다. 그 생각을 하면서 쿠바 상자를 여는 도중, 나는 돌연 엉뚱한 상상을 했다. 실은 쿠바 상자가 알라딘의 요술램프가 아닐까. 램프의 입구를 문지르면 누가 튀어나올까. 나에게 거짓말을 했던 양 원장일까, 자신을 속인 나일까. 놀랍게도 쿠바 상자 안에는 양수진이 들어 있었다. 쿠바를 떠나기 전의 양 원장도, 나도 아니었다.

유 선생님. 죄송합니다. 유럽에서도, 구절리에서도 선생님께 거짓말을 했습니다. 실은 저와 남편이 뒤바뀌었습니다. 집을 떠난 것은 제가 아니라 남편이었습니다. 남편이 전업 작가이고 제가 서각을 하는 것은 사실이지만, 작품 창작을 위해 섬으로 떠난 것은 제 탓이었습니다. 남편이 작품 때문에 섬에 들어가 제가 견딜 수 없어 유럽을 간 것이 아니라 제가 서각을 버리고 세상 여행을 떠난 탓에 남편이 섬으로…….

쿠바 출국 날짜에 맞추어 휴대폰 통화를 정지하기 직전, 양 원장은 긴 문장으로 문자를 보내왔다. 그 문장을 다 읽은 뒤, 나는 오랜 시간 폭염에 서 있던 것처럼 빈혈을 느꼈다. 두 번째 개인전을 마치고 휴식 겸 떠났던 동유럽 패키지여행이었다. 패키지관광 일행으로 그녀를 처음 만났다. 그녀는 남편이 섬으로 들어간 뒤부터 심해진 우울증을 떨치려 비행기를 탔다. 유럽 여행 내내 거의 말문을 닫고 지낸 그녀는 구절리 여행까지 침묵으로 일관했다. 그 모습이 문자에 담긴 글과 함께 램프의 연기처럼 사라진 것이다. 나는 비틀거렸다. 몸과 마음이 겨우 진정될 무렵, 나는 양 원장만큼의 긴 문장으로 답신을 했다.

실은 저도 그랬습니다. 저는 유민우가 아니라 이민우랍니다. 구절리 여행은…… 두 번째 만남이었죠. 단지 영혼의 자유만을 앞세워 아무것도 모르는 사람과 낯선 시간, 낯선 공간을 함께 한다는 게 어쩐지 두렵고 감당하기 어려워 저의 대리인을 내세웠습니다. 양 원장님도 저와 같은 생각을 했나봅니다. 어쨌든 구절리의 하룻밤, 우리의 선택은 옳았고, 그 얼음 같은 경험으로 인해 사람의 관계와 신뢰에 대한 성찰이 한층 깊어질 수 있으리란 기대를 해봅니다. 쿠바 여행, 비움으로 충만한 시간이 되시길.

쿠바의 상자에 양수진과 『한 혁명의 일기』를 집어넣으면서 휴대폰 시계를 보았다. 열 시 사십 분. 배낭을 꾸릴 시간이 한참 지났다. 힐러 자격 과정 등록을 제 시간에 마치려면 아침에 집을 떠나야 했다. 홍천 종자산까지 두 시간 반. 늦은 아침에 출발해도 충분했지만 종자산에 닿기 전에 그만큼의 시간이 더 필요할지 몰랐다. 좀 더 서둘러야 이른 아침에 떠날 수 있었다.

"먼 길 운전하려면 일찍 자세요."

"배낭 챙기는 대로 잘 거야."

아내는 나보다 더 설레는 것 같았다. 하루 종일 그랬다. 필기구와 속옷을 챙겨주면서 콧노래를 불렀다. 자신의 배려와 관심으로 남편이 변할 수 있으리란 기대로, 이제 비로소 함께 길을 걷게 되었다는 희망으로 아내는 저녁 밥상을 물릴 때까지 행복한 표정이었다.

"주말이라 차가 밀릴지도 몰라요."

"알았어. 일찍 잘게."

아내가 방으로 들어가는 것을 본 뒤 나는 배낭을 열었다.

상자 하나는 뭐예요? 응, 중고 사진집 한 권 주문했어. 주문도에서 돌아오던 날, 나는 아내에게 거짓말을 하고 알라딘 상자를 배낭에 넣어 두었다. 나비? 웬 나비? 사진과 전혀 무관한 책을 꺼내들면 아내의 질문이 집요하게 이어질 게 뻔했다.

나는 방문을 힐끔 쳐다본 뒤 배낭에서 알라딘 상자를 꺼냈다. 지난가을, 알라딘 중고 서점에 예약 주문했던 책을 마침내 만나는 순간이었다. 서적 보호용 에어 캡 봉투를 뜯어내자 노란 표지의 책이 나왔다. 코르다의 사진집만 한 책은 비교적 깨끗한 상태였다. 헤르만 헤세, 나비. 작가의 이름보다 세 배쯤 큰 나비 글씨 아래, 날개를 활짝 편 나비 한 마리가 표지의 절반을 차지한 게 인상적이었다. 바로 이 책이었구나. 민의 삶을 바꾸어 놓은 책이. 나는 나비를 대충 넘겨본 뒤 배낭 속에 넣었다. 조금 더 늦어지면 아내가 방문을 열고 대추나무 가시를 내던질 것이다.

새벽 명상 수련 잊었어요? 이제 그만 들어오세요.

영동고속도로를 달려 여주JC에 닿은 게 오전 열한 시였다. 이제 중부내륙고속도로를 타고 양평 쪽으로 한 시간 남짓 달리면 홍천 종자산길의 명상원에 닿을 것이었다. 힐러 자격 과정 연수 등록은 오후 세 시였다. 넉넉히 점심을 먹고도 충분한 시간이었다. 그러나 그대로 영동고속도로를 직진해서 원주까지 왕복하려면 빠듯한 시간이었다. 나는 가속 페달을 밟고 속도를 높였다. 민과 약속한 시간은 열두 시. 늦지 않았지만 왕복할 거리를 생각하면 시간을 아낄 필요가 있었다.

원주 시외버스터미널. 열두 시쯤 도착, 점심 함께…….

어젯밤 민의 문자를 보면서 나는 자정을 넘기도록 잠을 못 잤다. 일주일 전, 주문도를 떠나던 날 새벽 내내 뒤척였던 것처럼.

내일 오전, 홍천 명상원 갑니다. 원주에서 잠깐 만날 수 있었으면.

낮에 보낸 문자의 답신이 닿은 것은 밤 열한 시쯤이었다. 다 묶은 배낭을 현관 출입문 쪽으로 밀어 둘 무렵이었다. 오후 내내 답신을 기다리던 나는 먹는 둥 마는 둥 저녁상을 물렸다. 주문도에서 보낸 문자의 답신을 하지 않았던 민은 이번에도 깜박 잊을 뻔했다는 것처럼 뒤늦게 원주 약속을 보내왔다.

원주에서 민을 만나기로 한 것은 원주가 홍천과 사북의 중간이었기 때문이다. 민은 차가 없었다. 홍천 가는 길에 원주를 들리면 민이 움직이는 데 그나마 불편을 덜 수 있으리란 생각을 했다.

작년 늦가을이었다. 인사동 갤러리에서 사북 얘기를 처음 듣고 나는 놀랐다. 사북과 구절리를 포함해 내가 이십 년 넘게 겨울 여행을 즐겨온 태백산. 그리고 민의 고향, 사북. 이 우연을 화제로 전통찻집에서 이슬차를 마셨다.

"섬 여독은 풀리셨는지요?"

"예, 어느 정도. 몸이 좀 무겁긴 하지만."

삼월 중순의 원주는 포근했다. 섬 전체가 꽝꽝 얼어붙은 주문도와는 달리 시외버스터미널은 봄볕이 질펀했다. 카메라 쉿덩어리를 낚아채기는커녕 머리카락을 날릴 만큼의 바람조차 없었다. 터미널 근처에서 김밥을 먹고 민도 나도 방한 재킷을 벗은 채 차에 올랐다. 민은 늦가을에 입었던 쑥색 반폴라 니트를 그대로 입고 있었다. 목과 어깨의 경계를 살짝 덮은, 골반을 살짝 가린 주름이 늦가을처럼 생생했다.

"연수에 늦진 않으시겠어요?"

"아, 예. 조금 늦어도 괜찮을 겁니다. 2박 3일 일정이고, 첫날은 접수와 오리엔테이션이라서."

거돈사지를 다녀오자는 말은 둘 다 꺼내지 않았다. 겨울 여행하면서 고목을 촬영 중인데, 몇 년 전에 거돈사지 느티나무를 찍었어요. 그 말을 내가 지나가는 말처럼 했을 뿐. 저도 오래전에 거돈사지 다녀온 적 있어요. 대학 합격하고 서울로 떠날 무렵에. 민의 말을 듣고 나는 내비게이션으로 거돈사지를 검색했다. 28.3km, 39분. 원주 시내를 빠져나올 때까지 민은 침묵했다. 딱 한 마디, 연수 시간을 확인했을 뿐.

지난 늦가을에도 그랬다. 민도 나도 인사동 골목을 둘러보자는 말을 한 적이 없었다. 갤러리 근처에서 이슬차를 마신 뒤 나란히 골목길을 걸었다. 골목 몇 개를 굽어 돌다 막다른 골목의 구멍가게만한 전통찻집에서 연잎차를 마셨다. 오늘처럼 딱 한 마디만 주고받은 채.

갤러리를 오래 비워도 괜찮을까요?

큐레이터한테 부탁해 두었습니다.

마법 같았다. 마법이 아니면 최면에 걸린 듯했다. 마법도 최면도 아니라면…… 아주 오래전 불가피한 사정으로 헤어지면서 오늘 만나기로 약속한 것처럼, 약속한 편지를 잊고 지내다 오늘 아침 문득 열어본 것처럼 한편 설레고, 한편 놀라웠다. 아무것도 묻거나 대답도 하지 않은 동행이 낯설게 느껴져 도무지 현실감이 없었다. 마치 처음부터 끝까지 우연과 비약으로 과대 포장된 영화의 한 장면처럼.

"민우 씨. 잠깐 그대로 서 계세요."

거돈사지 느티나무 앞에 카메라 삼각대를 세울 때였다. 삼층석탑 곁의 평석에 앉은 민이 손가락 캔버스를 만들어 보였다. 내 모습을 스케치하는 모양이었다.

천 년 고목과 낡은 필름 카메라와 역마에 묶여 있는 나. 붓과 캔버스만 있다면 주제가 선명한 풍경화 한 점이 나올 듯했다. 때마침 나비가 날아간다면 금상첨화일 것이었다.

"사진 찍는 뒷모습이 어린 느티나무 같아 보여요."

"천 년 뒤쯤엔 저도 고목이 되겠죠?"

"살아만 있다면 멋진 느티나무가 될 거예요. 후후."

민이 손가락 캔버스를 돌려세우면서 웃었다. 웃는 모습은 처음이었다.

"놀랍고 신비한 이야기 하나 해드릴까요?"

살아만 있다면……. 그 말끝에 돌연 청량리가 떠올랐다. 철거가 시작되면서 끝까지 살아남기 위해 여덟 가구가 사투를 벌이고 있는.

"들으면 수수께끼처럼 여길만한 이야기랍니다. 피라미드나 만리장성 같은 건 아니지만."

"네, 좋아요."

"집창촌으로 유명한 청량리588, 알고 계시죠?"

"아…… 네."

"지난달, 섬으로 들어가기 전에 청량리 철거 현장엘 다녀왔어요."

"촬영 때문에?"

"예. 한창 철거가 진행 중인데, 사진을 몇 컷 찍다가 놀라운 걸 발견했어요."

"어떤?"

"나비."

"나비를? 겨울인데, 어디서요?"

"쇼윈도 유리창을 뜯어낸 집이었어요. 그 집 단칸방의 벽 전면에 거울이 붙어 있었는데, 거기, 일부 깨진 거울 뒤에 나비 그림이 그려져 있었어요."

"나비 그림?"

"예. 검정과 빨강, 강렬한 원색으로 두 마리가. 그런데, 더 놀라운 것은……."

"……."

"깨진 거울이 사람 모습이었던 거예요. 그것도 여자의 모습. 여자의 품에 안겨 있던 나비가 가슴 밖의 충격에 놀라 막 날아오르는 순간, 여자가 웅크린 채 팔을 뻗어 나비를 잡으려하지만 이미 나비는 서로 다른 방향으로 날개를 퍼덕이며 날아가는 풍경. 마침 거울 조각 속으로 여자가 지나가기에 후다닥 사진 찍고 돌아서는데……."

"……."

"누가 나비를 그렸을까. 누가 이 방에 살았을까. 이 방에, 거울 속에 나비를 감출 만큼 절실한 사연이 있었을까. 이런 생각 때문에 발을 못 떼고 결국 다른 집 촬영은 포기하고 말았답니다."

"청량리에 가고 싶어요. 이미 늦었겠죠?"

민이 못내 아쉽다는 표정으로 나를 보았다. 나는 평석에서 일어나 흔적만 남은 거돈사 금당터를 잠깐 바라본 뒤 다시 앉았다. 민의 시선은 나에게 그대로 머물러 있었다.

"카메라를 들고 여기 저기 떠돌다 보면 알 수 없는 일들, 우연히 겪는 일들이 참 많답니다."

"그 나비를 보고 싶어요."

"언젠가, 누군가 찾아올 줄 알고 참고 기다린 것 같은 사람과 인연을 맺기도 하고……."

"나비가 지금쯤 그 방을 완전히 떠났을까, 궁금해요."

"살아만 있다면, 어디론가 날아가고 있을 테지만……."

둘의 말이 조금씩 어긋나고 있었다. 민이 나보다 반걸음씩 앞서 나갔다. 민의 나비를 생각하고 꺼낸 말인데, 잘못 꺼낸 말은 아닌 것 같았지만 어떻게 마무리를 지어야할지 모호했다.

"어떤 나비는 따뜻한 보금자리를 찾아 수천 킬로미터를 날아서 바다를 건너고 대륙을 횡단하는데, 거울 속의 나비가 혹시 이곳으로 날아와 준다면……."

나는 바다를 건너 날아가는 나비의 이름이 궁금했다. 말이 또 어긋나면서 길어질까 봐 묻지 않았다. 화제를 돌릴 필요가 있었다. 지난 주말, 주문도에서 민의 문자를 읽던 새벽부터 궁금했던 것으로.

"그림은 다시 시작했는지요."

"아직."

"언제쯤?"

"……."

얼핏, 질문이 낯설게 느껴져 무안한 생각이 들었다. 그러고 보니 민에게 처음 건넨 질문 같았다. 말할 때까진 서로에게 아무것도 묻지 말아요. 늦가을에 인사동 골목을 빠져나오며 눈빛을 주고받았다. 그날 나누었던 묵언의 약속을 내가 깨뜨린 셈이었다.

"일산 떠나면서 붓과 캔버스를 모두 버렸어요."

"예."

"다 비우겠다는 생각으로…… 몸만 가지고 떠났어요."

"나비는……."

"……."

"미안해요. 묻지 말았어야 되는데."

뼈만 남은 느티나무 잔가지들이 아주 짧은 순간 부르르 몸을 떨었다. 먼 길을 걸어온 바람이 잠시 앉아 쉬는 모양이었다. 바람이 나비라면 좋겠다. 투명한 날개를 단 나비. 이 순간, 민을 위해 마법처럼 변신할 수만 있다면…….

"요즘 다시 스케치를 시작했어요."

"반가운 소식입니다."

느티나무를 떠나온 나비 한 마리가 내 귀에 올라앉은 것처럼 언뜻 바람 소리가 들렸다. 환청이라도 좋고 착시라도 고마운 바람이고 나비였다.

"마음의 캔버스를 가끔 뜯어내는 즐거움이 생겼답니다."

나비의 날개를 단 것처럼 민의 말이 가볍고 포근했다. 나는 손바닥 위에 나비를 올려놓듯 조심조심 입을 열었다.

"다행입니다. 혼자 견디는 일이 쉽지 않을 텐데."

"태백산을 걸으며 눈에 들어오는 풍경을 담고 있어요. 그런다고 달라지는 건 없겠지만."

"……."

"나비를 찾을 수 없어서…… 아직 나비는 그리지 못하고 있어요."

"조금 더 날이 풀리면 나비가 날 것 같아요."

말조심을 한다는 게 그만 동문서답을 하고 말았다. 민은 지금 날아다니는 나비를 기다리는 게 아닐 것이다. 한 마리의 살아 움직이는 나비가 아니라 천여 마리의 나비 표본을 떠올리고 있을 터였다.

"제 욕망이 큰 탓인지 아직 다 잊지 못하고, 다 떨치지 못해 마음을 다스리기가……."

민의 목소리가 느티나무 잔가지처럼 가늘게 떨렸다. 바람 때문인가. 주변을 살펴보았지만 바람은 보이지 않았다. 사람도 없었다. 거돈사지엔 민과 나뿐이었다. 산비둘기 울음조차 들리지 않았다. 봄볕 탓인지 한낮의 적막이 낯설게 느껴졌다.

나는 짐작할 수 있다. 지금 민은 기억의 자물쇠를 풀고 사북과 일산을 오가는 중일 것이다. 그렇다면 지쳐 있을 게 분명했다. 이쯤에서 헤세의 나비를 꺼내서 전해 주는 게 어떨지. 그러면 놀랍고 반가워 민이 생기를 되찾을 수 있을 테니까. 아니다. 좀 더 기다린 뒤 종자산 숲으로 들어가면서 전하자. 나는 배낭끈을 손으로 어루만졌다.

"조용해서 참 좋아요. 날씨도 포근하고."

"예."

"우리도 언젠가는 이 절터처럼 다 비우고 고요해지는 날이 오겠죠?"

"예. 언젠가는."

"한 바퀴 돌아보고 올게요."

민이 평석에서 일어나 느티나무 쪽으로 걸어갔다. 어디서 나타났는지 바람 한 점이 슬그머니 민을 따라가는 게 보였다. 조금 전 손가락 캔버스의 그림을 완성하듯 민은 느티나무 앞에서, 느티나무를 마주보며 한참을 서 있었다.

당신은 어디로 걸어가는 중인가. 당신은 지금 무엇인가.

몸의 중심을 텅 비운, 몸 저편의 세상이 보이도록 허리춤을 뻥 뚫어놓은 천 년 고목. 그 장구한 세월 동안 자신에게 다녀간 수많은 사람들에게 느티나무가 던졌을 질문들. 이제 비로소 차례가 되어 그 질문을 듣는 것처럼 민은 미동도 하지 않았다.

5

강원 태백 2009

욕망의, 빈 껍질, 같아요, 제, 몸은.

인사동에서 이슬차를 마시며 민은 탁자 위로 한 단어, 한 단어씩 이슬방울처럼 뚝뚝 떨어뜨렸다. 짧고 가는 목소리가 한 문장 내내 떨렸다. 나는 처음 만난 남자에게 지나치게 마음을 열어 보인다고 생각했다. 나보다 연하이고, 아직 나만큼 가파른 생의 언덕을 오르내린 것 같지도 않은데, 하면서.

저의 전부라고 여겼던 나비의 방을 남편이 하루아침에 깨끗이 비웠어요.

그 말을 듣기 전까지는 그랬다. 자신의 존재 이유가 사라진 뒤, 모든 것을 버리고 떠났다는, 나보다 더 묵직한 생의 침잠을 느끼고서야 나는 그 욕망의 빈 껍질이 무엇을 뜻하는지 짐작할 수 있었다.

오 년 전이었다. 나비의 날갯짓처럼 바르르 떨리는 민의 목소리를 처음 들은 것은.

강원 사북 2009, 그 사진의 인물…… 혹시 동원탄좌 광부인지요?

철거민을 담은 다큐흑백 사진을 걸었던 두 번째 개인전 때였다. 오 년 전의 기억이 또렷한 것은 그 개인전 덕분이었다. 인사동 갤러리를 다녀간 민이 휴대폰 통화를 해 왔다. 어떤 숨겨진 비밀을 확인하는 것처럼 신중한 목소리로.

네. 동원탄좌 광부 맞습니다만, 제 전화번호를 어떻게 아셨는지요.

첫 통화가 질문으로 시작되어 궁금한 나머지 내가 다시 질문을 던졌다. 민의 목소리는 첫 질문과 달리 낮고 평화로웠다.

방명록 곁에 놓아둔 명함을 허락도 없이 가져갔습니다.

통화를 마친 뒤, 이따금 주고받는 문자에서도 민은 떨리는 기색이 없었다. 사오 년 가까이 이어진 문자는 담담하고 침착한 문장으로 일관했다. 좀처럼 말줄임표를 찍는 일도 없었다. 마치 문장 수련을 하는 것처럼 군더더기를 뺀 짧고 명료한 문장 끝에 또박또박 마침표를 찍었다. 주로 내 블로그에 연재된 섬 여행이나 다큐 사진과 관련된 대화를 나누었지만 나를 번거롭게 하거나 곤혹스럽게 만드는 질문은 하지 않았다.

딱 한 번, 질문을 던진 적이 있긴 했다. 두 번째 개인전을 마친 얼마 뒤였다. 민은 놀라운 관찰력의 소유자였다.

대전 봉산동 2006. 그 집의 문설주에 나비가 앉아있는 걸 알고 찍으셨는지요?

나는 그게 어떤 사진인지, 무슨 질문인지 알았다. 혹시, 이 사람도 사진가? 아니면, 평론가? 이런 추측을 하면서 나는 월간 사진 잡지를 펼쳐 보았다. 개인사진전을 소개하는 반쪽짜리 지면에 마침 「대전 봉산동 2006」이 실려 있었다. 철거번호가 찍힌, 지붕과 현관문이 뜯겨나간 자택 앞에서 할머니와 손자 가족들 삼대가 기념 촬영을 하면서 웃는 사진이었다. 평론가 P가 사진 평을 달아 주었고, 그 속에 나비가 등장했다. 우연한 일이지만 P와 민이 그 나비를 함께 발견한 것이다. 정작 나는 알지 못했던 나비를.

'아이들은 아무것도 모른 채 멀뚱하지만, 아비의 표정은 어떤 단호함을 보여 주고 어미는 환한 웃음을 보내 준다. 그 한가운데 세계의 무게추인 오래된 어미가 세계의 뒷모습을 보려는 듯한 눈길과 함께 진지한 미소로 서 있다. 마침 그녀의 머리 위에는 문설주 무늬인 듯, 나비인 듯, 꽃인 듯한 사물이 붙어 있는데, 그것은 이 가족을 축복하는 나비인지 떨어져 내리는 슬픔인지 모를 모습으로 가족들 한가운데 있다. 그 사물이 유월절 유태인들의 문설주에 칠해진 어린 양의 피라면 얼마나 좋았을까? 그래서 그 사진 속 사물이 가지고 있는 심미적 변환의 힘으로 이 사진과 집과 사람들에게 닥친 슬픔들이 모두 거두어졌더라면 얼마나 좋았을까…….'

필연은 우연의 옷을 입고 나타난다. 그 말 위에 P와 민과 나비를 겹쳐 놓고 곱씹는 사이, 세 번째 흑백다큐 사진전을 열었고, 그곳에서 민과 얼굴을 마주쳤다. 대략 오 년 만에 처음 만난 민이었다. 우연인지, 필연인지 따질 겨를도 없이 놀랍고 반가웠다.

두 번째 개인전이었던 철거민다큐 사진 가운데 어머니들만을 선별한 「어머니뎐(傳)」을 하는 중이었다. 본래 전시 계획을 잡아둔 여인숙 다큐 작업을 마무리하지 못해 다음으로 미루고 순서를 바꾼 전시였다. 지난해 늦가을이었다. 개관 사흘째, 점심 무렵이었다. 사십 대 중반의 여자가 한 어머니 사진 앞에서 울고 있었다. 하루 전 일본의 노부부 관광객이 한 시간 남짓 울고 갔던, 「강원 태백 2009」 이름표가 붙은 광부 사진이었다.

특별한 사연이 있으신가 봅니다.

…… 저의 어머니도 광부였어요.

내 위로를 받고, 여자가 울음을 그친 뒤 인사를 나누었다.

찾아주셔서 감사합니다.

제가…… 유민이어요. 강유민.

민이었다. 뜻밖이었다. 문자로 사진전을 알려줬을 뿐, 만나기로 약속한 게 아니었다. 만나서 반갑다는 인사를 나누고, 다른 어머니들을 둘러보고, 근처 한식당에서 콩나물비빔밥을 먹었다. 마치 사진전에 초대한 손님 가운데 한 사람인 것처럼, 잡혀 있는 일정을 소화시키듯 둘이서 자연스럽게 움직였다.

제가 실수할 뻔했습니다.

…….

지금까지 이름이 유민인 줄 알았습니다. 그래서 민으로 호칭을

해 왔는데…….

아, 네. 이름이 강한 느낌이 들어서 SNS에선 유민으로 사용해 왔어요.

그랬군요. 한 가지…… 궁금한 게 있는데요.

네.

전에 사북 사진에 대해서 물으셨죠? 동원탄좌 광부인지.

네.

혹시, 아시는 분이었나요?

제 고향이 사북이랍니다.

예?

부모님이 두 분 다 동원탄좌 광부였어요. 물론 사진 속 인물은 아버지가 아니었지만.

아…… 그랬군요.

폐광이 되면서 사택촌이 철거된 뒤에 변두리로 옮겼는데…… 제 부모님은 세상을 떠나셨지만, 그때 아버지 동료들이 지금도 살아남은 분이 계세요.

사진 속 인물이 그 중 한 사람일 수도 있겠군요.

어쩌면…….

식당에서 나와 전통찻집으로 자리를 옮겼다. 민이 이슬차를 주문했다. 전부터 즐겨마시던 차 같았다.

이슬 한 방울만 담겨 있어도 좋을 텐데……. 이슬차를 마실 때마다 그런 생각을 해요.

찻집 주인에게 들으라는 말인지, 나에게 묻는 말인지 모르는 민의 독백으로 찻잔에 가볍게 파문이 일었다.

몇 방울의 이슬이 모여야 찻잔을 채울 수 있을까요. 객쩍은 반문을 하려다 그만 두고 나는 차를 마셨다. 세 번째 찻잔을 비운 민이 가방을 열고 엽서를 꺼냈다. 나비 그림이 그려진 개인전 초청장이었다.

제가 나비 사진을 물어본 적 있었죠?

엽서를 내 찻잔 곁으로 가만히 들이밀면서 민이 물었다.

예. 철거 사진을 보시고.

전에 그림을 그렸어요. 나비 그림.

아, 그래서 나비를 연상하셨군요.

나는 봉산동 사진을 떠올렸다. 민이 나에게 건넨 유일한 질문의 대상이었던, 문설주에 나비 무늬가 새겨진 철거 사진이었다.

저는 민우 씨도 나비를 좋아하는 줄 알았답니다. 그래서 사진에 나비 형태를 담은 것이고.

나비를 좋아하긴 하지만 그 사진은 우연히…….

철거의 폐허에서 살아남은 나비. 그것을 필름에 담은 작가의 여유와 감성이 놀라워서 다짜고짜 질문부터 했던 거였어요.

민이 일부러 내 말을 가로막은 것 같았다. 나비에 대한, 나에 대한 첫 인상을 흐리지 않기 위해서. 나는 이슬차를 한 모금 마시고 등받이 쿠션을 고쳐 앉았다.

이 엽서는?

몇 년 전에 나비 그림 개인전을 가졌어요. 그 초청장이랍니다.

아, 나비…… 개인전을 하셨군요.

지금은 쉬고 있지만 한때 나비에 몰두한 적이 있었거든요. 대학에서 전공한 추상화를 버릴 만큼.

예.

갤러리를 조금 더 비워도 되는지요. 나비 얘기를 들려드릴까 해서…….

예. 괜찮습니다.

오랫동안 나비를 무척 좋아했어요. 제 방에 나비를 가득 채우고 함께 지낼 정도로. 지금 생각하면 열정 같기도 하고, 욕망 같기도 했던 일이지만.

나비 엽서를 꺼낸 뒤부터 민의 문장 시제가 과거형으로 이어지고 있었다. 과거 어느 공간으로 무엇인가 소중한 게 사라진 듯싶었다.

나비 그림 개인전을 준비하면서 일본에 다녀온 적이 있어요. 타마동물원이며 인섹타리움, 이타미시 등 나비 생태원을 돌아보았어요……. 제주는 겨울이 온난하여 사계절 내내 나비가 날아다닌답니다. 호랑나비, 제비나비부터 배추흰나비와 왕나비까지. 제가 제주도를 즐겨 찾는 이유이기도 하지요. 원하는 나비를 쉽게 구할 수가 있거든요.

가족들이 행복하시겠습니다. 늘 나비와 함께 지낼 수 있어서.

처음엔 그랬어요. 남편이 나비 표본을 제 방에 처음 매달아줄

무렵까지는. 그런데…….

민이 잠시 숨을 고르고 입술에 차를 적신 뒤 다시 말을 이어갔다.

제 방의 벽 전면을 나비가 차지한 뒤부터 달라지기 시작했어요. 일본과 제주도를 드나들 무렵, 제가 집을 비우는 시간이 잦아지면서 남편이 제 방을 드나들기 시작했어요. 저 없인 절대 문을 열지 않기로 한 방인데, 그 약속을 너무 자주, 너무 쉽게 깼어요. 어느 가을이었어요. 동료 전시장을 다녀와 보니…… 방이 깨끗이 비어 있었어요. 남편이었어요. 남편이 제 방의 모든 나비를 치워버린 거였어요. 천여 마리의 나비 표본을 한 마리도 남기지 않고. 그 늦가을에 집을 떠났습니다. 폐가가 다 된 부모님의 집, 사북으로. 컴퓨터 파일을 삭제하듯 나비의 방을 비운 것도 참을 수 없었지만 제가 목숨처럼 간직해온 물건마저…….

목숨에서 민의 감정이 북받쳐 올랐다. 금방이라도 눈물을 쏟을 것 같았다.

미안하지만 그 물건이 무엇인지 말해줄 수 있는지요.

굳이 묻지 않아도 될 말이었다. 목숨처럼 소중한 물건이었으므로 다른 설명은 필요 없었다. 그럼에도 나는 민의 말 틈을 비집고 들어섰다. 민에게 감정을 가라앉힐 빈틈을 만들어줄까 싶은 생각으로.

헤세의 나비였어요. 헤르만 헤세가 지은 책, 나비.

민은 준비된 대답을 풀어놓듯 담담하게 말을 이어갔다.

아주 오래된 책이어요. 초등학교 시절부터 품에 지니고 살았던.

남편은 모르는 일이라고 잡아뗐지만 저는 도저히 용서할 수가 없었어요. …….집을 떠나 이 년 반 정도 사북에서 혼자 지냈어요. 낡은 집을 고치고, 텃밭을 일구며 혼자 견디다가…… 더 이상 견딜 수가 없을 땐 서울에 가끔 들리곤 했어요. 사북을 떠나 처음 서울에 왔을 때 잠깐 살았던 청량리 역 근처도 둘러보고, 나비 그림 개인전을 가졌던 인사동 갤러리도 돌아보고…….

이슬차와 나비와 사북을 품고 누가 먼저 찻집을 나왔는지는 기억이 흐릿하다. 그러나 다음 찻집 출입문을 열고 들어간 것은 그녀가 먼저였다. 골목 몇 개를 굽어 돌아 막다른 골목에서 주춤거리던 중이었다. 그리고 두 번째 찻집에서 나온 뒤, 나를 먼저 안은 것도 민이었다.

안아 보고 싶어요.

…….

이 년 반을 혼자 견뎠어요. 사람의 말을 한 마디도 못한 채.

나는 말없이 민을 마주 안았다. 오 년 전부터 마치 이런 일이 벌어질 줄 예상했던 것처럼, 아니, 간절하게 기다렸던 것처럼. 민이 나를 품은 것보다 더 깊게.

모든 게 나비 때문이었어요. 헤세의 나비…….

민이 예상했을 시간보다 더 오래도록 안았던 내 팔을 풀자 민은 곧장 골목을 빠져나갔다. 청량리에서 태백선 막차를 타고 사북으로 간다며. 찻집 앞부터 골목 입구까지 빈틈없이 땅거미가 깔려 있었다. 늦가을 해가 여느 때보다 짧았는지 날씨가 겨울처럼 쌀쌀했다. 시장 통처럼 북적거리던 사람들이 절반은 골목을 빠져나간 듯 한산했다. 갤러리는 문이 닫혔을 것이다. 오늘만 갤러리 좀 부탁드립니다. 손님 때문에. 민이 먼저 찻집을 들어간 사이, 급하게 큐레이터와 통화를 한 것은 아무려나 잘한 일 같았다.

6

산수유나무가 거기 있었다

금당터 뒤편 초석에 걸터앉은 민이 보였다. 나무의 살점이 다 뜯겨나간 뼈들의 숲인지, 단색으로 지루하게 펼쳐진 하늘의 바다인지, 어딘가 모를 허공에 시선을 고정한 채 민은 앉아 있었다. 시간이 얼마나 지났을까. 내가 인사동 갤러리와 나비의 방과 사북을 돌아 다시 인사동 골목에서 연잎차를 마셨으니, 민도 그만큼의 시간과 공간을 홀로 걸었을 것이다. 빈손으로 천 년의 세월을 감내한 거돈사지, 그 무소유의 초석처럼 앉아 있는 유민. 저 사람이 늦가을 어둠 속에서 나를 안았던 그 여잔가. 나는 삼층석탑을 떠나 민이 앉아있는 반대 방향으로 걸어갔다.

"숲에 일찍 들어가고 싶지 않습니다."

발소리를 죽였지만 민은 내 인기척을 저만치부터 알아 챈 모양이었다. 민이 자리를 옮겨 내게 공간을 내주었다.

"……나비 이야기를 더 듣고 싶습니다."

나는 민의 침묵을 향해 나를 던졌다. 그 침묵에 파문을 낼 수만 있다면 행복하겠다는 생각으로.

"……."

민의 침묵은 요지부동이었다.

침묵이 고마울 때가 있었다. 나를 향한 아내의 침묵. 멸시에 가까운 그 침묵이 오히려 고마울 때가 있었다. 지친 몸으로 섬에서 돌아와 쓰러졌을 때, 철거촌과 여인숙에서 돌아와 퀴퀴한 냄새가 밴 내 몸을 멀리하고 돌아누울 때, 나는 아내에게 고마운 마음을 넘어 그 이상의 감정이 북받쳐 눈물을 흘리기까지 했다. 그러나 지금은 아니었다. 왠지 모를 두려움과 불안감으로 모처럼 따스한 봄날이 초겨울 같이 차갑게 느껴졌다.

그 탓이었는지 모른다. 초석에서 일어나 나란히 걷는 동안 제자리걸음을 하듯 몸이 흔들린 것은. 천 년 세월을 걸어오듯 고요히, 느릿느릿 닿은 게 어느새 삼층석탑 앞이었다.

"민우 씨."

깜짝 놀랐다. 느닷없이 민이 나를 부른 것이다. 그것도 얼굴을 돌려 눈을 마주친 채.

"이제 생각났어요."

"예?"

"오래전에 거돈사지 왔을 때, 이 삼층석탑 앞에서 기념 촬영을 했어요."

"아, 예."

"서울의 미대에 합격한 것 축하도 하고, 집 떠나기 전에 기념도 할 겸 가족사진을 찍었어요."

민은 말을 마치기도 전에 느티나무로 달려가 뻥 뚫린 느티나무의 가슴을 안았다.

"이렇게, 어머니와 팔을 이어 느티나무를 안았어요. 재밌었겠죠?"

왜소하고 다부진 민의 몸. 그리고 천 년의 고목. 둘의 포옹 장면은 마치 느티나무의 가슴 한쪽에 커다란 나비가 날아와 앉은 것처럼 보였다. 절반은 아름답고, 절반은 슬퍼 보이는 풍경이었다.

"같이 앉아요."

평석에 먼저 앉으며 민은 자신과 살이 닿을 만큼 나를 끌어당겨 앉혔다. 그리곤 짐짓 진지한 눈빛으로 나를 보았다. 이제 모든 것을 말해주겠다는 것처럼.

"일산을 떠나 사북으로 돌아와 혼자 지내면서…… 자기 삶에 진실한, 진정성이 있는 사람 한 명쯤 가슴에 품고 살아도 좋겠다는 생각을 했어요. 틈틈이 민우 씨를 떠올리면서."

그랬다. 숲에 늦게 들어가도 좋겠다고 판단한 내 생각이 옳았다. 이제 민은 나비 이야기를 풀어놓을 것이다. 나는 처음 밟아보는 섬의 선착장에 내리는 것처럼 설렜다.

"제 생각을 다 했다니, 분에 넘치는 일입니다."

"사북 2009, 그 사진 탓이었어요. 민우 씨를 잊지 않은 것은."

"예. 그 사진, 한겨울에 어렵게 품었답니다."

"그런 작업의 결과물이, 그 사진의 작가가 대접받는 세상이었으면 좋겠다는 생각을 오래전부터 했어요."

"고맙습니다. 그런 감동이나 평가가 다큐 사진 덕분이라면 제가 하는 작업에 힘이 붙습니다. 우리나라 다큐 작가들이 다 그럴 겁니다."

마치 미리 받아본 질문지의 답변을 하는 것처럼, 나는 민의 말꼬리를 잡아챘다. 내가 생각해도 다소 흥분된 목소리였다.

"민우 씨."

"예."

"사북 사진을 포함해서 그동안 전시 작품들이 한 점도 판매가 되지 않았을 것 같아요. 그렇죠?"

"예. 집에 걸어 놓을 만한 사진이 아니라서."

"그래서 작업에 여러 가지 어려움도 따랐을 것이고요."

"……."

"그런데도 그 촬영을 십 년 넘게 진행한다는 일이 믿어지지 않아요. 경제적인 문제 때문에 가족들과 갈등도 심할 텐데."

"글쎄요, 그렇긴 하지만……."

나도 모르게 목소리가 갑자기 가라앉았다. 스스로도 감정의 기복이 느껴졌다. 왜, 하필 지금, 여기서, 그런 말을 꺼낼까. 나는 민을 뜨악한 눈으로 바라보았다.

"제 사진 이야기는 그쯤 끝내고 나비 얘기를 좀……."

"지금 민우 씨 감정, 충분히 헤아릴 수 있어요."

"아니, 뭐, 다른 뜻이 아니라 제 사진을 떠올리면 머릿속이 복잡해져서요."

"제 말씀, 서운하게 생각하지 마세요. 제 경험으론……."

"……"

"무엇이든 피한다고 해결되는 문제는 세상에 없을 것 같아요. 피하면 피할수록 복잡하게 뒤얽히거나, 아니면 화가 커지거나 할 것 같아요."

지금까지 피하지 않고 정면대결하면서 살아왔어요. 오십을 채우도록. 그 말이 목구멍까지 치밀어 올라왔다. 나는 일어나서 느티나무와 삼층석탑과 초석을 한 번씩 휘둘러보았다. 그냥 그대로, 제자리에 서 있거나 누워 있었다. 천 년 동안 변함없이 그래왔던 것처럼. 카메라를 든 남자 둘이 절터 반대편 숲에서 나와 삼층석탑 쪽으로 걸어오고 있었다.

"사북 사진뿐만 아니라 다른 작품을 둘러보면서 이런 생각을 했어요. 앞으론 더 힘들 텐데, 이대로 견디기 어려울 텐데."

"가끔 후원도 있고……."

"그럼에도 다음 작품엔 그 이상의 의미가 실리면 좋겠다는 희망을 품었는데, 이번 어머니 사진은 사북 사진보다 더 울림이 컸어요."

"아, 그렇다면 다행이군요. 실망시켜드리지 않아서."

등에서 식은땀이 흐르는 것 같았다. 하마터면 실수할 뻔했다. 조금 전, 민의 말을 듣는 순간, 민감하게 반응하려고 했다. 고흐도 생전에 단 한 점만 그림을 팔았을 뿐입니다. 붉은 포도밭, 딱 한 점. 그것도 생계를 꾸리기 위해 동생 테오가. 알고 계세요? 고흐의 생전에 그림을 쳐다본 사람이 없었다고요. 그 말을 입안으로 구겨 넣은 게 얼마나 다행한 일이었는지. 고흐를 나와 견준 것부터가 민망한 일이었다.

"안녕하세요? 날씨 참 좋습니다."

"아, 예. 반갑습니다."

어느 틈에 남자 둘이 우리 앞에 닿고 있었다. 둘 다 나보다 십여 년쯤 연상으로 보였다. 민이 평석에서 일어나 목례를 했다.

"안녕하세요?"

"예, 봄 풍경이 참 아름답습니다."

배낭을 힐끔 보았다. 남자 둘 다 디지털카메라였다. 풍경 사진을 찍는 모양이었다.

"좋은 작품 많이 품으셨어요?"

"아뇨. 산수유꽃 좀 찍으러 왔는데 아직 이른 것 같습니다. 선생님은?"

"뭐 좀, 걸어둘 만한 것 좀 품으셨는지요?"

사진가끼리 나누는 의례적인 인사에 남자 둘이 번갈아 내게 물었다. 아직 한 컷도 담지 못했습니다. 그 말끝에 숲을 보았다. 그러고 보니 멀리 숲 한편에 노르스름한 구름덩어리 같은 게 보였다. 산수유나무가 거기 있었던가?

사진 찍기 딱 좋은 봄날인데 찍을 게 없네. 절이 텅 비어서 좀 그렇죠? 선생님은 고목을 찍으시는가? 아니, 삼층석탑을 찍는가 본데. 우린 막 피어난 싱싱한 것을 좋아하는데 늙은 것을 좋아하시는 양반이군. 그러네. 사진기도 옛날 것 같은데. 우리 것하고 때

깔이 달라. 아, 예. 흑백을 합니다. 요즘 세상에 아직도 필름을 파는 모양이네요. 예, 좀 귀하긴 하지만. 그런데 산수유를 찍으면 흑색인가, 백색인가…….

나를 포함해 세 남자가 쏟아내는 봄과 사진과 느티나무와 삼층석탑과 싱싱하고 늙은 것이 텅 빈 거돈사지에 한바탕 차고 넘쳤다. 생면부지의 공감과 동류의식이란 이런 것일까. 난데없이 나타나 닥치는 대로 몸을 섞은 뒤 한바탕 휘몰아치곤 사라지는 회오리바람 같은 것일까.

"먼저 갑니다. 좋은 작품 많이 건지세요."

"네. 어르신들도 좋은 작품 많이 품으시고 행복한 시간 보내세요."

"선생님도 행복, 뜨겁게 철철 넘치세요."

남자 둘이 씩씩한 걸음으로 거돈사지 주차장 쪽으로 내려갔다. 나는 느티나무 앞에 세워 둔 삼각대를 접고 배낭을 둘러맸다. 민이 삼층석탑 앞에서 웃고 있었다.

"조금 전, 그 사람들 눈빛 봤어요?"

"네."

"좀 그렇죠?"

"아뇨, 별 생각 없었는데요."

"여자는 누구냐, 늙은 나무를 찍어서 뭐하느냐. 뭐, 그런 눈빛 같았어요."

"둘 다 고마운 관심인데요, 후훗."

"아니, 제 생각엔 그 사람들 말투가……."

"민우 씨. 신경 쓰지 마시고 저희 얘기나 마저 해요. 한 바퀴 더 돌아보면서."

민이 내 팔짱을 끼고 금당터 쪽으로 걸어갔다. 나는 엉거주춤 따라 걷다가 민의 속도에 맞추었다. 몇 시나 되었을까. 휴대폰을 꺼내볼까 하는데 민이 팔짱을 조여 왔다.

"아까 말하던 다큐 사진……."

"예."

"실은…… 적당히 하다 그만 두실 줄 알았어요. 여러 가지 어려움으로."

"가족들에겐 늘 면목이 없답니다. 논술학원 강사 수입이라는 게 뻔해서."

"맞아요. 가장 큰 문제가 생계 같아요."

민이 다시 생계 얘기를 꺼냈다. 나는 맞은편 숲의 노르스름한 구름 덩어리를 바라보았다.

"나비 그림 개인전을 전후해서 그 세계를 들여다보니까 대개 그랬어요. 자신의 목표를 향해 절실해지던 일들이 어느 정도 자리를 잡거나 등 따습고 배불러지면 시들해지는 일을 종종 보았어요. 상업성과 결탁하여 생계가 해결된 경우, 대다수 그렇더라고요. 그런데 어머니전은 제 예상을 뒤집어버렸어요. 오히려 그 반대였지요. 주머니를 비워가면서 작가가 오랜 시간 힘들게 흘린 땀 냄새가 확연히 느껴졌어요. 그래서 어머니 사진을 둘러보는 내내 작가에게 박수를 치고 싶었어요. 전혀 모르는 사람인 것처럼."

"고맙습니다. 이해해 주셔서."

"단순히 삶의 질곡과 애환을 담는 것으로 그친 게 아니라 한 인간의 삶에 대해 진실하고 따뜻한 눈으로 다가선 작가가 그냥 고맙고 감사하다는 생각뿐이었어요. 제가 태백의 어머니 사진 앞에서 눈물을 흘린 게 그런 이유였어요. 따가운 눈으로 모든 어머니들을 둘러보면서…… 오 년 전 사북 사진 앞에서 가졌던 제 마음을 확인했어요. 그래서……."

"……."

"이런 눈과 가슴을 지닌 사람 한 명쯤 가슴에 품고 살아도 좋겠다는 생각으로 오늘 사북을 떠나왔답니다."

민이 벗었던 방풍 재킷을 몸에 걸쳤다. 삼월 중순, 오후였다. 봄볕에 힘이 풀리면서 날씨가 제법 쌀쌀해지고 있었다. 나는 보온물통의 물 한 잔을 따라 민에게 건넸다. 한기보다 갈증이 더 심했을 것이다.

"한 가지 궁금한 게 있어요."

민이 한 모금씩 목을 축이는 모습을 지켜보면서 내가 물었다.

"가을에 인사동에서……."

"네."

"목숨보다 소중하다고 말했던 그 책……."

"아, 헤세의 나비."

"예. 헤세의 나비. 그 나비에 대해서 말해줄 수 있는지요."

7

산호랑나비

원주 변두리의 모텔에 들어간 것은 거돈사지 느티나무 그림자가 나무의 높이만큼 키를 늘렸을 무렵이었다. 절터를 둘러보는 동안, 시나브로 봄바람에 젖은 몸이 살얼음이 깔린 듯 버석거렸다. 따뜻한 곳에서 잠깐이라도 휴식이 필요했다. 시간을 확인하며 시내 쪽으로 들어가던 중이었다. 저만치 모텔이 보였다. 거돈사지를 선택한 것처럼 나는 차를 몰아 모텔 주차장에 들어섰고, 인사동에서처럼 민이 조용히 출입문을 열었다.

침대 쿠션에 기대고 앉아 민은 차분한 목소리로 말을 이어갔다. 조금 전 거돈사지 평석에 앉아서 말하던 그 목소리의 깊이와 폭과 속도로. 마치 거돈사지에서 벗어나 다른 공간으로 이동한 것 외엔 달라진 게 없다는 것처럼.

"그 책, 그 나비…… 제 인생을 바꾼 나비였어요."

나는 배낭 속의 나비를 떠올리며 잠자코 들었다. 민과 마찬가지로 옷 벗을 생각은 하지 않은 채.

"사연이 깊은 책이어요. 가을에도 잠깐 말씀드렸지만, 초등학교 때 담임 선생님께 선물 받은 책인데…….”

“오래전 일인데 또렷하게 기억하는 것으로 보아 특별한 선물이었나 봐요.”

“네. 이야기가 좀 길어질 수 있는데, 연수 시간이…….”

“조금 늦어도 괜찮습니다.”

“초등학교 육 학년 때, 담임 선생님께서 곤충 채집 숙제를 냈어요. 사택촌 아이들이 석탄으로 뒤덮인 산을 오르내리고도 대부분 숙제를 하지 못했는데 저는 쉽게 해결했어요.”

“어떻게?”

“어머니 덕분이었죠. 어머니께서…… 투명 비닐로 덮인 상자를 주셨는데 그 상자 안에 나비 표본이 열다섯 마리나 담겨 있었어요. 어머니께서 꽃을 좋아해 장독대…… 세 개뿐인 장독 곁에 작은 꽃밭을 만들었는데, 그 꽃에 날아든 나비를 채집하신 거죠. 나비 표본을 보신 선생님께서 책 한 권을 선물해 주셨어요. 어머니의…… 정성에 감탄하시며. 헤르만 헤세의 나비. 바로 그 책이랍니다.”

“…….”

민의 목소리가 젖어 있었다. 나는 알았다. 초등학교를 입에 문 다음부터 젖기 시작한 것을. 어머니와 장독대에서 민이 입술을 깨문 채 흐느낀 것을. 물 한 컵을 나눠 마신 뒤, 나는 민의 손을 가볍게 움켜쥐고 나란히 침대에 누웠다. 그리고 숨 죽여 기다렸다. 이제 막 봇물처럼 터져 나오기 시작한, 민의 내면에 고여 있는 기억의 분수를. 민은 기억의 밑바닥이 드러날 때까지 분수를 멈추지 않을 것이다. 나는 잠자코 듣고만 있으면 되었다. 그렇게 하는 것이 내가 할 수 있는 최선의 선택이라는 듯이.

"막장에서 돌아온 어머니가 몸을 닦으려 옷을 벗으면, 달려가서 가슴과 배에 손가락으로 마구 낙서를 하고 놀았어요. 그땐 종이도, 크레파스도 귀했거든요. 다른 놀이기구도 없고. 사택촌 아이들 모두 사정이 같았어요. 어머니의 가슴은 스케치북이었고, 몸에 달라붙은 석탄가루는 크레파스였지요. 참 어이없는 일이지만, 어머니가 막장에서 죽어가는 줄도 모르고 어머니 가슴에 낙서처럼 그린 나비가 제주호랑나비를 닮았던 것은 제가 일산에서 본격적으로 나비를 그리기 시작한 뒤에야 알았어요. 그땐 아무렇게나 나비를 그려도 검은 줄무늬가 선명한 제주호랑나비가 되었던 거죠. …….. 추상화를 전공하고 대학 졸업할 즈음, 보관하고 있던 헤세의 나비를 우연히 읽게 되었어요. 어릴 땐 나비 그림만 보고 글의 내용은 어려워 다 읽지 않았는데, 어느 순간부턴가 글이 눈에 들어왔어요. 그 글의 일부는 지금도 외우고 있답니다. 나비는 인간의 상상에서뿐만 아니라 예술가나 철학자, 과학자들의 활동에서도 매혹의 대상이 되어왔다……. 나비는 우아함과 사랑의 상징으로 나타났는데……. 헤세의 나비를 다시 읽은 뒤부터 나비를 찾아 다녔어요. 어린 시절 장독대를 돌며 그랬던 것처럼. 나비를 그리고, 채집하고, 표본을 만들고. 말하자면 어머니와 헤세의 나비 때문이었어요. 지금까지 제 곁에 나비가 남아있는 것은. 오늘 보시게 되겠지만, 제 몸은 여러 마리의 나비를 숨겨 두고 있답니다. 마치 나비의 방처럼. 모든 것을 버리고 집을 떠나 그 나비와 함께 지금까지 살아왔고, 앞으로도 그 나비와 더불어……."

끝이 보이지 않는 이야기를 스스로 잘라 내고 민은 시트를 끌어 올려 얼굴을 묻었다. 나는 조심스럽게 침대에서 일어나 차탁으로 옮겨 앉았다.

"너무 늦는 건 아닌지요?"

"괜찮습니다."

"2박 3일이라고 하셨죠?"

"예."

샤워를 마치고 민과 침대에 누운 게 오후 세 시 오십 분이었다. 힐러 연수 접수를 마치고 오리엔테이션을 시작할 시간이었다.

지금 출발하면 천천히 가도 늦지 않을 거예요. 일찍 도착해서 숲 명상 길도 한번 걸어 보시고…….

오늘 아침에 아내가 늦지 않을 거라며 안심한 시간에서 서너 시간이 훌쩍 지나갔다.

"잠깐만, 휴대폰 좀 확인할게요."

무음으로 둔 휴대폰을 열었다. 부재중 통화가 두 번 찍혀 있었다. 고종사촌 용주 형이었다. 그러고 보니 섬을 다녀와 전화한다는 약속을 깜빡했다. 형, 나중에 전화할게. 문자를 찍고 휴대폰 전원을 꺼 버렸다. 촉촉이 젖어 있는 민의 말을 듣는 중간중간 휴대폰을 만지면서 공연히 마음이 쫓겼다. 민도 나도 마음이 좀 가벼워지는 게 좋을 것 같았다.

“퀴즈 하나 낼게요.”

“어려운 건 아니죠?”

“물론입니다.”

민이 내 입술에 가볍게 입술을 대었다 뗐다. 낯익은 냄새가 풍겼다. 주문도의 바람 냄새 같기도 하고 인사동의 이슬차 향 같기도 했다.

“우리나라에 특별한 다리 이름이 있는데, 맞추면 그 다리 이름만큼 특별한 선물을 드립니다.”

“좋아요.”

“문제는 한 번만 들려드립니다. 광속으로. 하하.”

“넵, 준비됐습니다.”

“강원도 태백산 어느 마을에 카지노가 있습니다. 그 마을에 있는 다리 이름은? 힌트, 네 글자이고 사람의 눈과 밀접한 관계가 있습니다. 무엇일까요?”

“카지노는 사북에 있는데…… 네 글자 다리라면, 안경다리?”

“네. 맞았습니다. 동원 탄좌 입구에 있는 태백선 철길 아래의 다리.”

“아니, 민우 씨가 그걸 어떻게, 읍…….”

나는 내 입술에 남아 있던 민의 입술을 돌려주었다.

“사실은 제가 사북을 열 번 넘게 다녀왔답니다. 이십오륙 년 전부터. 놀라셨죠?"

"정말요?"

"지난 해 겨울엔 구절리에서 묵었고요."

"네. 그런데 이십오륙 년 전이라면…… 제가 중학교 다닐 때?"

"아마 그즈음일 거예요. 정부가 석탄산업합리화 정책을 발표하고 폐광될 시기였으니까. 그때, 안경다리 근처에서 한번 쯤 마주치지 않았을까, 하는 우연을 상상하고 있었답니다."

"정말 그럴 수 있겠어요. 우연히……."

"그때 혹시, 멋진 대학생에게 오빠, 오빠하고 따라다니지 않았나요? 그게 나였을 텐데. 하하."

"안경다리에서 거의 매일 부모님을 기다렸는데, 읍……."

"제 선물은 마음에 드셨는지요."

나는 거짓말을 했다. 선물은 입술이 아니다. 배낭 속에 숨겨져 있다. 아직 그것을 꺼낼 때가 아니다. 종자산 숲으로 떠나면서 전해줄 생각이다.

다음 사진전 때 만나요. 헤어지면서 민은 틀림없이 그 말을 할 것이다. 다음 사진전이라면, 여인숙 다큐작업이었다. 촬영이 어려운데다 아내와의 갈등이 증폭되고 있으므로 언제 종지부를 찍을지 알 수 없었다. 게다가 민의 약속 또한 불확실한 것이어서 나는 처음부터 작별 인사 대신 슬그머니 헤세의 나비를 건넬 계획이었다.

나는 이미 민의 마음을 읽고 있었다. 민의 장황한 고백을 미안한 마음으로 경청하는 동안. 오늘 이후, 민은 오랫동안 나를 떠날 것이다. 잃어버린 나비를 찾아서. 어쩌면 완전히 자취를 감춰 버릴지도 모른다. 민이 자신의 생을 위해 불가피하게 선택했을 사북. 이 년 반 동안 사람의 말을 하지 못하고 홀로 견딘 민. 지금 당장은 사람이, 사람의 말이 필요하지만 민은 곧 그보다 더 소중한 게 나비라는 것을 알게 될 것이다. 나비를 찾아 세상을 떠도는 것, 그래야만 자신이 살아갈 수 있다는 것을. 나비를 다시 가슴에 품는 것, 그것만이 자신의 유일한 존재 이유라는 것을 민은 어렵지 않게 깨우칠 것이다.

나는 민을 가슴 깊숙이 안았다. 너무 오래 기다렸다는 듯이 민은 온몸으로 나를 조여 왔다. 나도, 민도 누가 먼저랄 것 없이 격렬하게 반응했다. 모든 실핏줄 속의 피가 몸의 낮고 깊숙한 곳으로 흘러들어 단단하고 뜨겁게 끓어올랐다. 들끓는 내 살 끝이 민의 어딘가에 닿을 때마다 민의 몸은 스프링처럼 튕겼다.

"악, 아악!"

흡사 요가의 한 자세처럼 민은 허리를 활처럼 휘어 나를 들어올렸다. 상상할 수 없는 힘과 유연성이었다. 허리가 출렁일 때마다 민은 교성을 내질렀다. 그것은 흔히 들어왔던 교성이 아니었다. 견디기 힘든 통증이나 희열의 정점에서 터져 나올법한 비명이었다. 지금까지 경험하지 못한, 칼날처럼 번득이고 송곳처럼 날카로운 교성으로 나는 귀가 먹먹했다.

"뒤로 해줘요."

체위를 바꾼 민의 교성은 가라앉을 줄을 몰랐다. 그것은 아주 오래전부터 습관처럼 익숙해진, 그녀만이 소유한 쾌락의 출입문 같았다. 그 문을 열기가 무섭게 그녀는 자신의 모든 것을 쏟아붓는 것처럼 교성을 쏟았다.

이런 씨팔, 조용히 좀 합시다!

당장이라도 옆방에서 육두문자를 쏟아낼 것 같은 두려움이 일던 순간이었다.

"읍, 으으으."

민이 돌아누우며 손으로 자신의 입을 가렸다. 나는 민의 손을 떼어내며 발가락에 힘을 주었다.

"괜찮아요. 참지 마세요."

민의 허리가 또 한 번 천장으로 튕겼다 떨어졌다. 고장 난 시소를 타듯 민의 몸 위에서 내 몸이 막무가내로 흔들리던 어느 순간, 비명보다 날카로운 교성이 민과 내 몸을 휘감고 바닥으로 내던졌다.

남편이 가슴의 나비를 발견한 얼마 뒤, 제 방이 깨끗이 비워졌어요.

조금 전, 민의 몸속으로 들어가기 전이었다. 민은 내게 고해성사를 하듯 속삭였다. 자신의 왼쪽 가슴을 열고, 앙가슴의 깊은 골짜기로부터 왼쪽 가슴의 정상을 향해 날아오르는 나비 떼를 보여주면서. 나는 소리를 죽여 가슴의 나비를 세어 보았다. 나비는 앞 나비의 날개에 절반이 가린 것까지 모두 다섯 마리였다. 그 나비 때문에, 민의 몸속을 빠져나올 때까지 나는 차마 가슴을 움켜쥘 수가 없었다.

"저 때문에 당황하셨죠?"

몸을 닦고 누우면서 민이 꺼낸 첫 마디였다.

"아뇨, 전혀."

나는 전혀 당황하지 않은 게 진심인 것처럼 손사래를 쳤다.

"제가 좀 이상하죠."

웬일인지 민의 말끝에 힘이 풀렸다. 눈이 토끼눈처럼 붉었다.

"아무렇지도 않았어요."

"…… 남편이 요구했어요. 수치심을 느낄 만큼 견딜 수 없는 체위를. 가슴의 나비를 보고 싶지 않다며. 처음엔 한 마리뿐이었는데…… 종종 둔부를 때리기도 하면서 반응을 보이라고 윽박질렀어요. 대학 교수라고는 도저히 믿어지지 않을 만큼 저속하고 비열한 말을 뱉어내곤 했어요."

나는 침대 멀리 던져 둔 시트를 들고 와 민을 덮어주었다. 아직 풀어내지 못한 이야기가 남은 것 같았다.

"제 방에 나비가 날아다니고, 나비 타투가 늘어나면서 남편은 더욱 거칠어졌어요. 나비 타투의 의미를 남편은 방만한 성적 자유 정도로만 여겼던 것 같아요. 희미하게 남은 이 팔뚝의 흉터 보이시죠? 사북 시절, 장독대의 나비를 보면서 사금파리로 새겼던 흔적이에요. 그땐 나비가 예뻤고, 몸에 지니고 싶었고, 그래서 아픔을 참아가며 아무 생각 없이 새겼던 것인데. 남편은 그 흉터부터 시비를 걸었어요. 무서운 피학성을 숨겨 둔 여자라며. 헤세의 나비를 다시 읽은 어느 날이었어요. 초등학교 선생님과 어머니를 떠올리며 눈에 잘 띄지 않는 둔부에 나비 타투를 새겼는데, 나비를 손바닥으로 내리쳤을 뿐 아내의 어린 시절 향수 따위를 남편은 처음부터 이해할 생각이 없었어요. 나를 위해, 남편을 위해 모욕을 참아가며 헤세의 나비를 몇 번씩 권했지만…… 끝내 겉표지조차 펼쳐보지 않았어요. 그런 식의 모욕을 남편은 주도면밀하게 늘려갔어요. 나비 그림 전시장에 친구들을 불러와 빠삐용 영화 얘기로 소란을 피우고 돌아가는가 하면……."

민은 울고 있었다. 소리와 떨림이 없이, 고요히. 마음을 다스리기 위해 명상을 하는 어느 순간, 무엇인가를 깨우친 사람처럼. 나는 눈을 감았다. 암실의 어둠 속에서 흑백 필름에 품고 온 세상을 들여다보듯 민의 과거를 떠올렸다. 석탄가루 같은 시꺼먼 눈이 쌓인 사북의 안경다리 밑에서 입김으로 언 손을 녹이며 어머니를 기다리는 민이 보였다. 장독대 뒤에 숨어 나비를 기다리던 민이 끝내 나비를 놓치고 어머니의 앙가슴에 그려놓은 제주호랑나비도 보였다. 그 중 한 마리가 주황색 암등 불빛을 향해 조용히 날아올랐다.

"나비 그림을 그리면서 남편 때문에, 나비 때문에 슬퍼지는 날, 견딜 수 없는 날, 가슴에 한 마리씩 나비를 품기 시작했어요."

어둠 속으로 날아오른 나비가 완전히 자취를 감출 무렵, 나는 눈을 떴다. 시트로 반쯤 덮여 있는 민의 가슴에 조금 전 사라졌던 제주호랑나비가 막 내려앉고 있었다.

"나비의 방을 잃지 않기 위해 모든 걸 참았어요. 나비의 방만큼은 지켜내기 위해…… 법도 외면하면서 견딜 때까지 견뎌보겠다며 십여 년을 지냈는데…… 저도 모르게 제 몸이 남편의 가학에 익숙해진 것 같아요. 일산을 떠나 혼자 지내며 어쩌다 옷을 벗으면, 제 몸 속에 감춰져 있던 어떤 동물적인 반응이 정체를 드러내는 것 같아 두렵기도 하고…… 어쩌면 처음부터 제가 그런 여자였는지도 모르지만, 남편의 가학과 제 자신의 피학에 익숙해진 듯, 그 고통을 즐기는 듯 제 뜻과는 상관없이 어느 순간 몸이 폭발적인 반응을 보였어요. 누군가를 만나서, 그 누군가로부터 고통을 구걸이라도 하지 않으면 견딜 수가 없는 것처럼……."

울음을 그친 민은 목소리를 낮게 가라앉혔다. 더는 입 밖으로 소리가 나오지 못할 만큼 깊숙한 바닥까지 목소리는 가라앉았다. 내게 오랫동안 전송한, 간결하고 명료한 문자처럼 마지막 목소리에 실린 민의 감정은 살얼음처럼 맑고 차가웠다.

그런데…… 오늘 민이 누군가에게 고통을 구걸했다면, 그 대상이 나였다면, 내가 민에게 안긴 고통의 정체는 무엇일까. 가슴의 나비를 감추기 위해 체위를 바꾼 것도, 비명보다 날카로운 교성을 쏟아낸 것도, 부실한 내 몸을 탐닉하는 듯 격렬하게 반응한 것 모두가 고통을 구걸하는 행위였다면……. 지금까지 경험하지 못한 자괴감이 내 머릿속을 터뜨릴 듯 들어찼다.

"잠깐만 기다리세요."

호흡을 가다듬고, 나는 머리를 털며 일어섰다. 민의 눈물 자국을 닦아준 다음 배낭을 열었다.

숲으로 떠날 시간이었다. 나와 민, 둘 다 맑은 시간, 맑은 공간이 필요했다. 헤세의 나비를 전해주면 탁한 감정의 얼룩이 조금은 지워질 수 있을 것이다. 이미 각인된 삶의 흉터들이 완전히 사라질 수는 없겠지만.

사북으로 다시 돌아간 뒤 민은 나비를 찾아 떠날 것이다. 장독대의 개나리가 피었고, 이제 나비가 날기 시작하는 봄이므로. 무겁고 급하게 걸었던 자신의 겨울을 떨치고 가볍고 느린 걸음으로 봄을 향해 걸어갈 것이다. 흡사 내 생에 더 이상 비울 것도, 지켜야할 무엇도 없는 사람처럼, 느리고 가벼운 자신을 다독이며. 숲으로 들어갈 나 역시 머잖아 숲 밖의 길을 따라 걸음을 뗄 것이다. 호수여인숙과 청량리를 다녀온 것보다는 천천히, 느긋하게. 역마의 고삐를 다잡아 섬이나 오지의 길을 걸으며 봄바람 같은 상쾌한 순간을 새새틈틈 즐길 것이다. 비록 민과 멀리 떨어진 시간과 공간을 걷는다 해도, 그러면 되었다. 민도, 나도 그런 희망이 필요하지 않겠는가. 지금이 바로 그 순간 아니겠는가. 움직이는 수도원 이 교수의 말대로, 아까도 아니고 이따가도 아닌 지금, 바로 여기에.

"안경다리 퀴즈 맞추면 특별한 선물 드린다고 했죠?"

나는 헤세의 나비를 허리 뒤에 감춘 채 민의 손을 잡았다. 손이 이렇게 가냘팠던가. 민의 손이 낯설게 느껴져 하마터면 놓칠 뻔했다.

"이제 선물 증정할 시간입니다."

"이미 받았는걸요."

"이번이 진짜 선물입니다."

"설마, 또…… 어머! 이건?"

"나비입니다. 헤세의 나비."

지난가을, 인사동에서 헤어진 뒤 알라딘 중고 사이트에 예약 주문하여 넉 달을 기다린 끝에 구했다는 말부터 나비의 속을 열어 나비 그림을 설명할 때까지 민은 아무 말도 못했다. 그저 놀랍고 기쁘다는 표정으로 나와 나비를 번갈아 바라볼 뿐.

"이것, 혹시, 그 책 아닐까요? 일산에서 잃어버렸다는."

"표지 상태는 비슷하지만……."

"확인 할 수 있겠어요?"

"그럼요. 금방 확인할 수 있어요."

"어떻게?"

"71쪽, 거길 보면 알 수 있어요."

"아, 여기?"

나는 71쪽을 민에게 펼쳐보였다. 민이 놀란 눈으로 나비를 끌어당겼다.

"산호랑나비! 아직 살아있었군요."

"살아있어요?"

"예, 살아있어요. 불행 중 다행인지, 그 반대인지. 어쨌든 제가 잃어버린 책은 아니어요."

"그걸 어떻게 알죠?"

"제 가슴을 보세요."

민이 시트를 걷고 가슴을 보여주었다. 가슴 정상으로 막 날아오르는 나비 떼가 보였다. 민이 그 나비 가운데 맨 앞의 나비 곁에 산호랑나비 그림을 대면서 웃었다.

"둘이 똑같죠? 후훗."

"아, 그렇군요. 닮았어요."

"제가 잃어버린 나비엔 71쪽이 없어요. 왜 그런 줄 아세요?"

"……?"

"이 나비 타투를 새길 때 뜯어갔거든요. 같은 색, 같은 무늬로 새기려고."

"아, 그러면 어머니의 가슴에 그렸다던 그 제주호랑나비?"

"네. 거의 비슷한 모습이어요. 헤세의 나비엔 제주호랑나비가 없기에 그것으로 대신…… 생각이 짧아 산호랑나비를 제가 죽인 셈이죠."

"아……."

"산호랑나비, 102쪽에도 있을 거예요. 열어보세요."

상처와 눈물을 품은 손들은 왜 한결같이 아름다울까. 꼭 그래야만 하는 필연이 있는 걸까.

차를 몰고 원주 시외버스터미널에 돌아올 때까지 나는 민의 손을 힐끔거렸다. 민은 가슴에 나비를 품은 채 잠들어 있었다. 십여 분 남짓한 거리인데 민의 잠은 한밤중처럼 깊었다. 나는 앞을 살

피며 민의 손등을 살그머니 감싸 쥐었다.

이 년인지, 삼 년인지 모르겠어요.

구절리에서 옷을 벗지 않은 채 밤을 새운 것은 양 원장의 말 때문이 아니었다. 말끝에 가늘게 떨리던 그녀의 손 때문이었다. 민박집 창밖은 박명이었다. 기억도 못할 만큼 오랜만에 남자 곁에 누운 그녀가 머리카락을 매만지려고 허공에 손을 뻗쳐 올렸을 때, 한 순간 실루엣으로 드러난 그녀의 손은 매혹적이었다. 가늘고 길게 흐르는 손가락의 윤곽은 매혹을 넘어서 차라리 고혹적이었다. 영하 십오 도의 태백산만 아니었으면, 창문을 뜯어 발길 듯한 바람만 없었으면, 나는 그 손의 실루엣을 필름에 담았을 것이다. 양 원장을 영원히 내 곁에 머물게 할 수 있는, 그 결정적 순간을 놓치고 나는 후회했다. 가냘프고 차가운 손가락을 보듬은 채, 부실한 남자를 굳이 죽여가면서. 그런데 구절리에서 내려온 뒤 잊고 지냈던 그 실루엣의 윤곽을 오늘 민의 손가락에서 발견한 것이다.

상처와 눈물은 아름다운 손을 위한 필요조건일까. 그 상처와 눈물의 잎자루가 떨어진 뒤, 그 자리에 피어날 자유라는 이름의 꽃, 그 꽃에 날아들 나비. 그런 희망을 품었기에 저토록 민의 손이 아름다운 것일까. 지금 당장 자신을 비우고, 머지않아 비운 만큼 채워질 그 무엇이 민이 꿈꾸는 행복이라면…… 지금 나의 손은 너무 투박하기만 하다. 마디가 짧고 매듭이 굵어 보기 흉한, 행복과는 거리가 먼 손가락이다.

철거민에서 이젠 여인숙이에요? 이제 그만 집착을 버리세요. 그만큼 손에 쥐었으면 비우고 살 때도 되었잖아요.

아내는 나의 미래를 일찌감치 예견하고 있었던 게 틀림없다. 내 손이 욕망의 수갑에서 결코 벗어날 수 없다는 것을. 그리하여 내 손이 이토록 투박한 것을. 툭툭 불거진 나의 손가락이 보기 흉하다며 아내가 끼워준 은반지. 내 의지로는 도저히 풀어낼 수 없는 사랑의 상징물. 그것은 남편의 욕망과 유랑을 견디지 못한, 사랑의 옷을 입은 아내의 환멸은 아닐까.

"터미널인가 봐요."

"깼군요."

"죄송해요."

"잠이 깊어서 차를 세우고 기다렸어요."

"요즘 마당에 꽃밭을 만들면서 피로가 쌓였어요."

차에서 내리며 민이 나비를 어루만졌다.

"선물, 고마워요."

"버스 떠날 때까지 기다릴게요."

다섯 시 오십 분 차였다. 십 분 가량 남아 있었다. 평일 오후라서 그런지 대합실이 비교적 한산했다. 혼자 앉아있을 민이 쓸쓸함을 느낄 만큼.

"이젠 숲으로 가세요. 많이 늦으셨는데."

민이 한 손을 내밀어 내 손을 잡았다. 민의 가슴에서 나비가 꿈틀거렸다.

"숲을 다녀오면 또 떠나시겠죠?"

"예. 며칠 일하다가."

"어디로?"

"바다의 섬은 다녀왔으니까 육지의 섬을 둘러볼 예정입니다."

"제가 한 말씀 드려도 될런지요."

"예."

"저처럼 아끼는 방을 지녔을 줄 알아요. 상처받지 않고 언제든 자유롭게 떠날 수 있도록…… 조금씩 비우셨으면 좋겠어요."

민의 목소리에서 돌연 아내가 보였다. 나는 대답 대신 민의 손가락을 내려다보았다. 내 손가락에 끼어있는 커플 은반지가 보이지 않았다.

"이번에 힐러 연수는 앞으로의 작업을 위해서도 도움이 될 것 같아요."

다시 아내의 목소리가 들렸다.

당신, 힐러가 되어 함께 늙어 가면 행복할 것 같아요.

아내와 사진과 유랑의 벽으로 겹겹 둘러싸인 나의 방. 언젠가 그 방을 탈출하기 위해 암중모색 중인 비상구. 힐러는 언제든 집을 떠나고 마음껏 셔터를 누를 수 있는 유일한 비상구일지 모른다. 섬을 떠도는 동안 그 생각을 곱씹으며 아내의 말을 따르기로 작정했다. 섬 여행의 피로가 풀리기도 전에 왕복 천리 길을 흔쾌히 나선 것은 그런 이유 때문이었다. 그 비상구를 민이 어떻게 발견했을까.

"다음 전시 때 뵐게요."

민이 나비와 손을 흔들었다. 나는 은반지를 낀 손으로 답례를 했다.

"너무 무리하지 말고 쉬면서 일 하세요."

"네."

"이제 봄이니까 꽃밭 흉내만 내도 나비가 날아들 겁니다."

"네. 숲에서 길 잃지 마세요."

곧장 영동고속도로와 중부내륙고속도로를 번갈아 타고 한 시간 남짓 달리면 종자산 숲에 닿을 것이었다. 연수 오리엔테이션이 끝나고 저녁 식사 시간이었다.

나는 고속도로 입구 갓길에 차를 세웠다. 시간에 쫓길 필요가 없었다. 습관처럼 곁에 놓아둔 카메라를 열고 필름을 꺼냈다. 당분간 공 필름으로 길을 떠날까 싶었다. 욕심을 버리고 필름 없이 셔터를 누르라는 아주 오래전의 가르침대로 해볼 생각이었다. 그게 아니면 거돈사지에서 단 한 컷도 찍지 않은 것처럼 셔터를 누르지 않고 견디든가. 둘 다 가능한 일이었다. 그러면 나의 방에 내 키만큼 쌓인 필름들, 나의 나비라고 불러도 좋을 흑백 필름의 무게가 더는 무거워지지 않을 테니까. 어쩌면 조금씩 가벼워질 수도 있을 테니까. 그러면 오늘보다는 내가 조금 더 자유로워질 것이고…….

홀로 길을 떠나야 당신을 만날 수 있습니다.

나는 주문도 바람에 날려 보낸 사진 에세이를 떠올리며 시동을 걸었다. 그런데…… 깜박 잊은 게 있었다. 따뜻한 보금자리를 찾아 바다를 건너 날아가는 나비. 민에게 그 나비 이름을 묻지 않았다. 그 나비, 제주왕나비 맞죠? 헤어지기 전에 확인했어야 하는데.

나는 민에게 문자를 찍을까하다가 휴대폰 번호를 눌렀다. 직접 통화하고 싶었다.

지금 거신 번호는 없는 번호입니다. 다시 확인하신 후 걸어 주십시오.

이상하다. 아침에도 통화를 했는데. 민의 번호를 확인하고 한 번 더 눌렀다. 같은 메시지가 나왔다. 그러고 보니 오늘 나와 함께 있는 동안 민이 휴대폰을 열어본 적이 없었다.

나는 내 문자를 받을 수 없는 사람, 지금쯤 아바나의 해안가를 걷고 있을 양 원장의 번호를 찍었다.

지금 거신 번호는 없는 번호…….

민과 같은 메시지였다. 양 원장이 지난해 쿠바로 떠나면서 통화를 정지시킨 휴대폰 메시지였다.

8

낙죽烙竹

빈틈이 없었다. 출입구 문틀 위를 포함해서 모든 벽에 인두화가 빼곡하게 걸려 있었다. 인두화 벽지. 공방 내부를 휘둘러보면서 나는 인두화 벽지를 떠올렸다. 취향이 특이한 집 주인이 인두화로 도배를……. 쓴 웃음이 나왔다.

어떻게 이 많은 것을 이루었을까.

확장 개업한 형수의 공방을 둘러보던 나를 놀라게 한 것은 인두화 작품이 아니었다. 찾아보기 힘든 빈틈이었다. 처음부터 작품을 배치할 밑그림을 그린 뒤 차례로 제작하고 걸어 둔 것일까. 그 구성과 기획의 치밀함에 저절로 감탄사가 나왔다. 마치 전후좌우 자음과 모음의 빈틈을 채우며 글씨를 쓰는 어느 서예가의 작품처럼 의도적으로 인두화 재료의 요철에 맞추어 작품을 제작한 것 같은 솜씨라니. 결코 하루아침에 이루어질 수 없는 이 광경이 누구라도 놀랍지 않겠는가.

언뜻 보면 인두화의 박물관 같은 풍경. 그러나…… 이것은 아니다.

나는 상기된 가슴을 진정시키며 중얼거렸다. 이 박물관을 유지, 보수하는 데 종속된 삶. 그것은 다름 아니라 아내가 나에게 수없이 경계의 메시지를 보낸 집착과 욕망이었다. 적당히 비우고, 적당히 모자라는 삶의 대각선에 놓인, 어느덧 낯설게 여겨지는 삶. 형수의 삶이란 손에 쥔 것을 한 번도 풀어버린 적이 없는 그것이었다. 나는 그렇게 생각했다. 그동안 박물관 건립에 쏟아 부었을 땀과 시간은 상관하지 않고.

기회가 닿으면 형수에게 수와 양 원장을 소개시켜줄까. 아니면, 형과 함께 티베트나 쿠바 여행을 다녀오도록 권해 볼까.

나는 현실성이 거의 없는 상상을 하면서 『한 혁명의 일기』를 떠올렸다.

쿠바처럼 과거의 삶을 혁명하고 자유를 찾으세요.

양 원장이 알베르토 코르다의 사진집 속지에 적어둔 문장, 그 문장을 형수에게 그대로 들려주고 싶었다. 내게 만약 그런 기회가 주어진다면 나는 기꺼이 그럴 것이다. 그러나 기껏해야 이삼 년에 한두 번 들리는 공방이고 거의 만날 일이 없는 형수였다. 형수가 누군가. 풍문으로 들리는 말조차 삶에 빈틈이 없는 여자다. 그런데 과연 내게 그런 기회가 주어질까. 아내가 배낭을 싼 뒤부터 십 년 넘게 남남처럼 지내는 나에게?

나는 고개를 털고 공방을 둘러보았다. 정교하게 조립된 나무토막에 놀란 마음이 어느 정도 진정된 듯싶었다. 비로소 하나둘 작품이 보였다. 새떼, 국화밭, 백장미, 수원화성, 겨울 산사, 세한도,

민화, 소나무숲, 백발과 주름살의 노인……. 나는 공방 벽의 수평으로 휘두르던 눈길을 돌려 수직 방향으로 천천히 훑어보았다. 마치 MRI 촬영을 하듯 한 줄씩 잘라나가며.

그런데 이상한 일이었다. 두 번째 둘러보면서 인두화 작품에 어떤 특별한 것이 느껴졌다. 두어 걸음 물러나서 저만치 인두화를 바라보자니 억지로 빈틈을 채우듯 무질서하게 걸어둔 게 아니었다. 분명히 그랬다. 내가 세 차례 사진전에 심혈을 기울였던 출품작 주제의 일관성과 스토리가 담긴 작품 구성. 바로 그것이었다.

우선 모든 작품에 글씨가 없었다. 성경 구절이나 격언 같은 글이 전혀 보이지 않았다. 오로지 풍경과 인물뿐이었다. 그것도 흔히 볼 수 있는 호랑이나 연예인, 모녀상 같은 게 아니었다. 대부분 세밀화와 같은 고난이도의 작품이었다. 타고난 손재주와 미적 감각의 소유자라도 집중력과 인내심이 부족한 취미인으로선 애초부터 불가능한 작품이었다. 게다가 몇몇 작품은 엇비슷한 대상을 담아놓은 연작이었다. 다르면서도 같고, 같으면서도 다른 작품들. 소나무숲이며 수원화성, 국화와 장미 꽃밭, 새떼와 민화, 겨울 산사가 그랬다. 특히 아침 안개에 잠긴 소나무숲 대작은 사진 쪽에선 인구에 회자될 만큼 유명한 소나무 사진을 연상케 했다.

그런데…… 대나무로도 인두화를 할 수 있다니.

내가 두 번째 의아하게 여긴 것은 대나무 작품이었다. 출입구 맞은편, 공방 안쪽 벽면은 대나무 인두화가 거의 차지한 상태였다. 살이 얇은 대나무에 불 인두로 새길 수 있다니. 작품 앞에 서서 바라보다가 한 작품에 손을 대려는 순간이었다.

"민우야, 일찍 왔나보다."

깜짝 놀라서 돌아보았다. 용주 형이었다. 언제부터 등 뒤에 서 있었는지 전혀 인기척을 못 느꼈다.

"섬은 잘 다녀오고?"

"추워서 얼다 왔어."

"통화 안 되어 섬에 파묻힌 줄 알았다."

"미안해, 형. 전화한다는 게 깜빡했어."

정말 깜빡했다. 섬에서 한 번, 원주에서 한 번. 형의 문자를 그대로 흘려보냈다.

"섬에서 언제 나왔어?"

"지난주에. 나오자마자 강원도 홍천 다녀왔어."

"홍천? 홍천엔 왜?"

"힐러 자격연수."

"제수씨랑?"

"아니, 혼자. 그런데 형 얼굴이 많이 야위었네."

"요즘 좀 바빴어. 강좌에 쫓기고, 공방 이사하고."

형 말대로 감당하기 힘든 일에 쫓긴 얼굴이었다. 그러잖아도 빠르고 날카롭게 보였던 하관이 아예 예각처럼 날이 서 있었다. 눈빛도 백내장 환자처럼 흐릿했다. 짧은 순간이었지만 형의 근황이 한눈에 들어왔다. 의기투합해서 함께 세상을 떠돌 때의 그 여유와 활기를 찾아볼 수 없는 얼굴이었다. 세상을 다 가진 것처럼 치기만만했던 삼십 대. 카메라를 목에 걸면 굶어도 배부르던 시절. 계란을 푼 라면 하나로 소주 다섯 병을 비우며 밤샘을 했던 여인숙. 그 여인숙을 휘젓고 춤을 추던 용주 형. 그 형이 아니었다. 하긴 흘러간 세월이 얼마인가. 일 년에 한 번 정도 바람처럼 스쳐 지나는 사이, 형과 나를 떠나 사라진 세월이 자그마치 십오 년이다.

"민우 씨, 잘 지내셨죠?"

"아, 형수님."

"오래 기다렸어요?"

"아뇨. 조금 전에 왔습니다. 공방 이전하느라 많이 바쁘셨죠?"

"정신없이 했는데도 아직 정리를 다 못했어요. 제대로 좀 해보려고 하는데 쉽지 않네요."

"작품이 상당히 많아요. 언제 이렇게 많은 작업을 하셨어요."

"두 번째 개인전을 준비하는 중인데, 전시 작품까지 걸어둬서 그런지 좁아서 넓혔는데 더 좁아진 것 같아요."

"형수님, 강의실도 멋집니다."

"자꾸 걱정만 늘어가요. 장사꾼 소릴 안 들으려면 제대로 해야 되고, 앞으로 전통공예 강의 공간도 더 필요할 것 같고."

"형수님."

"네?"

"엉뚱한 소리 같지만 작품을 두어 번 둘러보면서 형수님께 사과를 해야겠다는 생각을 했습니다."

"사과요? 저한테?"

형수가 놀랄 만도 했다. 내 입에서 사과를 한다는 말이 튀어나왔으니. 내가 먼저 사과를 하다니.

사과하세요. 사과하지 않으면 인연 끊고 살겠습니다. 아내가 새벽에 배낭을 싸서 집을 나갔을 때였다. 십오륙 년 전이었다. 형수가 아내를 불러 따졌다고 했다. 동서, 남편 단속 똑바로 해. 여인숙이든 매춘부든 사진 찍으려면 혼자서 하면 되지 왜 형을 끌고 다녀. 그게 무슨 동업할 사업이라도 된다고. 팔리지도 않는 사진 찍어서 돈 버리고, 성병으로 몸 버리는 일에 왜 남의 가정까지 끌고 들어가는 거냐고. 물귀신이라면 몽둥이로 때려잡기라도 하지. 형수가 아내에게 무자비하게 휘두른 폭언의 몽둥이질. 아내가 배낭을 싼 결정적인 이유였다. 상처투성이로 십 여일 만에 집으로 돌아온 아내에게 무릎을 꿇은 채 그 말을 전해들은 다음 날이었다. 형수에게 달려가 사과를 요구한 것은. 그러나 형수가 그 사과를 한 입도 베어 물기 전, 형의 카메라가 박살났다. 그것으로 형은 모든 것을 잃었다. 여인숙과 다큐 사진. 자유와 꿈. 신문사 사진부 기자를 하면서 지방대학 사진영상학과 출강을 했던 용주 형. 하루아침에 그 모두를 잃고 이미 한 차례 상처를 입었던 형이 카메라마저 잃은 텅 빈 영혼으로 지난 십오륙 년간 무사히 살아남았다는 게 나는 그저 놀랍고 고마웠다. 자신의 집이 완전히 사라지고 형수의 공방만 남은 오늘까지, 대체 형은 무엇으로 살아왔는지.

“민우 씨, 무슨 사과를 해요?”

“예, 형수님. 다른 게 아니라…… 그동안 생계유지를 위해 공예 공방을 운영했구나, 했던 제 속된 생각이 잘못되었다는 점, 우선 사과드립니다."

"어유, 그런 걸 뭘 사과씩이나. 밥그릇을 위한 직업, 그 말, 맞는 말이어요."

"그리고 인두화 작품으로 프로 정신을 보여주신 작가에게 감사드리고 싶습니다."

"민우 씨. 다른 사람도 아니고 새삼스럽게 그런 말을 해요."

"형수 님. 저기, 수원화성은 작업하는 데 얼마나 소요되죠?"

"꼬박 일주일 정도는 매달려야 해요. 소나무숲이나 겨울 도량 전경 같은 건 보름씩 잡고요. 둘 다 인두화로는 대작인 셈이죠."

"정말 고된 작업입니다. 한두 주일 내내 구부리고 불 인두 작업을 한다니."

"그래도 요즘은 버닝팬이 나와서 인두로 할 때보다는 작업이 수월해졌어요. 그 바람에 취미인들도 많이 늘어서 힘든 줄 모르고 해요."

"공방 운영에도 많이 도움이 되겠어요."

"그럼요. 요즘은 목공예협회 뿐만 아니라 버닝문화협회도 조직되었고, 코리아 아트패스트 같은 행사도 있고 해서 상당히 활성화되는 추세예요."

"아, 예. 그런데, 형. 두 분이 어디 다녀오시는 가 봐요."

"공공디자인 참가자 연수가 있었어."

"아, 형이 선정됐어?"

"내가 아니라 형수. 저쪽, 동사무소 다녀오는 길이야."

"그래서 문을 열어둔 채 갔구나."

"제가 구청에서 추진하는 공공디자인 프로젝트에 응모했는데 운 좋게 선정되었어요. 오늘은 용주 씨 작품도 설치하고 싶다는 제안서를 제출하고 왔어요. 결과가 어떨지 모르겠지만."

"아, 형수님. 잘 되었군요. 형, 공공디자인이라도 수익 사업으로 진행하는 거지?"

"수입은 무슨 수입. 거의 재능기부 수준이지."

"민우 씨. 형 성격 알죠? 오십을 넘겼는데도 세상 물정을 모르는 사람처럼 아직도 거저 퍼주는 식으로 살아요."

조금 전, 나의 사과에 놀라면서도 애써 담담하게 수용한 형수. 형수는 변한 게 없었다. 직설과 만연체. 어쩌다 마주할 때마다 형수의 시간은 십오륙 년 전으로 정지된 것 같았다. 형이 가정을 선택하고 사진을 포기한 그즈음부터 오늘까지. 나는 공방을 한 바퀴 둘러보았다. 인두화들이 네 벽을 따라서 형수의 만연체처럼 길게 늘어서 있었다. 시작도, 끝도 찾을 수가 없었다. 적당히 화제를 돌릴 필요가 있었다.

"그런데 형수님. 대나무 작품이 꽤 되는 것 같아요."

"아, 그것, 낙죽烙竹이라고 하는 작품이어요."

"낙죽?"

"나무 인두화는 낙목, 낙화라고 부르고 대나무 인두화를 낙죽이라고 해요. 두 번째 개인전 컨셉을 낙죽으로 잡았어요."

"아, 예. 개인전 출품작이군요."

"민우야, 나가서 술 한 잔 하자."

낙죽 작품 앞으로 한 걸음 다가서는 데 형이 손목을 잡아끌었다. 형수는 이미 예상하고 있었다는 듯이 목을 끄덕였다. 나는 형수가 했던 그대로 목을 끄덕였다. 형수님. 조금만 여유를 가지세요. 형 덕분에 그 말을 꺼내지 않고 문을 나선 게 다행스럽게 여겨졌다. 삶도 공방도 조금만 더 빈틈이 있었으면. 내 몸 속 어딘가에서 환청처럼 아내의 말이 들렸다.

9

강경여인숙

“차가 무슨 요새 같다.”

“내 집. 내 자유의 공간. 하하.”

용주 형이 차에 올라 뒷좌석에 쌓인 배낭을 집적거렸다. 섬을 나와서 풀기가 무섭게 다시 묶은 배낭이었다. 트렁크에도 온갖 잡동사니가 쌓여 있을 터였다. 강화도에서 가거도까지, 섬진강에서 임진강까지 나를 먹여 살린 살림이었다. 카메라 장비와 갈아입을 옷이며 용도가 다른 등산화들, 촬영 용 삼단 사다리와 컵라면 따위들. 그 살림살이가 들어앉은 낡은 사륜구동 SUV는 나의 집, 나의 자유였다. 오래전에 형이 내게 세뇌시켰던 그 말, 그대로였다.

“형, 술은 나중에 마시자. 어디 가볼 데가 있어서.”

“그럴까. 나도 볼 일이 있는데.”

“형, 혹시 바쁜 일 아니면 시간 좀 있어?”

“함께 가려고?”

“오랜 만에 형과 드라이브 좀 할까 싶어서.”

“얼마나 걸려?”

"왕복 다섯 시간. 혹은 그 이상."

형은 단박에 내 말 뜻을 알아차렸다. 당연한 일이었다. 십오륙 년이 지났다지만 형과 동행한 일을 잊을 리가 없었다. 눈빛만 봐도 마음속을 훤히 들여다 볼 수 있었다. 오늘도 마찬가지다. 드라이브한다는 말, 장거리 출사를 떠난다는 뜻이었다. 잠시 귀에 낯설 뿐 대학 졸업 후 삼십 대 중반이 되도록 십여 년을 반복해왔던 그 작업을, 형이 나를 이끌었던 그 벅찬 일들을 대체 잊을 수가 있겠는가.

"오늘 후배들 전시장 가려고 했어."

"사진전?"

"응. 다큐 사진. 지난주 오픈했는데, 내일 전시 끝나."

"무슨 다큐?"

"옥탑방."

"옥탑방?"

"두 사람이 공동 작업했는데, 열심히 사는 친구들이야."

"아날로그야?"

"응. 그건 그렇고, 민우야, 괜찮겠니?"

"뭘?"

"이렇게 오래 비워도?"

"업무 다 끝내고 나온 거야."

"집은?"

"아하, 그 얘기였구나."

"……."

"아슬아슬하게 살아. 아니, 슬기롭게 버티고 있어. 하하."

"다행이다. 아직 셔터를 누를 수 있다니."

아직 셔터 누를 힘이 남아있구나. 형의 말은 그 뜻이 아니었다. 카메라를 들고 집밖으로 떠도는데 아직도 무사하구나. 그 얘기였다.

"형, 예전에 신경과 늙은 원장이 부부 관계 횟수도 물어봤다고 했지?"

"뜬금없이 그건 왜?"

"나한테도 그 질문을 했는데, 불면증 환자들마다 다 그랬다는 거야. 무슨 성도착증이 있는 사람처럼 말이야."

"그러게 말이다. 아무리 늙었고, 정신병원이라도 그렇지. 그런 걸 질문이라고 해."

"형, 나한테 물어봐. 대답해 줄게."

"쓸데없는 소리 말고 좀 밟아라."

나는 가속 페달을 밟고 차에 속도를 붙였다. 평일 오후인 탓인지 시내를 빠져나오자 외곽도로는 한산했다. 길 멀찌감치 바라보면서 나는 쓴웃음을 뱉었다. 어쩌면…… 형이 부부 관계를 물어봤다면 나는 다 까발렸을지도 모른다. 그러면 내가 집밖으로 떠돌며 아직까지 무사한 까닭을 조금이라도 이해할 것이므로. 아내가 요가를 하지 않았으면 나는 벌써 죽었을지도 모른다. 아니면 죽을 때까지 집밖으로 떠돌거나.

아내는 일주일에 서너 번씩 반복하는 요가 수련으로 늘 관절에 무리가 갔다. 자연스럽게 섹스에 관심이 없었다. 그럼에도 한 달에 한두 번, 어쩌다 살을 섞으면 난장판이 되었다. 우리 부부 관계는 일정한 패턴이 있었다. 반드시 상위 체위로 아내가 먼저 오르가슴을 느낀 뒤에야 내 차례가 왔다. 아내가 나의 위아래를 오르내리는 동안 나보다 더 많은 양을 사정해서 둘 다 사타구니부터 허벅지까지 흠뻑 젖었다. 아내는 매주 괄약근 운동을 했으므로, 첫날을 보낸 이십 대보다 악력이 강했다. 세 번에 두 번은 내 귀두를 터뜨릴 듯이 아내는 나를 조이고 요동을 쳤다. 그때마다 나는 아내가 복상사를 당할 것 같은 위기감을 느꼈다. 내 배 위에서 아내가 죽는다. 상상만으로도 끔찍한 일이었다.

"너를 자주 못 봐서 궁금한 게 참 많다."

"알고 싶었으면 벌써 물어봤겠지, 하하."

형과 나는 서로의 부부 관계에 대해 전혀 관심이 없었다. 아직까지 함께 살고 있으면 됐다는 식이었다. 오래전, 아내가 배낭을 싸서 집을 나갈 무렵, 형수와 아내가 만난 일에 대해 대화를 나눈 게 마지막이었을 것이다.

"민우야, 어디를 가는지 정도는 물어도 되겠지."

"묻지 마, 형."

"내 짐작이 맞는다면…… 내 손이 녹슬어서 슬쩍 겁난다. 그래서 묻는 거야."

"겁은 무슨 겁? 그냥 묻지 마, 형."

"묻지 마? 하하. 그게 아직 살아있었네."

"미라였는데 형 덕분에 오늘 부활한 셈. 하하하."

묻지 마. 오래전, 형이 하던 방식이었다. 무조건 나를 불러내고 행선지를 밝히지 않은 채 어디론가 차를 몰고 떠나는 방식. 그때마다 형은 말했다. 아무것도 묻지 마. 그러나 나는 묻지 않아도 훤히 알았다. 우리의 행선지는 단 한 곳, 여인숙이었다. 언제나 같았다. 땡볕이든 폭설이든 장맛비든 여인숙뿐이었다. 다른 게 있다면 왕복이냐 숙박이냐, 그뿐이었다. 그래서 형이 물었을 것이다. 얼마나 걸려? 과거에 늘 그래왔던 것처럼 일단 집을 떠나면 돌아와도 좋고, 오지 않으면 더 좋은 출사였다. 중무장한 촬영 장비를 차에 묶어두고 몸과 마음이 깃털처럼 가벼워지는 여인숙 출사. 형과 나는 낡은 여인숙의 15촉짜리 불빛을 향해 달려드는 부나비였다.

곰팡이로 얼룩진 벽지에서 풍기는 퀴퀴한 냄새와 묵은 때가 굳어져 가죽처럼 뻣뻣한 카시미론 이불. 실낱같은 바람만 불어도 덜컹거리는 낡은 나무 유리창 틀이며 리모컨이 작동되지 않는 구닥다리 텔레비전. 메주를 달아매면 딱 안성맞춤인 선반 신발장과 낚싯바늘 같은 갈고리를 걸어 잠가야 아귀가 맞는 출입문. 그리고…… 벽지의 목단꽃잎 속에 은밀하게 감추어둔, 누군가 먼저 다녀간 사람들의 전화번호. 그 곁에 하룻밤 따뜻한 체온을 구걸하듯 써내려간 쓸쓸한 사연들.

그 여인숙의 풍경에 닿는 순간, 우리는 말로 할 수 없는 평온을 느꼈다. 불과 만 원짜리 지폐 한두 장이면 품을 수 있는 풍경. 그것은 특별한 의미를 함축한 풍경이었다. 누군가 우리들만을 위해 건축한 시공간, 마침내 마음이 평화로워지고 구속이 사라진 자유의 세상. 여인숙은 형과 나, 우리 둘만이 소유한 우주였다. 세상의 어디를 가도 여인숙이라는 우주는 한결같았다. 빈부와 신분과 학력의 차별이 없었다. 굳이 차이가 있다면 세월을 역류하지 못한 늙고 낡음이 있을 뿐. 그것은 인간의 의지와는 무관한 것이었으므로 우리는 여인숙이라는 우주를 통해 평등과 자유의 맛을 만끽했다. 그리고 그 맛은 마약처럼 중독성이 강했다. 형과 나는 마약 중독 환자였다. 불행인지 다행인지 모르겠지만 십여 년간 중증 환자로 지내던 여인숙이라는 병동에서 형은 일찌감치 탈출했고, 나는 여전히 남아 있었다. 그런데 나 혼자 약물 중독에 시달리던 어느 날, 느닷없이 그 평등과 자유의 우주에 블랙홀 같은 균열이 발견되었다. 여인숙의 돌연변이가 생긴 것이다. 강경이었다. 우연히 돌연변이를 발견한 것은.

"형, 병원은?"

"가끔. 민우, 넌?"

"요즘은 약 없이 견딜 만 해."

"다행이다."

돌연변이 같은 신경 정신과가 문득 떠올라 지나가는 말처럼 물었다.

"이명은 어때, 형?"

"이명 없인 못 살지."

둘 다 꼭 필요한 질문이 아니었다. 형이 불면증이 심하다고 해서 내가 소개해준 신경 정신과의 흰 가루약이 늘 마음에 걸렸다. 그래서 꺼낸 얘기였다. 증세가 어떤지, 약은 먹는지. 이명도 마찬가지였다. 빈센트 반 고흐 알지? 고흐처럼 귀를 잘라 버리고 싶다. 이명만 사라진다면. 그 말을 들은 지도 꽤 오래되었다. 공방 확장했어. 한번 보자. 아침에 형의 문자가 왔기에 아차, 싶어서 오늘 부랴부랴 만난 형이었다. 그동안 안부도 나누지 못하고 지냈는데, 둘 다 아픈 질문이었다. 내가 하고 싶은 얘기를 장황하게 꺼내기 전, 형의 안부를 먼저 묻는 게 좋을 듯해서 꺼낸 말이었다. 국도변 주유소에 차를 세우고 주유하면서였다. 잠시 무료한 듯싶어 꺼낸 말이 그만 허방다리를 짚은 것 같았다.

이명 없인 못 살지.

그것은 카메라 없인 못 살지, 그 말을 형이 바꿔 말한 게 분명했다. 그 때문이었을 것이다. 딱 한 마디씩만을 주고받은 뒤 차 시동을 걸 때까지 둘 다 침묵한 것은.

"형, 필연은 우연의 옷을 입고 나타난다. 그 말 알지?"

지방 국도 역시 막히지 않았다. 시야가 좋았다. 과거에 형이 밟던 속도로 한참을 달리다 목구멍에 구겨두었던 말을 꺼냈다.

"뭐, 나뿐 아니라 다들 귀에 익은 말이겠지."

"요즘 그 말을 곱씹고 살아."

"무슨 필연이 있다는 뜻인데, 언제 얘기 들어보자."

"오늘."

"오늘? 그런데, 가만 있어봐. 여긴, 강경 쪽인데."

"형, 감각이 녹슬지 않았는데."

"강경여인숙?"

"응."

"나는 빈손이니까 굿이나 보고 떡이나 먹을란다."

"그 떡 먹을 시간이 반 시간 정도 남았으니까 필연 얘기 좀 들어줄래?"

"할 얘기가 있는 줄 알았다."

"언제?"

"공방에서. 집사람한테 사과한다는 말을 꺼낼 때."

"하하, 역시 귀신 감각이야."

"흔히 무엇엔가 흔들리는 사람들이 자신을 낮추거든. 본래의 자신을 잠시 감추는 거지. 칼자루를 쥐고 있는 그 무엇인가가 자신을 한꺼번에 무너뜨릴 수도 있다는 불길한 상상을 하면서. 지나고 보면 현실은 그렇지 않음에도 말이야."

"어? 이건 형수 문첸데."

"그래? 중년 서당 개로 여기고 넘어가 주라."

"형 말이 맞아. 오늘 내가 그랬어."

"너도 늙어가는 모양이더라. 사과라는 말을 입술에 묻히는 것 보니까."

"어느덧 오십. 어쨌든 형, 두 가지 얘기가 있는데."

"응."

"듣기 싫은 거와 듣기 거북한 것. 선택해."

"네가 먼저 하고 싶은 것부터."

"하하. 역시 귀신."

"내 속을 들여다보고 말하는 민우 너는 오늘부터 귀신 형이다."

"귀신 형? 하하하."

귀신과 귀신 형이 마주보고 한참을 껄껄거렸다. 귀신이 먼저 입을 닫았고, 귀신 형이 귀신의 닫힌 입을 다시 열었다.

"형, 다시 해볼까?"

"여인숙?"

"응."

"아냐. 난 이대로 좋아."

"디자인이나 팝 아트. 형이 가려던 길이 아니잖아."

"이대로 걷다보면 언젠간 그 길이 보이겠지."

"결국 길 끝에선 만나겠지만, 너무 먼 길을 돌아 걷는 것 같아서 말이야."

"조금 멀어도 괜찮아. 조금 늦어도 좋고. 어쩌면 이 길이 내가 가야할 길일지도 모르고."

"형은 항수도 없어? 여인숙 항수."

"형은 승부욕도 없어? 끝장을 내야할 것 아냐. 그 말로 들리지만 남의 얘기라 들을 만은 하다."

"형. 나 혼자 걷기 힘든 길이라는 거, 형이 더 잘 알잖아. 작업이 어려워서 개인전 순서도 뒤죽박죽이 되었어."

"갑자기 듣기 거북한 말을 듣고 싶다."

"……."

"강경 이정표 보인다."

"형, 아까 필연 말인데."

"그래, 우연의 옷을 덕지덕지 껴입었을 필연."

"사람의 인연이란 게 참 알 수 없는 것 같아."

"필연? 인연?"

"응, 우선 인연부터."

"예상보다 무겁게 시작되는 것 같다. 좀 쉬었다 가자."

나는 강경 초입의 다리 한쪽에 차를 붙였다. 일몰 전이었지만 해는 이미 서쪽으로 한참을 기울어져 있었다. 아직은 이른 봄, 겨울처럼 해가 짧았다. 먹구름 사이를 비집고 나오는 햇살이 강물을 따라 흐르며 석양처럼 빛났다.

형과 함께 이 다리를 건넌 게 언제였던가. 십오 년, 십칠 년, 아니면 이십 년 전쯤 되었나. 강변 풍경이 아름다워 빠르고 쉬운 고속도로를 피해 선택한 지방도의 끝, 강경대교. 강경여인숙 야간 촬영을 올 때마다 차를 세우고 형과 나는 나란히 서서 강물을 향해 방뇨를 했다. 오줌발이 사라진 강물 위에서 형과 나는 맞은편 강경 시내의 전경을 바라보았다. 날이 저물면서 멀리 불빛들이 하나둘 강변에 밝혀지기 시작했다. 형과 나는 날이 완전히 어두워질 때까지 그 불빛을 따라서 부나비처럼 흔들렸다. 여인숙 실내촬영을 마치고 포주와 십 원짜리 고스톱을 친 뒤, 한밤중에 돌아오는 달방 사람과 소주를 마시다 그대로 쓰러지면 좋을 텐데. 그런 상상을 하면서.

"형, 옛날처럼 서 있으니까 삼십 대로 돌아온 느낌이다."

"삼십 대가 아니라서 코끝이 짠해진다."

오래전에 그랬던 것처럼 방뇨를 마치고 형을 불렀다. 나를 돌아보는 형의 눈에서 불빛의 잔상이 흔들렸다.

"형, 아버지 젊었을 때, 삼십 대쯤에 말이야."

"응. 금산에 살 때."

"중앙극장 앞에서 쌀집하면서 비료 포대에 돈을 쓸어 담던 때, 그 전설 기억하지?"

"캄캄한 얘기지."

"두 집 살림했던 아버지 때문에 고모가 힘들었다고 했잖아."

"집안 거덜 내고 평생 장터를 떠돈 오빠 덕분에 오늘까지 위장병을 데리고 살고 있지."

"형, 그 전설 말이야."

"어머니 말대로라면 전설이 아니라 악몽."

"요즘 내가 좀 그렇거든. 그 전설이나 악몽이 재현되는 것 같아."

"외삼촌처럼? 아버지처럼?"

"꼭 그런 건 아니지만, 나한테 무슨 일인가 벌어질 것만 같아, 형."

"이미 아버지처럼 유랑 중이 아니신가? 하하."

"그게 아니라, 여자."

"여자?"

"응."

"생각할수록 내게 참 이상한 인연이 반복되는 것 같아."

"무슨 인연?"

"만나는 사람마다 떠나는 인연."

"그래?"

"형, 그 일이 우연처럼 반복되거든."

"필연은 우연의 옷을 입고 나타난다. 그래서 그 말부터 시작했구나."

"응."

"해 떨어질 때까지 들어보자."

"야간촬영으로 시간을 맞출게."

해가 산 능선 머리맡을 향해 떨어지는 중이었다. 예상보다 일몰이 빠를 것 같았다. 방한 재킷을 걸쳤는데도 조금 전부터 한기가 느껴졌다. 대충 요약만 하고 다리를 건너야 할 것 같았다. 아니면 아예 어두워질 때까지 강둑에서 기다리던가. 그러면 멀리 떠났던 사람들 몇몇이 돌아와 강경대교를 함께 건널 수도 있을 것이다. 그러면…….

"아저씨."

"아저씨."

다리 입구 쪽에서 들리는 소리였다. 미처 알아듣질 못했다. 역광이었고, 강둑에 선 채 떠난 사람들의 이름을 부르는 중이었다. 무엇엔가 뒤엉킨 네 사람의 실루엣이 우리 맞은편에 우뚝 서 있었다.

"아, 우리 불렀어요?"

"네. 아저씨."

"저희들 사진 좀 부탁드립니다."

휴학 중인 대학생들이었다. 남녀 학생 둘씩 짝을 지어 자전거로 국토 순례를 하는 중이라 했다. 군산을 떠나 판문점을 향해 페달을 밟고 있었다.

"자전거 국토 종주. 저희 넷이 인생의 첫 번째 꿈으로 잡았답니다."

나는 첫 번째 꿈에게 생수 한 병을 건넸다. 일행 중 유독 지쳐 보였다.

"네 사람이 아주 잘 어울리네요."

"어울리긴요. 불가피한 선택이었습니다."

"얘들은 갑이고요, 저흰 셰르파로 고용된 을입니다."

여학생 갑과 남학생 을. 아름다운 관계다. 나는 얼핏 네 사람의 관계를 이대로 정지시키고 싶었다. 그 관계를 필름에 담을 수만 있다면.

"힘들지 않아요?"

"힘들어요."

"아저씨도 자전거 타 보세요. 타 보면 이 맛을 알아요. 맵고, 쓰고, 아리고, 결리고."

"즐겁고 행복한 맛. 호호."

형이 셰르파에게 던진 질문에 불가피한 선택을 한 여학생 갑이 번갈아가며 답했다. 두 사람 모두, 욕망에 눈 먼 부나비 같아요. 날개가 시꺼멓게 타 봐야 그때쯤 인생 맛을 알겠죠. 오래전 여인숙 촬영을 마치고 돌아온 밤이었다. 마치 입을 맞춘 것처럼 아내와 형수가 번갈아 말했다. 그 말의 여운이 채 사라지기도 전에 아내가 배낭을 쌌고 형의 카메라가 콘크리트 바닥에 뒹굴었다. 즐겁고 행복했던 맛이 사라진 뒤 맵고, 쓰고, 아리고, 결린 날들이 이어졌다.

"학생. 이거, 나침반 아닌가?"

"네. 맞아요."

"어디 쓰시게?"

"저흰 지도 없이 움직여요. 휴대폰 앱도 사용하지 않고."

"나침반만 보고 무조건 북쪽으로 가는 거죠."

"단, 큰 길, 직선 길은 금지."

"아……."

"김정호 버전으로 여행 컨셉을 잡았거든요."

"대동여지도 김정호?"

"네, 자전거 타는 퓨전 김정호. 호호."

갑이 웃었고, 을은 얼굴을 찌푸렸다. 나는 갑과 을을 약간 비켜섰다. 붉은 석양의 늪에 막 잠기기 시작한 네 사람의 실루엣. 파노라마 카메라로 잡으면 사진에세이 한 점을 품을 수 있겠다는 생각이 들었다.

"학생들, 혹시 하모니카 불 줄 알아요?"

"하모니카요?"

형이 학생들 코앞에 느닷없이 하모니카를 들이밀었다. 그 바람에 파노라마 풍경이 깨졌다.

"형, 웬 하모니카?"

"퓨전 김정호와 하모니카. 잘 어울릴 것 같아서."

"길을 걷다 쉬면서 하모니카를 부는 김정호. 아날로그적 디지털 학생들. 형, 나쁘지 않은 그림인데."

"아저씨. 근데 저흰 하모니카 불 줄 몰라요."

"난 본 적도 없어."

웃었던 갑이 번갈아 말했다. 형이 나를 향해 눈을 찡긋, 했다.

"언젠가 하모니카를 불게 될 거예요. 자전거 타고 지구를 한 바퀴 돌쯤 되면. 하하."

갑이 마주보며 이게 뭐냐는 표정을 지었다. 을은 갑을 향해 하모니카 부는 시늉을 했다. 둘 다 한두 번쯤 불어본 자세였다.

"그러면 학생들, 혹시 써니 텐은 알아?"

형을 바라보며 웃다가, 돌연 영화 써니가 떠올라 툭, 던졌다.

"써니 텐?"

"음료수? 얘들아. 음료수 맞지?"

"글쎄. 들어본 적이 있긴 한데."

"음료수가 아니라 영화 써니의 십 대, 그 뜻이라오. 하하."

"아, 저희가요?"

"예. 아름다운 동행, 여러분들의 미래가."

"와, 아저씨들. 로맨티시트 아니면 개그맨!"

나침반을 든 퓨전 김정호가 떠난 자리에 빈틈없이 붉은 석양이 번졌다. 형의 얼굴을 돌아보았다. 저는 여행 마치면 곧장 입대해요. 덩치 큰 셰르파가 던지고 떠난 말 때문이었다.

"형, 큰애 제대할 때 됐지?"

"십일월 제대."

"둘째는?"

"입대 신청하고 항아리보쌈 집에서 알바 중이야."

민우 네 딸은? 형은 내 딸의 안부를 묻지 않았다. 일 년 채우고 귀국한다고 했다. 프랑스 어학연수는 팽개치고 유럽 여행에 올인하는 중이었다. 물보다 진한 피가 삼대 째 흐르고 있다는 게 놀라워. 어떻게 이럴 수가 있어! 아내는 감탄사를 연발하며 놀랐고, 나는 뒤집힌 속을 침묵 명상으로 간신히 다스렸다.

"민우야, 한 인연이 또 떠나고 말았다. 너무 쉽게, 너무 빠르게."

"그런 셈인가?"

"그냥 웃자고 한 얘기야. 아까 하던 얘기, 마저 들어보자."

"형, 잠깐만. 전화 좀 받고."

"누구? 제수 씨?"

"막냇누이."

꽤 오랜만의 통화였다. 구정 연휴에 통화하고 안부가 끊겼다. 오빠, 제주도 시댁 다녀오느라 집에 못 들려요. 엄마 요양원도 못

가보고……. 엄마한테 죄송하다고 전해주셔요. 무슨 큰 실수를 저지른 사람처럼 목소리가 젖어 있었다. 그러나 오늘은 달랐다. 목소리가 가벼웠다. 몸도 마음도 겨울을 무사히 견딘 모양이었다. 천사 덕분일 것이었다. 강둑 쪽으로 서너 걸음 물러섰던 형이 돌아올 때 통화가 끝났다.

"무슨 일로?"

"제주도 시아버지께서 말린 고사리와 말고기 육포를 보내왔는데 나한테 선물한다고."

"막내, 한창 신혼이겠다."

"결혼 이 년 차니까 아직 깨 냄새가 나겠지, 하하."

"서울에서 산다고 했지?"

"응."

"막내가 신랑을 천사라고 불렀던 것 같은데."

"응."

"천사와 함께 행복하게 살았으면 좋겠다."

"둘이 사회복지 일을 하면서 행복하게 살아."

행복하게……. 엉겁결에 형의 말을 따라했던 행복이라는 말 때문이었다. 이 년 전 봄 풍경이 불쑥 떠올랐다. 호숫가에서, 암실에서 막냇누이는 떨리는 목소리로 말했다. 오빠. 나, 결혼하는 거 맞지? 나, 너무 행복해서, 이 결혼이 오히려 불안해. 풍랑에 흔들리는 배를 탄 것처럼 행복이 두렵게 느껴져. 그 불안한 결혼과 두려운 행복으로 가족들이 오늘까지 노심초사하는 것을 막내는 알고 있을까.

"형, 아까 하던 얘기."

"응, 필연적으로 떠난다는 인연."

생각보다 바람이 찼다. 천사가 나타날 무렵부터 형이 몸을 떨었다. 아직 초저녁인데, 강변인 탓이었다. 초저녁에 몸이 굳으면 강경에서 실수가 벌어질지도 몰랐다. 그러면 낭패였다. 지금까지 겪었던 여인숙 작업과는 급이 다를 것이다. 형을 불러 차에 올랐다.

"역순행적으로 말할게. 줄여서."

"편한 대로, 천천히."

"오 년 가까이 안부를 주고받던 나비 화가를 작년 개인전 때 갤러리에서 처음 만났어."

"오 년 만에?"

"응. 붓과 캔버스를 버리고 홀로 지내던 중, 딱 한 번 함께 여행을 한 뒤에 연락이 끊겼어."

"깊은 상처가 그려진다. 다시 붓을 잡아야 그 상처가 아물 것 같고."

"유럽 여행 때 만난 서각가는 다 정리하고 쿠바로 떠났어."

"마음의 칼도 버렸다면 몸과 맘이 새처럼 가벼워졌겠다."

형은 천리안을 가진 듯했다. 아니면 독심술을 익혔거나. 내 속을 훤히 들여다보고 있으면서 말을 감추는 게 분명했다. 굳이 두 사람의 개인사를 드러낼 필요가 없었다.

"형, 내가 오래전부터 소울 메이트로 여기던 불교철학가가 있어."

"소울 메이트?"

"함께 시도 쓰고 사진도 찍고. 윤수 씨라고, 형도 아는 분이야."

"아, 그래. 언젠가 여인숙 출사도 한 적 있지."

"응. 그 분, 티베트로 떠났어."

"완전히?"

"무기한 순례. 재작년 봄부터."

"영혼의 자유를 얻기 위한 도보 고행……. 대단한 용기, 무서운 결단이다."

"한 분이 더 있는데, 이번엔 좀 아픈 경우야."

"아픈 건 여잔데 흉터는 너한테 남은 표정이다."

"그럴지도 몰라."

"이미 그렇다고 얼굴에 적혀 있다."

"형, 내가 속병을 다스린다며 명상 여행을 했던 호수 알지?"

"그래. 대청호 동쪽 호수."

"그곳에서 만난 사람인데 민 선생이라고, 오보에 솔리스트였어. 첫 결혼에 실패한 뒤 자살 직전에 살아남아서 호숫가에서 지내다 두 번째 남편을 만났는데…… 상습폭행으로 헤어진 다음에도 폭행이 이어지다가……."

"……."

"가슴 아래가 뚫리는 중상을 당했어."

"맞아서?"

"응."

"지금은?"

"병문안 다녀온 뒤로 소식이 끊겼어. 구속된 남자가 석방되면 살해될 거라는 불안 때문에 잠깐 피한다고 했는데 이 년이 지나도록 오리무중이야."

"폭행의 필연이 있을 텐데…… 민우, 너와의 관계는?"

"사진도 찍고 빙어축제도 다녀오고, 그 정도."

"……."

"뚫린 가슴을 들여다 볼 정도."

"그 이상의 상상은 무의미하겠지만, 지금쯤 그 여자가 텅 비웠을 가슴에서 민우 너 혼자 빠져나오지 못한 것은 확실한 것 같다."

"빈손으로 어떻게든 살아보려고 했던 민 선생이었는데."

"호수 밖 어딘 가에서 상처를 치유하고 있을 거다."

형, 그게 아니야. 나는 그 말을 삼키고 눈을 감았다. 상처가 아물기도 전에 민 선생은 사라졌을지도 몰랐다. 미처 호수를 떠나지 못한 채. 제가 노출되면…… 둘 중 한 사람은 죽어요. 둘 다 죽을지도 모르고. 병문안 갔을 때, 말끝을 다 잊지 못하고 민 선생은 가쁜 숨을 몰아쉬었다. 그 남자로부터 벗어난다는 것은 불가능해요. 그 말을 흐리면서 민 선생은 눈동자의 절반이 죽은 왼쪽 눈으로 눈물을 흘렸다. 자유를 잃고 절명의 나락으로 떨어진, 종이컵 속 빙어의 눈물 같은 피눈물이었다.

"형, 내 생각은…… 민 선생이 스스로 잠적한 게 아니라……."

"실종된 것 같다고?"

"아마도."

"그럴 리 없겠지만 그럴 수도 있겠다."

"응. 식은땀이 난다."

몸에서 열기가 느껴졌다. 고열감기환자처럼 팔다리에 힘이 없었다. 차 시동을 걸고 온풍기를 켜둔 탓이 아니었다. 눈앞에 다가섰다가 홀연히 사라지는 네 사람의 모습 때문이었다.

"필연은 우연의 옷을 입고 나타난다. 듣고 나니까 충분히 설득력 있는 명제다."

용주 형이 독심술을 발휘했다. 우연이 반복된 네 사람과의 관계를 명제로 덮어 버렸다. 내겐 다행이었지만 그들에겐 미안한 일이었다.

"형, 생각해보면 그동안 나와 맺고 끊긴 인연들은 행복과 고통이 반반이었던 것 같아."

"한 인연을 끊고 새로운 인연, 관계를 맺는다는 것, 누군가는 행복할 수 있지만 누군가는 고통을 겪게 마련. 그게 사람살이 아니겠니?"

"피할 수 없겠지?"

"아마도. 사람이라면 누구든지."

"……."

"꽃이 져야 꽃이 오는 법. 그렇게 사람도 피고 지는 때가 중요할 듯싶다."

차창 밖이 어두워지고 있었다. 박명 같은 어둠이었다. 멀리 강

건너편에서 불빛 서너 개가 흔들렸다. 잠시 침묵하는 사이, 형이 창밖의 어둠을 향해 던졌을 문장 하나가 차창에 굴절되어 내게 꽂혔다. 명상록 같은 형의 말뜻을 어렴풋이 알 것 같았다. 한번 지면 돌이킬 수 없는 게 사람의 꽃, 삶이었다. 단 한 송이뿐인 사람의 꽃이 꽃잎을 다 떨어뜨릴 때까지의 과정, 삶의 여정이 문제라는 뜻 같았다. 고통은 그 꽃잎 가운데 한 장일 것이고.

"형, 어찌됐든, 언젠가 해후한다면, 그것도 필연이겠지?"

"당연히."

"그 필연 때문에 나도 고민 중이야."

"비우고 떠날 생각으로? 상처를 각오하고?"

"우연의 옷을 몇 번 더 입었다 벗고 나면, 그때쯤……."

주문도를 다녀와 강원도 홍천 힐러 연수를 하는 중이었다. 그때를 고민하기 시작한 것은. 철거민에서 이젠 여인숙이에요? 이제 그만 집착을 버리세요. 아내와 사진과 유랑의 벽으로 겹겹 둘러싸인 나의 방. 그 방에 내 키만큼 쌓인 필름들. 쉽지 않겠지만 내 방의 벽을 허물고 유민의 나비 같은 흑백 필름을 세상 밖으로 날려 보낼 수만 있다면……, 내게 조금씩 상처를 내면서 시나브로 그 상처가 아무는 사이, 그러면 오늘보다는 내가 조금 더 자유로워질 것이고…….

"형, 갑자기 궁금해진다."

"나?"

"그래, 형의 필연."

"나는…… 인연이 닿기도 전에 떠나는 인연. 아니면, 아예 얼굴조차 모르는 인연. 그래서 상징으로만 남은 인연. 그런 필연."

"상징?"

"가거도, 바라나시, 은사시나무, 윤정희, 네모세상, 지장암, 알뜨르 비행장……."

날은 완전히 어두워질 것 같지 않았다. 강경의 불빛 때문이었다. 어느새 이렇듯 번화한 도시가 되었던가. 강변에 드리운 불빛의 반영을 카메라에 담고 싶을 만큼 야경이 아름다웠다. 야경 탓인지 형수의 만연체를 닮아가는 형의 문장이 문득 아름답게 느껴졌다. 나보다 더 절실하게 명상원을 찾아다니며 명상 수련을 한 것처럼 형의 호흡은 부드러웠고, 문장은 어휘 선택부터 휴지와 종결이 명료했다. 어느덧 쉰세 살. 카메라 셔터 음만으로도 행복해하던 형. 지난 십오 년 동안 그 행복을 포기한 채 강물처럼 소리 없이 흘러왔을 형이었다. 만약 형에게 지금 당장 카메라를 건넨다면 형이 셔터를 누를까. 나보다 늘 한 발짝 빠른 셔터 타임을 가졌던 용주 형. 여인숙 안팎에서 형이 보여준 풍경과 사람에 대한 스냅사진 솜씨는 좀처럼 내가 따라잡을 수가 없었다. 오늘 밤, 돌연변이 같은 강경여인숙에서 형의 녹슨 솜씨를 볼 수 있을까. 나는 시동을 걸고 가속 페달을 밟았다.

"민우야, 강경여인숙 지나쳤는데."

"나도 알아, 형."

강경역 앞 골목에 차를 세운 게 여섯 시 반이었다. 나는 형보다 한 발짝 앞서서 종종걸음을 쳤다. 자칫 계획이 어긋나면 꼼짝없이 저녁을 굶어야 했다. 오래전 형과 두어 차례 묵었던 강경여인숙 골목을 그냥 지나쳤다. 지나치려고 한 게 아니었다.

"강경여인숙, 몇 년 전에 철거됐어."

"그러면?"

"아까 말한 강경여인숙은 따로 있어."

"어디?"

"강경역 앞 골목."

"아, 옛날 강경여인숙이 아니라 강경에 있는 여인숙?"

"응. 어마어마하게 많아. 여인숙 바다야, 바다."

"역시 표현이 시인답다. 언제든 준비된 시인."

"내가 시인? 하긴, 시인 맞지. 개점휴업 중이긴 하지만. 하하."

"개점휴업도 시인이네. 하하하."

망망대해였다. 여인숙의 숲이라고 불러도 좋고, 여인숙 꽃다발이라고 해도 좋았다. 원앙, 동백, 송림, 천궁, 코스모스, 별천지……. 너무 많아서 여인숙 간판을 셀 수 없었다.

"민우야, 여긴…… 오래전에 왔던 곳인데."

"맞아. 왔다 그냥 돌아갔지. 여인숙이 아니라서."

"그런데 이게 무슨 일이다냐."

"천지개벽을 한 거지."

천지개벽. 말 그대로였다. 단풍처럼 울긋불긋한 쇼윈도에 짙은 화장을 한 여자들이 앉아 있던 골목이었다. 그런데 쇼윈도마다 여인숙 간판이 걸려있으니 그럴 만도 했다. 청량리588 같은 집창촌은 아니었지만 그 비슷하게 숙박업소 등록을 하고 매춘을 하고 있었다. 불법 영업으로 단속을 받았는지, 합법적인 유흥업소로 재개발하려는지 환경개선사업지역으로 결정됐다.

"내년에 보상 끝나면 철거 예정이래. 그래서 몇 번 다녀갔어. 철거와 여인숙, 하나도 놓칠 수 없다는 생각으로."

"대단한 욕망. 오늘 그 욕망 모두 이루시길."

"형, 실망시켜 미안해."

"무슨 뜻?"

"카메라에 필름 없어. 공 필름 카메라. 그냥 셔터만 누를 생각이야."

"그건 또 무슨 뜻이야?"

"비우는 연습."

"비우는 연습?"

"응. 형, 돈 가진 것 있어?"

"조금."

"그러면 됐어. 잠깐이면 되니까."

"민우야, 그냥 돌아가자."

"왜 그래? 형답지 않게. 우리가 아마추어도 아니고."

"전처럼 썩 내키질 않는다."

"형, 어쩌면 마지막이 될지도 몰라."

늘 마지막이 될 것만 같은, 그렇게 기대하는 여인숙 다큐 사진이었다. 다른 이유가 아니다. 여인숙은 풍경 나들이 하듯 여기저기 펵펵 찍는 대상이 아니었다. 여인숙 사장이나 포주와 오랜 친분을 쌓지 않고는 접근부터 불가능한 영역이다. 시간과 정성과 돈을 쏟아붓고 오랜 친분을 쌓았음에도 예측하지 못한 돌발 사태가 벌어지고, 그것을 수습하는데 전력을 쏟아야 한다. 여인숙이란 그 풍경이든 사람이든 세상에서 가장 깊고 어두운 뒷골목, 밑바닥의 세계이기 때문이다. 그것은 역설적으로 세상에서 가장 귀한 영역이기도 하다. 아무나 함부로 접근할 수 없는 공간. 그런 까닭에 누구든지 카메라 셔터를 누르기 위해선 그 공간에 존재하는 인간의 삶에 대한 천착이 절대 필요했다. 나와 형은 그렇게 믿고 여인숙 문을 열고 닫았다. 때론 초행자처럼 진지하게, 때론 부나비처럼 무모하게. 형과 나는 늘 긴장 반, 설렘 반이었다. 강경대교에서 강물에 방뇨를 하며 휴식하는 이유가 바로 거기 있었다. 정상 공략을 앞둔 산악인처럼 우리는 시내 전경이 한눈에 보이는 강경대교에서 촬영장비와 촬영 계획을 최종 점검하곤 했다. 세상의 수많은 강경대교에서도 사정은 엇비슷했다. 인내와 정성을 필요로 하는 그와 같은 일련의 과정들이 바로 형과 나를 여인숙 다큐 사진으로 몰입시킨 매혹적인 이유였다.

그 매혹에 포박된 듯 전문 여성을 두리번거리는 것은 처음부터 섹스 목적이 아니었다. 촬영 가능한 대상을 찾는 것이었다. 카메라 앞에 설 수 있는가, 무엇보다 그것이 문제였다. 캐릭터는 중요하지 않았다. 여인숙의 전문직 여성을 촬영하는 목적은 외모와는 무관했다. 애인 대행. 섹파, 술친구, 다 가능해요. 1일 18만, 주 80만……. 페이스북에 오르내리는 아르바이트 대학생들이나 룸살롱의 여성이 아니기 때문이다. 누드 사진은 더더구나 아니었다. 일만여 개의 직업 가운데 가장 열악하면서 폄하의 대상인 여인숙. 그곳을 삶의 터전으로 삼는 사오십 대의 중년 직업여성을 담는 다큐 사진이었다. 그러므로 생존을 위해 여인숙을 떠도는 삶, 그 삶의 진정성을 보이는 사람이면 다 좋았다. 그러나 대상과의 교감이 충분하지 않을 경우, 혹은 촬영 솜씨가 세련되지 못할 때, 예측할 수 없는 일이 벌어지는 것을 대비해야 한다. 필름을 빼앗기거나, 육두문자의 폭탄에 얻어터지거나, 단 한 번도 셔터를 눌러보지 못한 채 선불만 날리거나하는 따위들. 여인숙의 세계에서 종종 발견되는 그와 같은 돌발은 전혀 이상한 일이 아니었다.

강경여인숙은 이번이 네 번째였다. 그동안 셔터를 누르기는커녕 카메라조차 꺼내보지도 못했다. 여자들은 빈틈이 보이지 않았고, 나는 아직 준비가 덜 되었으므로. 오늘도 사정이 비슷할 것이었다.

나는 빈손인 형을 한 걸음 뒤로 세우고 배낭을 추스르며 골목에 들어섰다.

"아저씨, 쉬었다 가세요."

"아저씨, 행복하게 해드릴게요."

두 번째 쇼윈도, 호박만 한 홍등이 걸린 여인숙이었다. 유리창이 열리면서 연분홍 아가씨가 차례로 나왔다. 한 사람은 허리가, 한 사람은 가슴이 터질 듯했다.

"얼마죠?"

"기본 팔만 원이에요."

"시간은?"

"십오 분."

"십오 분? 십오 분에 뭘 하라고."

"아저씨 초보 운전인가 봐. 호호."

"십오 분 추가하면 십이만 원. 한 시간엔 십팔만 원."

"십팔만 원?"

"두 사람 이상, 특별 할인가예요."

역전 골목 여인숙은 한 시간에 삼만 원이면 충분했다. 비록 연분홍과 세대 차이는 있지만. 그런데 십오 분에 팔만 원이라니. 그것도 일인당.

"아가씨, 어디까지 갈 수 있는 거야."

"그건 아저씨 운전 솜씨 나름."

역전 골목은 운전 솜씨와 무관했다. 초보든 경력이든 카레이서든 제한 시간 내에 자기 능력껏 운전하면 되었다. 선불만 해결한다면 무면허도 상관없었다.

"민우야."

역전 여인숙을 떠올리는데 형이 내 옆구리를 찔렀다. 그만 떠나자는 신호였다. 오래전에 내가 하던 방식이었다. 마음에 안 들거나, 돈이 아깝거나. 혹은 상황이 녹록치 않을 때. 그래서 형 뜻대로 일단 두어 걸음 돌아섰다. 여긴 시골 여인숙이 아니라 서울 청량리588 같은 업소였다. 급이 달랐다. 자칫 잘못하면 심각한 문제가 발생할 것이었다.

"이 아저씨가 미쳤나."

깜짝 놀라 형을 돌아보았다. 내 뒤로 물러선 줄 알았던 형이 가슴이 터질 듯한 여자 앞으로 다가서 있었다. 무엇인가 이미 한 마디를 건넨 모양이었다. 그러고 보니 형이 내 옆구리를 찌른 까닭을 잘못 이해했다. 여길 뜨자는 게 아니었다. 나보고 뒤로 물러서라는 뜻이었다.

"아니, 사진을 찍는다는 게 아니라 선불하고 같이 있는 게 먼저, 그 다음에."

"아이, 씨발, 재수 없게."

"옷을 입은 채 그냥 등 뒤에서 실내 풍경만……."

"언니! 이 새끼들 좀 봐."

"언니!"

"아가씨. 그게 아니라."

"삼촌, 삼촌!"

"이 미친 새끼들 손 좀 봐줘."

"삼촌!"

10

나비의 방

"형, 여기서 겨울을 났어?"

쪽방 문을 열기가 무섭게 냉기가 몰려들었다. 으스스 몸이 떨렸다. 쪽방 실내도 싸늘했지만 옥탑방 다큐 사진전 갤러리에서 몸이 너무 얼었던 탓 같았다.

"겨울에 여기서 지낸 거야? 이 추운 데서?"

"견딜 만했어. 이렇게 무사하잖아."

어젯밤 강경에서처럼 몸이 떨려 불안했다. 밤새 취기로 뒤척이던 몸을 겨우 끌고 나온 터였다. 옥탑방 전시 마지막 날이라는 형의 말 때문이었다. 아침부터 시작된 꽃샘추위가 만만찮았다. 죄송합니다. 선배님. 난방장치가 고장이 났어요. 설상가상으로 전시장이 얼어붙어 형의 옛 제자들이 몇 번씩이나 머리를 굽혔다. 나는 형을 대신해서 후원 봉투를 건네기가 무섭게 전시장을 빠져나왔다. 뒤풀이로 술 마실 형편이 아니었다. 학원 쪽방에 들어선 게 오후 다섯 시였다.

"정말 혼자 지낸 거야?"

"혼자가 아니라, 나와 함께. 하하."

"형!"

나는 쪽방을 한 바퀴 둘러보았다. 아무것도 없었다. 창문과 거울을 빼면 네 벽이 텅 비어있었다. 두 뼘 남짓한 싱크대 위에 장난감 같은 밥솥과 냄비. 바닥에 버려진 듯 놓여 있는 앉은뱅이 밥상과 중고 텔레비전. 낡은 침대 곁의 선풍기 형 전기스토브 한 대. 주문도에서 하룻밤을 묵었던 민박집보다 더 황량한 풍경이었다. 중년의 남자가 이것으로 살 수 있다니. 불쑥 두 개의 방 풍경이 오버랩되었다. 동쪽 호숫가 방아실 민 선생의 방과 옥천 황토방이었다. 물로 씻어낸 것처럼 깨끗했고, 당장이라도 폭발할 것처럼 뜨거웠던 방. 그 강렬했던 첫 인상을 형의 쪽방에서 해후할 줄은 전혀 예상하지 못했다.

"형, 앞으로도 여기서 지낼 거야?"

"이게 집이니까."

"집 처분하고 형수님도 공방에서 지낸다고 했지?"

"응."

"형, 두 사람이 따로 쪽방 생활을 하는 것, 이건 아니라는 생각이야."

"서로 할 일이 있고, 굳이 넓은 공간도 필요 없고, 그래서."

"형, 십오 년이 넘는 세월인데, 이젠 서로 풀 때도 되지 않았어?"

"풀 것도 없고, 묶인 것도 없어. 각자 조용히 사는 거지. 서로 간섭하지 않고. 그게 자연스럽잖아."

"냉전, 침묵. 이게 자연스럽다?"

냉전과 침묵에서 형이 잠시 침묵했다. 나는 숨을 골랐다. 내가 형에게 이런 말을 해도 되는가. 아내가 꼭두새벽에 배낭을 싸게 만들었던 나의 무관심. 그 무관심에 대해 주변 사람들이 시시비비를 따질 때마다 나는 역설했다. 그건 무관심이 아니야. 각자의 일을 존중해서 간섭하지 않는 것이지. 자신의 일에 자유롭게 몰두할 수 있도록 배려해주는 것이라고. 그렇다면 형과 형수의 관계도 나의 무관심 같은 것일까.

"형, 쉰셋이야."

"다시 시작하기는 힘들어도 늙은 나이는 아니지."

"그게 아니라, 사는 게 점점 힘들어지는 나이라고. 더구나 혼자서는."

"일에 몰두하면 힘든 줄도 몰라."

"방은 달라도 대화는 필요하지 않겠어?"

"대화? 각자 할 일에 바쁜 것, 열중하는 것, 이게 소통이라는 생각이야. 우리 둘 다."

소통. 지금쯤 태백산 숲에서 나비를 찾아 떠돌고 있을 유민도 소통을 말했다. 소통의 부재와 그 고통까지. 이 년 반을 혼자 견뎠어요. 사람의 말을 한 마디도 못한 채. 쿠바 아바나에서 양 원장은 그 고통의 극복 방안을 무려 삼 개월 가까운 시간을 들여 내게 보내왔다. 쿠바의 혁명과 자유를 나눕니다. 양수진.

냉전과 침묵의 힘으로 형이 새롭게 건축한 팝 아트 학원. 그것이 쿠바처럼 과거의 삶을 혁명하고 자유를 되찾는 방법이 될 수 있을까. 돌연 자괴감이 들었다. 오늘 내가 살아가는 방식에 대하여, 지금까지 살아왔던 방식에 대하여. 추위에 얼어붙은 슬픔의 덩어리가 녹는 것처럼 나는 주체할 수 없이 슬퍼졌다. 어젯밤 강경여인숙에서 쫓겨날 때 느꼈던 그 자괴감, 그 슬픔이었다. 이렇게 살아야 하는가. 그럴 필요가 있는 것일까.

"미안해, 형."

"갑자기, 뭐가?"

"여인숙."

"여인숙?"

"형의 전부였는데, 내가 가로챈 것 같아서."

"무슨 천만의 말씀을. 처음부터 내가 감당하기 어려웠던 일이야. 나를 대신해 주어서 얼마나 고마운데."

"지난번 어머니전 말이야, 형."

"응."

"여인숙 작업을 못 끝내서 대타처럼 급조한 게 후회막심이야."

"왜? 반응 괜찮았는데."

"좀 더 무르익게 미루고 여인숙을 밀어붙였어야 했는데."

"그랬으면 제수씨가 또 배낭을 쌌겠지."

"여인숙 첫 셔터를 누르고 이십 년, 너무 긴 세월이라고 생각했는데, 이젠 그만큼의 세월이 흘러도 쉽지 않을 것 같아."

"무슨 뜻으로 그런 말을?"

"요즘 그런 생각을 자주 해. 여인숙이 나에게 과연 무슨 의미가 있는 것일까. 그런 고민."

"철거다큐 작업으로 힘을 소진해서 그런가 보다."

"그냥 좀 힘들어. 맘도 편하질 못하고. 그래서 요즘은 공 필름으로 셔터를 누르는데……."

"그만 두기엔 너무 먼 길을 걸어오지 않았니?"

"그래서 형에게 더 미안해. 그 세월 동안……."

"……."

"형이 흘렸을 눈물, 형이 삼켰을 고통을 생각하면……."

"민우야, 그만두자."

"형, 미안해."

"그 말은 그만두고 다음 달, 사월에 말이다."

"……."

"제주도 간다고 했지?"

"4·3추모 70주년 행사."

"나도 같이 가자."

"같이 가면 좋지."

"그런데 비행기 표가 없어. 예약이 끝났더라고."

나는 무슨 뜻인지 알았다. 제주도를 가고 싶은데 돈이 없다는 것이다. 일월에 제주도에서 통화할 때 짐작했다. 형에게 무엇인가 제주도에 머물 일이 생겼다는 것을. 십중팔구 틀림없었다. 꼭 4·3이 아니더라도 형은 제주도만 가면 되었다. 오래전, 여인숙을 찾아 무작정 길을 떠나듯.

"막내한테 부탁하면 표를 구할 수 있지 않을까?"

"글쎄…… 두 주일 전이라 쉽진 않을 것 같은데."

쉽지 않은 일, 난처한 일이 발생할 때마다 막냇누이의 손을 빌려왔다. 못할 짓이었다. 지체장애 3급을 언제까지 우려먹을 것인가. 국내선 비행기에 장애인석이 있긴 한가. 제주도 시댁을 다녀올 때, 장애인석을 이용한다는 말을 얼핏 들었던 것 같기는 하다.

"행사도 참석하고, 오름 트레킹도 하고 싶고……."

"형, 이틀은 행사고 하루만 자유 일정인데, 괜찮겠어?"

"나는 좀 더 오래 머물까 해."

"무슨 계획 있어?"

"겨울에 못 걸었던 길을 마저 걸어보려고. 사진 전해 줄 사람도 있고."

"올 때는 어떻게 하고?"

"3박 4일만 도와주라. 그 다음엔 내가 알아서 해볼게."

"그런데 형, 사진을 찍었어?"

"휴대폰 사진이야. 미해군기지 반대하던 강정마을 주민인데, 꼭 전해줘야 하거든."

충분히 설득력 있는 말이었다. 형은 늘 그래왔다. 한번 작정한 일이면 그게 무어든 적극적이고 집요했다. 당위성과 논거가 명확했다. 끝을 보겠다고 덤빌 대상이 아니면 아예 처음부터 시작하질 않았다.

나는 자리에서 일어섰다. 무릎이 시린 탓이 아니었다. 코끝이 붉게 언 형과 마주보고 앉아 있는 게 민망했다. 창문 쪽으로 다가서는 데 추위가 쩔쩔 끓었다.

"비행기 표는 막내에게 부탁해볼게. 너무 기대는 하지 마."

"오늘부터 돼지꿈을 꿔야겠다."

"그런데 형, 벽이 너무 텅 비었다. 바람만 가득해."

"그래서 벌써부터 여름이 기다려진다."

동문서답을 한 형 때문에 마음이 아렸다. 머잖아 염천을 여기서 견딜 형이 눈앞에 어른거렸다. 말복 즈음에 형은 한파주의보를 기다릴지도 모른다. 그러나 짐작컨대, 염천과 한파보다 정작 더 견디기 힘든 것은 고독일 것이었다. 어쩌면 형이 쪽방에서 살아가는 내내 형수 몰래 신경 정신과 흰 가루약을 달고 살아야 할지도 모를 일이다. 형과 소통할 무엇인가가 필요했다.

"공방도 넓히고 옮겼는데, 집사람한테 형수님 공방에 다녀가라 할게."

"두 사람이…… 괜찮을까?"

"옛날 일인데 앙금이 남았겠어?"

"그렇다면 다행이지만."

"형, 지금쯤 제주도에 나비가 날까."

"갑자기 웬 나비?"

"나비 때문에 제주도를 즐겨 찾는 사람이 불현듯 떠올라서."

"사월이나 되어야 유채꽃이 필 텐데. 그때쯤에나 날지 않을까."

유채꽃……. TV에서 본 적이 있다. 다랑쉬오름 주변의 유채꽃밭. 다랑쉬오름과 맞은편 아끈다랑쉬오름이 섬처럼 떠 있던, 싯누런 파랑이 물결치던 꽃의 바다. 원주에서 유민의 나비를 따라갈 때 망망대해로 펼쳐진 그 꽃밭이었다.

"형, 혹시 좋아하는 나비 있어?"

"배추흰나비."

"벽에 나비 그림 그려줄까?"

"배추흰나비?"

"아니, 제주왕나비."

"왜 그 나비를?"

"형이 제주왕나비를 닮은 것 같아서."

"내가?"

나는 대답을 하지 않은 채 손가락으로 벽에 나비 그림을 그렸다. 한 마리, 두 마리, 세 마리. 형, 제주왕나비는 따뜻한 보금자리를 찾아 수천 킬로미터를 날아가. 10센티미터도 안 되는 꽃잎 같은 날개로 쉬지 않고 날아서 바다와 대륙을 횡단하고…… 형이 그 나비를 닮았어. 그 말을 꺼내지 않은 것은 잘한 일 같았다.

"형, 딱 한 마리만 그리면 안 될까."

"깨끗이 비워두고 싶은데."

"그러면 거울 뒤에 그릴게. 형이든 누구든 아무도 못 보게. 하하."

"꼭 그려야 된다면."

"어, 이게 뭐지? 형, 거울 뒤에 무슨 메모가 있는데."

"민우야, 잠깐만."

"내가 혼자인 건 오로지 생각들로 조밀하게 채워진 고독 속에 살기 위해서다. 보후밀 흐라발. 이거, 형이 쓴 메모 같은데."

"민우야, 메모 이리 주고 나비나 그려."

메모지를 형에게 건네고 나는 청량리588의 나비를 떠올렸다. 깨진 거울 뒤, 여자의 손바닥을 떠나 막 날아오르는 붉은 나비. 나비의 날개가 너무 상했어. 독백을 삼키는데 민의 가슴에서 나비가 날아올랐다. 가슴의 능선을 타고 절정을 향해 검은 줄무늬 나비가 날개를 팔랑거렸다. 헤세의 나비 71쪽, 산호랑나비였다. 나는 펜을 잡은 손가락에 힘을 주었다.

"형, 갈게."

"미안하다. 밥은 다음에 대접할게."

거울로 나비를 감추고 쪽방을 나선 게 일곱 시 반이었다. 학원 밖이 캄캄했다. 어제 강경을 떠나면서 보았던 그 어둠이었다. 꽃샘추위 때문인지 눈에 띄는 행인이 없었다. 엘리베이터를 타고 지하로 내려가는데 강경에서 마셨던 소주가 역류하는 것처럼 식도가 알싸한 느낌이 들었다. 속병으로 술을 못 마시는 형이 핸들을 잡고 나 혼자 소주 한 병을 마셨다. 줄행랑. 문득 형과 내가 줄행랑을 쳤던 모습이 떠올라 쓴웃음이 새나왔다. 삼촌과 언니와 이모와 아가씨들에 쫓겨 우리는 씨발놈과 미친놈과 개새끼처럼 뛰었다. 잡히면 온몸이 갈기갈기 찢겨 죽을 것 같은, 숨 막히는 탈출. 얼마만의 일이었던가. 삼십 대 초였다. 세상 물정에 눈이 어두웠을 때, 여인숙에 대해 아무것도 몰랐을 때, 그즈음 이후 처음이었다. 민우야, 미안하다. 나 때문에. 죄 지은 사람처럼 소주를 따라주던 형이 나보다 더 힘들었을 것이었다. 나야 그동안 가끔 엇비슷한 일을 겪어왔으니까 견딜 만했다. 팝 아트 쪽방에서야 형이 프로겠지만, 이 바닥에선 내가 프로 아닌가.

"나…… 못 나가."

"얼른 나가세요!"

엘리베이터 문이 열리고 아마추어 형을 따라 나서는데 지하 주차장이 소란했다. 주차 문제로 시비가 붙은 모양 같았다.

"하모니카…… 다 불어야…… 나갈…… 거야."

"민원이 들어왔어요, 아저씨."

"여기가…… 내 집인데, 어디로…… 가라고."

"다른 곳도 많은 데 하필 지하 주차장에서 이러세요."

"이 몸으로…… 갈 데가 어딨어? 지하실 밖에 없……잖어."

몸이 불편한 중년 남자가 주차장 바닥에 주저앉았다. 경비가 부축해 세우려고 했지만 역부족이었다.

"아저씨. 여긴 위험하니까 그냥 집에서 불면 되잖아요."

"여기, 여긴…… 소리가…… 울림이 커서 좋단…… 말이야."

남자는 필사적이었다. 경비가 울며불며 사정하듯 남자를 설득하는 것으로 보아 주차 시비가 아니었다. 나는 열었던 차 문을 다시 닫았다.

“형, 무슨 일이야?”

“응, 저기, 팔다리가 불편한 남자.”

“응. 초로의 어르신.”

“상가 위 아파트에 사는데, 뇌졸중으로 한쪽 팔다리를 못 쓰게 됐어. 하모니카 개인 연주회를 두 번씩이나 했던 사람인데.”

“그래? 그런데?”

“종종 주차장에 내려와서 한쪽 팔로 하모니카를 불어. 그걸 못 하게 하는 모양이야.”

“왜?”

“시끄럽고 위험하다고 그러겠지.”

“여기 누가 있다고 시끄러워. 차뿐인데.”

“몸 때문에 세상의 연주실을 잃은 저 남자에겐 지하 주차장이 마지막 남은 연주실인 셈이지.”

“그렇겠네. 그러고 보니까, 형. 어제 강경대교에서 말이야.”

“응.”

“퓨전 김정호에게 들이밀었던 하모니카, 이 하모니카였구나.”

“그래. 불현듯 남자의 하모니카 소리가 들리기에 그 친구들의 하모니카를 잠깐 떠올려봤어.”

형이 불편한 남자 쪽으로 눈을 돌렸다. 남자가 경비에게 끌려가다시피 엘리베이터로 들어가고 있었다.

“경비 아저씨, 잠깐만요.”

형이 엘리베이터 쪽으로 후다닥 뛰었다. 눈 깜짝할 사이였다.

"무슨 일이세요?"

"아저씨, 하모니카 불게 해주세요."

"여기서요?"

"예. 여기서."

"주민들 민원 때문에 안 됩니다."

"저도 주민입니다. 팝 아트 학원 아시죠?"

"그래도 제가 곤란해져요. 저도 먹고 살아야지요."

"이 아저씨는 하모니카를 불어야 살아요. 그러니 한 곡만 연주하게 해주세요."

"그게 내 마음대로 되는 게……."

형과 경비의 실랑이가 길어질 것 같았다. 두고 볼 수만은 없었다. 나는 경비와 하모니카 남자의 엉킨 팔을 풀어내면서 두 사람 사이로 비집고 들어섰다.

"아저씨, 저도 주민인데, 하모니카 연주하게 해주세요."

"그러면 딱 한 곡, 한 곡뿐입니다."

"예. 걱정 말고 올라가세요."

남자는 안개와 모닥불과 지금도 마로니에는 세 곡을 메들리로 연주했다. 한 팔만으로도 이렇듯 연주를 할 수 있다니. 마치 이것이 자신의 마지막 연주라도 되는 것처럼 남자는 정성을 다하는 게 틀림없었다. 남자의 연주를 지켜보는 내내 나는 두 사람을 떠올렸다. 몇 년 전 가을, 정선 호수여인숙에서 나를 닦아주던 신양. 그리고 언젠가 문상을 마친 나를 배웅하며 깊게 고개를 숙이던 상주. 두 사람의 행동에서 발견한 극진(極盡). 남자의 하모니카 연주 모습이 바로 그것이었다.

"고마워요. 정말…… 고마워요."

연주를 마친 남자는 두 번씩이나 목을 꺾었다. 그때마다 남자는 중심을 잃고 흔들렸다. 가볍게 목례를 하면서 나는 남자를 부축해 엘리베이터로 안내했다. 우두커니 바라만 보던 형은 남자의 엘리베이터가 올라간 뒤에도 한참을 더 그대로 서 있었다.

"형, 잘 지내. 꽃샘추위에 얼어 죽지 말고."

웃자고 한 말이었다. 지하 주차장처럼 표정이 어두워진 형 때문에. 기분이 언짢았는지 형이 나를 마주보며 귀를 문질렀다. 스트레스를 받아 이명이 심해지면 나타나는 습관이었다.

"왜? 이명 때문에 그래?"

"아니, 그게 아니라, 어제 강경에서 하던 얘기 중에 말이다."

"응. 그런데?"

"가슴에 구멍 뚫렸다는 사람."

"오보이스트 민 선생."

"소식 끊긴 지 이 년 되었다고 했지?"

"응, 재작년 봄이었으니까 그쯤 되었지. 그런데, 왜?"

"생각해보니까 비슷한 사정이 있는 여자를 지나친 것 같아."

"어디서?"

"일월에 제주도에서. 해녀박물관 근처 카페에 들렀는데, 뭍에서 큰 상처를 입고 왔다는 여자를 봤어."

“큰 상처라고?”

“갈비뼈 아래에 구멍이 뚫렸다고 했어.”

“다른 얘기는? 다른 얘기 못 들었어?”

“작년에 제주도에 왔다고 했고, 몸에 흉터가 많다는 것 같지, 아마.”

“…….”

“첫 인상이 참 아름다운 중년인데, 그 아름다움보다 더 큰 슬픔이 숨겨진 것 같은 모습이었어.”

어디서 나타났는지 거대한 손바닥 같은 무엇인가가 내 안면을 후려치며 지하 주차장 밖으로 사라졌다. 흡사 주문도의 바람 같았다. 맵고, 차고, 거친 바람. 민박집 문을 열고 바닷가로 나설 때, 심장을 터뜨릴 것처럼 가슴을 두들기던 그 바람이었다.

“제주도에 가면 카페에 한번 들려 볼까?”

누가 먼저 그 말을 꺼냈는지 모를 만큼 머릿속이 어지러웠다. 영하 십오 도의 바닷가에서 서너 시간쯤 서성댄 것처럼 두통이 느껴졌다. 다른 일정을 줄이고 꼭 시간을 내보자. 형도 나처럼 그 말을 감추었을 게 분명하다는 생각을 하면서 나는 차에 올랐다.

4·3 희생자 추모 70주년 행사. 보름 전이었다. 막냇누이가 비행기 표를 구할 수 있을지. 형을 두고 혼자 갈 수는 없는 노릇이다. 나는 시동을 걸면서 룸미러를 보았다. 형이 엘리베이터 앞에 선 채 나를 보고 있었다.

“용주 형, 쓸쓸하고 힘들 땐 나비를 봐. 함께 날아보기도 하고.”

지하 주차장 입구로 유턴할 때까지 형은 그대로 서 있었다. 차창을 열고 형에게 손을 흔드는 짧은 순간, 갈비뼈 아래 어디쯤에선가 바람 새는 소리가 들리는 듯했다. 나는 가슴 한쪽에 손을 얹은 채 주차장을 빠져나왔다. 오래전, 누군가의 가슴에 닿은 것처럼 손바닥에 따스한 체온이 느껴졌다.

내가 카페를 다녀온 뒤, 형이 홀로 제주도를 걷는 사이, 다랑쉬오름의 유채꽃밭을 떠난 수천 마리의 나비들이 바다를 건너 형의 쪽방으로 날아와 준다면…….

나는 가속 페달을 밟으며 남자의 하모니카 연주를 흥얼거리기 시작했다.

나 홀로 걸어가는 안개만이 자욱한 이 거리. 그 언젠가 다정했던…….

발문

양행兩行: 자유의 걸음, 공생의 글쓰기

권덕하(시인, 문학평론가)

1. 육지의 섬을 찾아서

이강산 소설가는 시인이며 사진작가다. 그는 예술 장르의 경계를 넘나들며 시와 소설을 쓰고 사진을 찍는다. 그는 작업실에서 글을 쓰다면 길을 가서 존재를 만나고 암실로 돌아온다. 이렇게 차이를 반복하는 일이 그의 창작의 근거이며 배후다. 그는 카메라의 눈과 함께 존재를 살피고 돌아와, 글쓰기로 존재의 표현을 부단히 되새김질한다. 주위 문우들이 한 가지 장르에만 종사하지 않는 그의 작업 태도를 두고 속견을 늘어놓지만 그는 아랑곳하지 않고 하고 싶은 일에 전념한다. 그는 자신의 천성과 욕망을 따르는 데 충실할 뿐이다. 그의 모습을 보면 다양하게 경험할수록 세상을 적실하게 인식할 수 있다는 말이 떠오른다. 그런 날들을 보내면서 만난 숱한 존재의 표현에 주목한 결과 이강산 작가는 많은 창작집을 냈다. 그는 시집 『세상의 아름다운 풍경』, 『물속의 발자국』, 『모항母港』과 소설집 『황금 비늘』을 내고 휴먼다큐흑백사진집『집-지상의 방 한 칸』, 흑백명상사진시집『섬, 육지의』를 출간하고 네 차례의 흑백사진개인전 및 다수의 그룹전을 가졌다. 전업으로 교육 활동을 하고 있는데도 이런 다수의 창작 활동을 통해 창의적 소통과 공감의 영역을 넓혀가는 데 그는 부지런하다.

이강산 작가는 길에서도 쉬지 않는다. 그는 틈만 나면 길 떠나 바람을 동무 삼아 걷다가 존재를 만나 교감하고 대화한다. 그는 인적 드문 곳을 도부꾼처럼 걷다가 남을 만나면 그것이 사람이든 나무든 호미든 멈춰 서서 목례를 한다. 그의 목례는 존재를 카메라에 담거나 마음에 글월로 존재를 그리는 방식이다. 그는 걷다가 존재를 만나면 걸음을 멈추고 일정한 거리를 두고 다가서거나 물러선다. 그가 화두로 삼는 '섬'이란 말은 존재의 상황 중 하나이면서, 길에 서 있는 그의 태도와 자세를 함축하고 있기도 하다. 그는 존재와 마주하고 거리를 조율한다. 이렇게 존재에 다가섬과 물러섬뿐 아니라 홀로 서 있는 이강산 작가의 모습은 예인의 처신을 함축한다.

사실 모든 존재자는 홀로 서 있을 때가 있다. 이 직립의 처신을 통해 존재자는 남에게 의지하지 않고 자족할 수 있는 역량을 보인다. 이것은 외롭다는 의존적 정서에 예속된 태도가 아니라 자유자재한 실존의 모습이다. 길가다 서서 존재를 찍고 암실에서 선 채로 존재를 인화하는 일, 존재를 마음에 품고 돌아와 글과 시로 존재를 마음에 그리고 새기는 일 모두, 온전한 자립과 자족의 섬이 되어야 할 수 있는 일이다. 이강산 작가에게 홀로 있음과 외로움은 뜻이 다르다. 그에게 홀로 있음은 자족한 상태지만, 외로움은 대상화된 타자의 존재가 없다고 느끼는 상태, 곧 타자를 욕망하는 상태다. 홀로 있음은 자유로운 섬이지만 외로움은 바다의 섬 같은 외떨어진 처지다. 혼자 섬이 맹지가 아니라 궁지일 때 자립과 자족을 즐길 수 있다. 기대거나 기대하지 않는 우뚝 섬을 통해 이강산 작가는 존재의 실상을 확인하며 살아온 것이다.

그는 '길이 끝나고 여행이 시작되었다'는 저 유명한 경구를 낯선 길에서 몸소 겪으며 살아왔다. 여행 중에 타자와 만나는 일은 그의 삶에 즐거움과 활력을 준다. 그는 자유자재하고 싶은 욕망에 이끌려 인습과 자본의 길을 버리고 인적 드문 곳으로 여행하는 순례자다. 그는 홀가분하게 떠나 스스럼없이 남을 만나고 남과의 관계에서 진정한 자신을 발견한다. 그는 자본이 약속한 행복으로 가는 길을 탐하지 않는다. 그는 길에서 만난 사람들과 창의적으로 소통하려고 애쓸 뿐이다. 그는 길이 곧 행복인 것처럼 길 떠남을 숙명처럼 받아들이고 즐긴다.

중년의 통과 제의는 지난한 소통 방식에 가로놓여 있다. 불통의 세상에서그는 삶의 고통스런 현실을 담아 사람들에게 제시하고 그것에 공감하는 사람들과 소통한다. 흔히 그림 같다는 인습적인 미적 기준을 무시하고 그는 외면하고 싶은 인간 실존의 어두운 현실을 있는 그대로 담고, 빛과 어둠의 강렬한 대조 효과를 통해 사건을 기록하려고 애쓴다. 그는 사진 여행에서 돌아와 암실 작업을 하고 또 그러한 여행길에서 생긴 이야기를 글로 적는다. 자신의 삶의 궤적을 암실과 작업실에서 사진으로 인화하고 글로 되새기며 성찰하고, 시대의 진실이 드러난 상징적 표정을 가장 현실적인 모습으로 밝힘으로써 창의적으로 교감하려고 한다.

흑백 필름 현상은 조금만 방심해도 돌이킬 수 없는 낭패를 겪는다. 현상 약품의 순서가 바뀌거나 정해진 시간을 놓치면 필름을 버린다. 일생에 단 한 번 기회를 얻는다는 셔터 찬스. 다시는 만날 수 없는, 영원히 오지 않는 시간의 기록을 잃어버리는 것이다. 그래서 종종 인생의 축소판처럼 여겨지는 암실 작업이었다. (93쪽)

눈을 뜬 것보다 감은 눈 속이 더 환한 게 암실입니다. 저는 그 환한 어둠을 좋아합니다……. 암실은 휴화산처럼 폭발 직전인 나를 탈출시켜 주는 공간인 셈이지요. 저는 암실을 섬이라 부릅니다. 출입문을 잠그고 장막을 내려 친, 절대 고독의 공간이기도한 그 외딴 섬에서 저는 제 스스로를 유폐시킨 것처럼 사람의 말을 한 마디도 하지 않고서……. (220쪽)

2. 형상화와 탈—형상화

이강산 소설가의 예술 작업에 공통적인 것은 형상화다. 형상화는 보이는 것을 선명하게 하는 일이지만 보이지 않는 것을 실감나게 만드는 일이기도 하다. 온갖 화려한 구경거리와 시각 이미지들이 난무하는 세상에서 이강산 작가의 걸음은 사람들이 잘 찾지 않는 후미진 곳을 향한다. 그는 흔히 '그림 같아서 집에 걸어두고 싶은' 대상에는 일정한 거리를 둔다. 그는 통념적인 미의식을 경계하고 미추의 경계를 횡단한다. 흔히 아름답다는 이미지는 가공 편집된 것이요 실재에서 벗어난 것이며 관습적인 미의식에 맞추어진 것으로 그는 여긴다.

존재자를 침묵으로부터 이끌어 표현하게끔 하는 그의 글은 세계를 바라보는 시각과 세계를 바라보는 방식에 물음을 던진다. 그의 글은 소설이 인간적인 흔적들이 중첩된 서사적-역사적 세계라는 것을 일깨운다. 삶의 양면성을 포착하려고 그는 실체의 두드러진 면보다는 그늘진 구석을 향하고 소외되고 심지어 격절된 섬을 주로 다룬다.

> 망망대해에 떠 있는 외딴 섬. 자본의 바다, 인간의 바다에 표류하듯 떠 있는 여인숙. 그 둘의 이미지가 닮았다는 생각이 들었다. 칠흑 같은 바다의 어둠 속에서 까마득히 빛나는 등댓불과 뒷골목에서 꺼질 듯 흔들리는 여인숙 간판. 그 둘도 마찬가지다. (11-12쪽)

그의 발길이 철거촌, 탄광, 여인숙, 오지 등의 "자본의 바다"에 떠 있는 "육지의 섬"을 찾아다니는 것도 소외된 자리에서 삶을 이어나가고 있는 존재에 대한 관심 때문이다.

그는 불편의 실상에 담긴 시대의 민낯을 주목한다. 그가 흑백 사진을 고집하는 것은 삶의 극단을 탐색하려는 열정 때문이다. 그의 소설을 읽다 보면 장르는 달라도 시, 소설, 사진이 공통으로 형상화하는 것이 삶의 극지라는 것을 알 수 있다. 그 극한의 불편한 자리에 그는 서 있다. 빛과 낙원을 지향하는 것이 아니라 그는 어둠을 향해 나아가고 거기서 만나는 어둠과 빛의 존재를 형상화한다. 그는 삶의 밑바닥에 존재하는 것이 삶의 뿌리이며 실상이고 시대의 극명한 표정이라 여기고 있다. 삶의 빛과 그늘을 묘사하고, 상처와 민망함을 드러냄으로써 삶의 애환과 고통에 닿아, 사람 사이에 이는 감정의 물결을 글로 표현하면서 이강산 작가는 극지에서 삶의 의미를 캐묻는다.

『나비의 방』은 세 개의 중편으로 구성된 창작집으로서 다큐 사진작가의 체험을 다룬 자전적 소설이다. 첫 작품「빙어」는 화자인 이민우라는 사진작가의 체험담과 그의 주변 사람들에 대한 이야기다. 흑백 다큐 사진만 찍는 화자는 "육지의 섬"을 찾아다닌다. 그 섬 중 하나는 "자본의 바다, 인간의 바다에서 표류하듯 떠 있는 여인숙"이다. 태백산 오지에 있는 "호수여인숙"이라는 섬을 찾아가 그가 만나려고 하는 것은 "섬의 주민, 전문직 여성"이다. 말하자면 그는 '인간의 바다'에서 표류하는 사람을 만나 "사람의 말"을 들으려고 한다. 거기에서 '신 양'을 만난다. 화자가 "소울 메이트"로 여기고 있는 '수', 실제 호숫가에서 생활하는 오보에 솔리스트 '민 선생'과 그 호수에서 빙어를 잡아 생계를 꾸려가는 '안 사장' 등, 이들은 신 양처럼 모두 섬 주민이며 저마다 상실감과 아픈 기억에 시달리면서도 신산한 삶에서 의미를 찾으려는 인물들이다.

「빙어」는 섬에 갇혔으나 언젠가 그곳을 벗어나려는 희망을 품고 사는 사람들을 주목하고 그들과 화자가 관계를 맺어가는 편력기이기도 하다. 그러다 보니 작품은 인간관계가 일으키는 문제를 다룬다. 그는 사람들 사이에서 서성이며 인간 사이에 흐르는 감정의 흐름과 관계의 동선에 주목한다. 섬에서 섬으로, 또는 섬과 섬 사이에서 서성이는 작가가 "바다로 떠나지 못하고 호수에 갇혀 살게 된 빙어"의 처지에 있는 사람들을 만나서 확인하려는 것이 무엇인가. "사람의 말을 한 마디도 할 수 없는 절대 고독"인가. "약속의 땅을 찾아 수천 킬로미터를 날개가 다 찢어지도록 횡단하는 제주왕나비"의 잠재력인가.

두 번째 작품 「하모니카를 찾아서」는 「빙어」의 화자인 이민우의 고종사촌 형인 한용주가 중심인물이다. 그는 이민우가 사진작가가 되는 데 결정적인 계기가 된 인물이다. "집에 걸어두지 못할 사진"만을 고집하며 "사실성과 기록성"에 "사진가의 뿌리"를 내리고 살며 다큐 사진에 목숨을 걸었던 한용주는 이민우를 섬과 여인숙으로 이끌고 다큐 사진의 진정성을 일깨운 인물이지만 그런 외길을 가다가 결국 가정불화로 그의 욕망은 좌절되고 말았고, 그 이후 십 오년 동안 이런저런 직업을 전전하다 팝아트학원 원장으로 생계를 꾸려가고 있다. 사진을 그만둔 후로 그에게 이명이 생겼는데 어느 날 학원 상가 지하 주차장에서 하모니카 소리를 듣고 그 소리에서 그는 존재의 의미를 찾는다. "뇌졸중으로 한쪽 팔다리를 못 쓰고" "남은 한 팔만으로 매일 아침마다" 주차장에서 하모니카를 연주하는 인물과, 미추의 균형과 욕망의 허황됨을 말하는 노인을 만나면서 한용주는 다른 삶의 가능성을 타진하는데, 하모니카 연주의 하모니는 욕망과 현실의 균형 잡기를 암시하고 있는 것이 아닌가 싶다.

또 다른 중편 「나비의 방」에서 화자인 이민우는 "소통의 부재와 그 고통"을 겪다가 인간관계를 단절하고 홀로 살아가는 인물들을 만난다. 그들은 억압된 상황에서 "인간의 말"을 그리워하며 존재의 의미를 모색하는 사람들이다. 작중 인물들은 "집착"의 충돌을 피하고 서로의 "욕망"을 비춰 보는 거울의 소임을 하며 소통을 꿈꾼다. 화자는 자신의 욕망에 충실한 삶 때문에 단절된 아내와의 관계 회복을 시도하면서도 자신의 욕망에서 존재의 의의를 확인하는 인물이다. 그의 고종사촌 형인 한용주는 아내의 반발로 자신의 욕망 실현을 포기하지만 화자는 자신에게 욕망의 불을 지핀 한용주에게 빚을 지고 있음을 인정한다. 화자는 지난한 중년의 통과 제의를 겪으며 창의적 소통이 가져오는 존재의 의미를 절감하지만 한편으로 타자와의 관계 맺기가 곧 삶의 중요한 균형 잡기라는 점에 동의하는 듯하다. 이런 의미에서 『나비의 방』은 '중년 예술가의 초상'으로 읽힌다.

소설에서도 현실처럼 남은 나의 거울이다. 소설은 남이라는 거울을 보는 방식이다. 남이 누구이고 무엇을 보고 느끼고 생각하는지 가장 현실적으로 보여주는 것이 소설이라면 소설 쓰기는 결국 내 자신에게서 출현하는 남을 통해 내 진면목에 다가서는 행위일 것이다. 남의 시야를 열고 그 자리에서 정체성이 분열하는 것을 경험하는 글쓰기는 이미지 독재에 저항하는 예술가의 삶의 방식이다. 모든 것이 이미지로 변형되고 소비되는 시대에 지루한 이미지의 반복에 딴죽 걸고 탈-형상화하는 작업, 곧 형상화와 탈-형상화를 동시에 수행함으로써, 나에 대한 인식의 결과인 나의 이미지를 남의 눈길에 배치하여 내가 고집하고 싶은 내 이미지를 탈-형상화 하는 것이 이강산의 소설 쓰기다.

나의 남을 찾아 그 모습을 보는 것, 남의 나를 만나 그 모습을 보는 것, 그 과정에서 이야기가 나오고 그 이야기는 시간의 결을 타고 서사화하여 나의 남과 남의 나가 관계를 맺는다. 글을 매개로 체험하는 나와 이야기하는 나의 간극을 좁히려고 작가는 애쓴다. 이강산 작가의 글쓰기는 그리하여 나의 남과 남의 나를 이해하려고 오해의 가시밭길과 에움길을 가는 일이다. 직접 겪지 않은 타자의 삶을 표현하는 아이러니가 사진이나 소설인데 그것은 내게서 남을 발견하는 일이며 남에게서 나를 발견하는 일이다. 이 과정에서 우리는 공감할 수 있는 우리 시대의 보편적인 표정과 공생의 가능성을 만난다.

딱 한 번, 질문을 던진 적이 있긴 했다. 두 번째 개인전을 마친 얼마 뒤였다.

민은 놀라운 관찰력의 소유자였다.

대전 봉산동 2006. 그 집의 문설주에 나비가 앉아있는 걸 알고 찍으셨는지요?

나는 그게 어떤 사진인지, 무슨 질문인지 알았다. 혹시, 이 사람도 사진가? 아니면, 평론가? 이런 추측을 하면서 나는 월간 사진잡지를 펼쳐 보았다. 개인 사진전을 소개하는 반쪽짜리 지면에 마침 「대전 봉산동 2006」이 실려 있었다. 철거번호가 찍힌, 지붕과 현관문이 뜯겨나간 자택 앞에서 할머니와 손자 가족들 삼대가 기념 촬영을 하면서 웃는 사진이었다. 평론가 P가 사진 평을 달아주었고, 그 속에 나비가 등장했다. 우연한 일이지만 P와 민이 그 나비를 함께 발견한 것이다. 정작 나는 알지 못했던 나비를. (234-235쪽)

3. 공생의 글과 길

"사실 땅에 처음부터 길은 없었다. 많은 사람들이 다녀서 길이 생긴 것이다" 루쉰의 이 말은 글에도 적용할 수 있다. 글이라는 것도 많은 사람들과 함께 염원을 마음에 그리고 새긴 결과 아닌가. 길을 걷는 것과 글을 쓰는 것 모두 존재의 표현이다. 사실, 루쉰의 길은 희망을 은유하고 있다. 희망은 길을 가는 것처럼 여럿이 겪고 살아내는 일이다. "희망은 있다고 말할 수 없다. 희망은 없다고도 말할 수 없다." 희망은 길과 같이 처음부터 있는 것이 아니라 많은 사람들이 품고 살면서 실현하는 것이다.

새로운 길을 가고 글을 쓰는 것은 자유로움을 펼치는 것이다. 상상하여 길을 내고 글을 써서 서로 통하고 자유의 시공간을 확장한다. 자유는 자유롭다는 공상이 아니라 자신에게서 말미암은 것을 행할 수 있는 상태, 구속을 벗어나고 예속을 거부하는 삶의 태도, 행동을 통해 억압으로부터 벗어난 상태다. 자유로운 상상의 결과가 글이 되고 사람 사이에 통할 수 있는 길을 낸다. 길을 걷고 글을 쓰는 일은 사실 여럿의 살길을 내는 욕망의 흐름이며 희망을 구체화하는 행동이다.

길을 걷는 체험 주체가 글을 쓰는 이야기 주체가 될 때 글을 쓴다는 것은 이 두 주체의 생성 과정이다. 곧 기억하는 것만이 아니라 체험 주체가 되어 체험의 집적을 몸소 다시 겪으며 글을 쓰는 것이다. 이 글 쓰는 과정이 다시 길을 내고 "세계를 두텁게 한다"(도정일). 이런 과정에서 의식에만 머물던 인상이 새롭게 해석되고 배치됨으로써 그 인상에 뜻이 실리고 형상화를 통해 물리적 변화를 겪으며 "호모 심비우스, 곧 공생하는 인간"(최재천)을 위한 길과 통하게 되는 것이다. 단절되었던 시간과 공간이 글을 통해 공통의 시공간을 확보함으로써 공생의 길이 트인다. 이 길에서 자연의 필연성과 자신의 본성을 따라 행동의 자유가 결행되고 남들의 삶의 궤적과 흔적을 돌아보고 되새겨보는 시공간을 모셔서 체화하는 일이 생기며, 내 삶을 성찰하고 반추하는 공생의 기회를 갖는다.

'속도의 정치학'과 경제학이 판치는 시대에 길을 걷고 글을 쓴다는 것은 느리게 사는 방식 중 하나다. 프란츠 카프카가 말했듯이, 우리는 성급해서 낙원에서 쫓겨났고 조급해서 낙원으로 돌아가지 못한다. 서두르면 멀리 오래 걷지 못하기에 이강산 작가는 속도를 경계하며 소걸음으로 걷고 사유하고 표현한다. 참 더디고 느린 일이지만 존재의 표현을 담는 길은 이 길 밖에 없다고 작가는 일매짓는다. 그는 걷는 만큼 쓰고, 쓰는 만큼 걷되, 이 두 가지 일을 천천히 꾸준히 실천하고 있다.

우리는 길을 수없이 오가면서 길을 사유하는 데는 인색하다. 그 길이 살길인지 아닌지를 아는 것이 목숨이 걸린 일인데 욕심을 앞세우고 관성에 이끌려 분주하기만 하다. 애벌레는 본능적으로 살길만 가지만 인간의 눈에는 그것이 도려내야 할 길이다. 벌레의 살길에 미간을 좁히다가 우리의 살길이 다른 존재자의 살길을 해치고 있지 않은지 생각한다. 우리가 내 집이자 밥이라 여기는 것이 남의 그것일 수 있다. 자신의 본능에 갇힌 애벌레에서 나비가 되는 우화의 과정은 이강산 작가의 예술적 비전을 상징적으로 드러낸다. 살길이 서로 얽혀 있는 상황에서 제 살길만 고집하는 애벌레가 나비가 되면 그때부터 그는 공생의 삶을 살고 서로를 살리는 길을 오간다. 나비와 꽃이 서로에게 이로운 관계를 맺음으로써 숱한 동물과 인간의 살길도 트인다.

"깨진 거울이 사람 모습이었던 거예요. 그것도 여자의 모습. 여자의 품에 안겨 있던 나비가 가슴 밖의 충격에 놀라 막 날아오르는 순간, 여자가 웅크린 채 팔을 뻗어 나비를 잡으려하지만 이미 나비는 서로 다른 방향으로 날개를 퍼덕이며 날아가는 풍경. 마침 거울 조각 속으로 여자가 지나가기에 후다닥 사진 찍고 돌아서는데……."

"……."

"누가 나비를 그렸을까. 누가 이 방에 살았을까. 이 방에, 거울 속에 나비를 감출 만큼 절실한 사연이 있었을까. 이런 생각 때문에 발을 못 떼고 결국 다른 집 촬영은 포기하고 말았답니다." (228-229쪽)

깨진 거울 뒤, 여자의 손바닥을 떠나 막 날아오르는 붉은 나비. 나비의 날개가 너무 상했어. 독백을 삼키는데 민의 가슴에서 나비가 날아올랐다. 가슴의 능선을 타고 절정을 향해 검은 줄무늬 나비가 날개를 팔랑거렸다. (317쪽)

철거민 집 문설주에 앉은 나비, 집창촌 여성이 거울 속에 감춘 나비, 강유민이 몸에 새긴 나비, 나비의 방을 만들어 광부로 살았던 어머니의 후생을 살려는 욕망의 흐름은, 교감하고 소통함으로써 소외되지 않고 온전하게 하나 되는 상생의 염원을 표상하고 있는 것이다. 이런 나비처럼 하모니카 연주도 불구가 된 자신을 살리는 길이며 작중 인물들로 하여금 서로 교감하며 공생의 길을 가게 하는, 사회적 가치를 실현하는 예술의 힘으로 등장한다.

여기에서 시와 소설과 사진이라는 세 가지 흐름이 합류되어 하나로 흐르는 이강산 작가의 예술적 비전을 목격할 수 있다. 그것은 창조적 예술을 통한 공감과 소통의 흐름이다. 예술적 장르라는 것이 공통 감각에 호소하여 공감을 이루어 내면서 거룩한 공생의 흐름을 창출할 때 시와 소설의 눈과 사진의 눈길이 하모니를 이룬다. 이강산 작가와 함께 우리는 이런 공생의 글 길을 걸으며 구체적으로 희망을 살 때 "따뜻한 보금자리를 찾아 수천 킬로미터를 날아가. 10센티미터도 안 되는 꽃잎 같은 날개로 쉬지 않고 날아서 바다와 대륙을 횡단(316쪽)"하는 제주왕나비와 같이 '한 번 사는 것처럼' 사는 힘을 온전히 발휘할 수 있을 것이다.

이강산 작가는 이제 전업 작가로 살기 위해 들메끈을 새로 묶고 있다. 그에게 이 창작집은 새로운 글 길을 여는 초석일 수도 있겠다. 찰스 다윈의 진화론을 무색하게 한 플로라가 진화 대신 벌 나비와 공생을 통해 번성한 사실을 직관한 예술적 비전을 여기에 밝혀, 작가는 우리가 다시 공생하는 존재로 거듭나길 염원하는 것이 아닌가 싶다. 공생의 글 길을 작가와 함께 소요하는 다감하신 독자들 앞에 나비들이 아름답게 날고 상서로운 기운이 가득하길 빈다.

작가의 말

'내가 혼자인 건 오로지 생각들로 조밀하게 채워진 고독 속에 살기 위해서다.'

—Bohumil Hrabal, 『너무 시끄러운 고독』

십오 년 남짓 먼 길을 걸었다. 섬과 오지와 산. 한 번도 밟지 않은 붉고 푸른 길들.

집을 떠나 세상의 길을 걷는 것, 나는 즐거운 유랑이라 했지만 가족과 주변 사람들은 역마라 했다. 역마 같은 유랑을 즐기는 사이 이순이 되었다. 이미 숱한 사람들이 지나간 길, 그 중년의 시간을 나도 한창 관통하는 중이다. 뒤늦게, 혹은 조금 일찍. 홀로, 침묵으로. 지나다 보니 시간의 길은 언제, 어디서나 사막이면서 숲이고 바다였다. 사람이었다.

『나비의 방』은 길에서 썼다. 낙엽 같은 통통배에서, 풍랑에 갇힌 소청도에서, 노숙의 동행을 즐긴 팔부능선 바위틈에서, 만 원짜리 지폐 한두 장으로 수없이 닻을 내린 육지의 섬 여인숙에서, 어디서든 익숙한 낯선 눈빛의 소요 속에서, 때때로 가쁜 숨을 몰아쉬는 자동차와 함께 뒹굴며. 처음부터 끝까지 철저히 혼자였고, 고독한 여정이었다. 그러나 쓸쓸할 겨를도 없이 자유롭고 행복했다. 세상의 소음에 파묻혀 비주류본능에 흔들리던 과거의 나를 돌아보면 혁명 같은 일이었다. 어렴풋했던 길들이 하나둘 또렷해졌다.

길을 걸으며 두 가지를 생각했다. 고독의 자유를 사람들과 나누자. 나를 혁명하고 얻은 자유, 고독. 그것을 담아낼 그릇이 필요했다. 장편소설이었다. 그래서 중편으로 쓴 세 편을 연작 형태로 구성했다. 각각의 중편은 충분히 독자성이 있다고 여긴다. 애초에 그렇게 쓰였다.

다른 한 가지, 소설의 '맛'에 대한 생각에 골똘했다. (돌아보니 쓸데없이 생각이 깊어진 듯싶다.) 그동안 소설은 '재미있어야 한다.'는 강박으로부터 부자유스러웠던 게 아닐까. '재미의 맛'에 천착하면서, 나는 한때 드라마틱한 전개와 소재주의에 경사된 문학적 허세에 익숙해져 있던 자신을 질책했다.

나는 소설의 맛이란 작가의 문학적 역량과는 별개의 것이라고 생각한다. 그것은 작가의 개성이며 정체성의 문제일 것이다. 우리 입맛에 밴 달고, 짜고, 맵고, 빠르고, 투명한 맛이 아니라 낮고, 무겁고, 느리고, 간유리 같은 맛이 느껴질 『나비의 방』. 나는 다만 저음의 문체에 기대어 한 인생의 밑바닥까지 파고드는, 인간적으로 부자유한 소설을 쓰려고 했다. 침묵과 고독의 힘으로 건축된 '소설' 한 채. 문장의 벽돌을 쌓는 매 순간이 성찰의 시간이었다. 그 시간의 발자국 같은 『나비의 방』에서 미미하지만 색다른 생의 맛이 우러난다면 다행이겠다. 그리하여 내 자신은 아직 미완의 혁명이지만, 누군가의 혁명과 자유를 지피는 불씨라도 된다면…….

스스로 자전적 소설이라고 여기고도 싶은 『나비의 방』 중심인물 두 사람은 둘이면서 하나다. 그들은 하나같이 욕망과 좌절, 자유와 부자유의 경계를 넘나들며 정체성의 혼돈으로 흔들린다.『나비의 방』은 그 두 사람을 비롯해 엇비슷한 사람들이 인간성의 결핍과 소통의 부재를 절감하면서 각자 자신만의 공간과 시간, 자유로운 영혼을 찾아 떠나는 기행문인 셈이다.

때론 설레고, 때론 고통스럽던 기행에 동행한 모든 분과『나비의 방』문을 열어 주신 독자께 깊이 감사드린다.

작품 속의「대전 봉산동 2006」사진 평을 선물한 평론가 P와 이 소설의 무게를 더해 주신 윤수 님, 그리고 K형과 L형껜 갚기 어려운 빚을 졌다.

2018년 가을

이강산